만약에 퀘스천

만약에 퀘스천

초판 1쇄 인쇄일	2012년 2월 23일
초판 1쇄 발행일	2012년 2월 24일

지은이	이은하
펴낸이	정구형
출판이사	김성달
편집이사	박지연
책임편집	정문희
본문편집	이하나 정유진
디자인	장정옥 김현경 조수연
마케팅	정찬용
영업관리	김정훈 권준기 정용현
인쇄처	현문
펴낸곳	**새미**

등록일 2006 11 02 제2007-12호
서울시 강동구 성내동 447-11 현영빌딩 2층
Tel 442-4623 Fax 442-4625
www.kookhak.co.kr
kookhak2001@hanmail.net

ISBN	978-89-5628-589-4 *03800
가격	정가 13,000원

만약에 퀘스천

이은하 소설집

새미

- 차례 -

나의 그라스스네이크

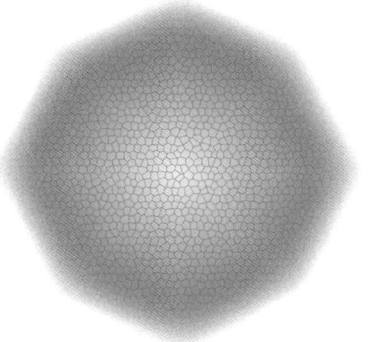

나의 그라스스네이크

　　내 주위에는 뱀들이 있다. 작년 여름, 지방으로 떠나게 된 선배에게 한 마리를 선물하고 지금은 거실에 세 마리가 있다.

　　그들은 집안 곳곳을 돌아다니며 탐색하기를 좋아했다. 먼지가 수북이 쌓인 벽난로 안을 기웃거리거나 시체처럼 돌돌 말린 카펫 안으로 숨어들거나 벽면을 따라 물 흐르듯이 나아갔다. 한 마리는 솜이 비어져 나온 낡은 가죽 소파 안에 머물기를 좋아했다. 얼마 전 나는 이 소파를 절개까지 해서 큰 암컷을 끄집어냈었다.

　　나는 총채를 들고 먼지투성인 거실을 둘러보다 삼십 센티 정도 가죽이 찢어진 소파에 털썩 앉았다.

"종종 있는 일도 아니잖니. 어서들 모여."

나는 환영처럼 나타났다 사라져버리는 뱀들에게 단호하고도 부드럽게 말했다.

"숨바꼭질은 그만. 친구가 오기로 했단 말이야."

뱀들을 찾기 위해 재빨리 책장 쪽으로 고개를 돌렸다. 도망치듯 사라지는 뱀의 꼬리가 토머스 가든의 책을 훑고 지나갔다. 나는 뱀들이 지나간 흔적을 천천히 바라보았다. 그들의 몸짓은 부드럽고 조용하며 민첩했다. 지나간 자리마다 비늘의 반짝임이 묻어나는 것 같았다.

그때 엉덩이 아래서 뭔가가 꿈틀거렸다. 살짝 엉덩이를 떼자 한 마리가 새치름한 색시 마냥 머리를 내밀었다. 암갈색 바탕에 회색 잔무늬가 있는 일 미터 길이의 암컷은 이 장소에 애착을 갖고 있는지 다른 뱀들과 떨어져 여기에만 머물렀다.

때마침 전화 벨소리가 오후의 적요를 깨뜨렸다. '이색 애완동물'이라는 통신 동우회에서 만나 가까워진 언니였다. 그녀는 키루코라는 이름을 가진 몽골산 원숭이를 키우고 있었다.

"키루코가 열 기운이 있어. 다음에 들를게. 그리고 이건 심리테스튼데 말이야. 길을 가다가 수컷 뱀을 만났어. 직진으로 가는 뱀, 에스 자 모양으로 가는 뱀, 또아리를 틀고 있는 뱀, 나뭇가지에 치렁치렁 걸려 있는 뱀. 꼭 한 마리를 선택해서 만져야 한다면 어떤 뱀을 만지겠어? 하긴 뭐, 뱀이랑 동고동락하는 사람한테 이런 게 질문이 될지 몰라. 암튼 어떤 걸 만질래? 내가 보기엔 직진 택할 것 같은데."

"일직선으로 가는 수컷은 짝짓기 할 암컷 찾으러 가는 거예요."

"그래? 그럼 직진하는 뱀은 절대 안 만지겠네. 또아리? 에스? 아님 치렁 뱀?"

언니는 난센스 퀴즈니 시시껄렁한 심리테스트 따위를 발견할 때마다 호들갑스럽게 묻곤 했다. 말없이 따분한 수다를 듣던 나는 늘어져 있는 커튼 자락을 젖혔다. 기습당할 때처럼 막 지기 시작하는 햇발에 눈을 찔리자 단말마의 비명이 새어나왔다. 한 치의 틈도 새지 않게 다시 커튼을 쳤다. 카랑카랑한 목소리가 재촉해오자 '에스 자'라고 던지듯이 대답했다.

"어머머! 남자라면 질색하는 너도 알고 보면 색녀야, 색녀. 깔깔깔……. 직선 고른 사람은 평범한 성관계의 소유자고, 에스 자는 색녀, 색마, 또아리는 변강쇠, 옹녀랜다. 그리구 나뭇가지에 걸린 뱀은 글쎄, 난 나뭇가지 골랐거든? 까르르르……, 변태란다, 변태! 어머머, 내 정신 좀 봐. 키루코가 부른다. 있다 다시 걸게!"

숨넘어가게 웃던 목소리가 가위로 자른 듯이 끊어졌다. 홍수처럼 쏟아지던 말들은 거짓말처럼 흔적도 없고 커튼이 쳐진 어둑한 실내가 갑자기 낯설어 보였다. 나는 소파 뒤편의 테라스로 걸어갔다. 노을이 깔린 바깥 공기는 시원했다. 정원사가 가꾼 것처럼 반듯하고 풍성해 보이던 정원은 온데간데없고 들쭉날쭉 제멋대로 자란 사철나무와 산발한 귀신처럼 잎사귀를 늘어뜨린 몇 그루의 나무들이 석양빛 아래 음산하게 서 있었다.

우장산 중턱에 자리한 빨간 벽돌의 이층집은 근처에서 보기 드문 예쁜 집이었다. 그러나 언제부턴가 벽돌 틈새에 이끼가 끼고 담쟁이 넝쿨이 벽면에 들러붙어 날 선 손톱으로 숨통을 죄듯 이층집 전체를 에워싸고 있었다.

색마? 아버지는 어떤 뱀을 골랐을까……. 피식 헛웃음이 나왔다. 어디에 숨었는지도 모르게 흩어져 있는 뱀들처럼 뿔뿔이 흩어져 소식도 없는 식구들 얼굴이 차례로 떠올랐다. 초여름 바람이 피부에 닿자 서늘하게 소름이 돋았다. 나는 테라스 문을 닫고 거실 안으로 들어왔다. 발 없이 지면을 미끄러져 가는 방식이 얼핏 불편해 보이지만 발 달린 짐승이 못 가는 곳까지도 쉽게 갈 수 있는 뱀들. 나는 뱀들과 나만이 머무는 폐허 같은 집안에서 더 깊고 으슥한 곳을 찾아내려고 사방을 두리번거렸다. 제왕 절개한 소파가 시커먼 뱃속을 드러낸 채 나를 보고 있었다. 나는 암컷 한 마리가 즐겨 머무는 소파의 내부에 고개를 들이밀었다. 태아가 빠져나가고 출혈도 멈춘, 탈진한 산모의 뱃속 같은 그곳에는 퀴퀴한 공기만이 머물고 있었다.

 나는 거실과 연결된 주방으로 들어가 간단히 저녁 준비를 했다. 비엔나 소시지를 전자레인지 안에 넣고 스위치를 눌렀다. 전자파 속에서 빙글빙글 도는 소시지는 관통한 불빛으로 수분이 말라 툭툭 살 터지는 소리를 냈다. 턱을 괴고 전자레인지의 내부를 바라보던 나는 소파 뒤에서 미끄러져 나오는 암컷을 발견했다. 암컷 뱀은 가던 길에 멈춰서 호기심 어린 눈동자로 머리를 쳐들었다. 둘로 갈라진 검은 혀는 어른어른 물결 모양으로 떨리고 있었다. 그녀는 내게 질문을 하고 있었다.

 '보고 싶은 사람이 있니?'

혀의 동작에는 그런 감정이 담겨 있었다.

'이름이 생각나지 않아.'

나는 식탁 의자를 끌어당겨 앉아 그녀를 바라보았다. 혀가 두세 번 드나들 때마다 반짝반짝 빛이 났다. 나비의 날갯짓처럼 섬세한 혀의 감촉이 되살아났다. 나는 반가운 인사라도 나누듯 구부린 집게손가락을 아래로 흔들어 그녀의 혀를 흉내 냈다. 만족스러운지 그녀는 매끄럽게 벽난로 쪽으로 전진했고, 나는 꼼짝 않고 앉아서 유유히 지나가는 뱀을 지켜보았다. 나는 되도록 뱀들에게 지시하거나 금지시키는 일을 삼가려고 한다. 그들은 애완용이었지만 개성까지 잃게 하고 싶지는 않았다. 아끼는 만큼 바라는 게 많은 사귐은 서로를 파괴하기 십상이니까. 낯선 야생 뱀이 내게로 와 고생대 생활 방식 그대로 이처럼 우아하게 살고 있다는 사실. 그것을 보는 것만으로도 충분했다. 그들은 화석보다 오래되고 아름다웠다. 날씬하고, 차갑고, 강했다. 그들은 빛깔과 광택이 아름다운 희귀한 보석 같아서 눈앞에만 두면 몇 달이고 배부른 상상에 잠길 수 있는 신비한 존재였다.

4년 간 지병을 앓던 엄마는 얼음처럼 하얗게 굳은 얼굴을 하고 돌아가셨다. 지방 신문사의 사장이었던 아버지는 일주일의 반을 지방에서 지냈지만 엄마에게만은 지극 정성이었다. 엄마가 돌아가시기 일 년 전부터는 사표까지 내고 들어앉아 간병인 못지않게 병시중을 들었다. 아버지는 중간 키에 몸이 다부졌다. 단단해 보이는 턱 선과 날카로운 눈빛, 굳게 맞물린 입술은 강인하면서도 신사다운 우아함이 있었고, 차가우면서도 묘하게 사람을 끌어당기는 힘이 느껴졌다. 어쨌든 내게는 그런 아버지였다.

내가 열 살이 되던 해 여름방학, 서너 번 가 본 동물원인데도 아버지와 나는 약속이나 한 것처럼 뱀들이 모여 있는 습지나 철창 안을 제일 먼저 들르곤 했었다. 아버지와 나는 손을 잡고 말없이 뱀의 몸짓을 지켜보았다. 햇빛이 반사되어 더욱 날카로워진 뱀의 눈과 마주쳤을 때 나는 온몸에 소름이 돋아 진저리를 쳤다. 아버지의 손을 꼭 잡으며 다른 데로의 구원을 요청했지만 아버지는 뱀의 자태에 완전히 매료되어 있었다. 아버지의 손바닥에 축축이 땀이 찼다. 아버지는 무엇에 홀려 대단한 결심을 하는 사람처럼 겁먹은 작은 손을 으스러지도록 쥐었다. 나는 아버지와 떨어져 있는 지금도 황홀경에 빠져 있던 아버지의 모습을 떠올리곤 한다.

엄마의 장례식을 치르는 동안에도 할머니의 치매 현상은

불쑥불쑥 눈에 띠어 당시의 슬픔은 그리움과 허전함 이상으로 막막했다고 기억된다. 하지만 할머니의 치매는 문제도 안 될 만큼 충격적인 일이 일어났다. 고등학교 시절 내내 엄마의 대소변을 받아내고 겨우 대학에 입학한 나는 질끈 소복을 동여매고 세 살 터울 난 오빠보다도 담담하게 초상을 치르고 있었다. 오빠는 탈진하기 직전의 사람 같았다. 충혈된 눈이 툭하니 쏟아져 나올 것 같았다. 꺽꺽 목쉰 울음을 토하는 오빠에게 물이라도 한잔 가져다주려고 영안실 문을 밀고 나올 때였다. 검은 양복을 입은 두 명의 청년과 양장차림의 중년 부인 한 명이 불시에 나타난 나를 보고 얼굴이 굳어졌다. 우리는 목례만 나누었다. 아버지는 문상객을 치르다 말고 영안실 뒤꼍으로 저벅저벅 걸어갔다. 문상객이 밀어닥치고 아버지는 보이지 않았다. 나는 끼니도 거른 채 며칠 밤을 샌 아버지가 걱정이 되어 간단히 음식 담은 쟁반을 들고 아버지를 찾아 뒤꼍으로 갔다. 나를 보자 동시에 얼굴이 굳어졌던 검은 옷의 그들이 아버지를 둘러싸고 뭔가 심각한 이야기를 나누었다. 이십대 후반쯤으로 보이는 우람한 체구의 남자가 나를 발견했다. 내게 고정된 그의 얼굴을 보는 순간 뭔가 섬뜩한 불길함이 내부로 관통하는 걸 느꼈다. 말을 멈춘 사내의 시선 쪽으로 아버지가 천천히 등을 돌렸다. 불에 덴 것 같은 표정으로 고개 돌리는 아버지를 본 순간, 손에 들려있던 양은그릇과 쟁반이 시멘트 바닥 위로 곤두박질쳤다. 왈칵 쏟아진 육개장 국물은 난자당한 사람의 복부 같은 모양으로 소복치마 앞자락에 붉은 얼룩을 만들었다. 나와 내 오빠보다도 아버지를 빼닮은, 귀신을 봤을 때처럼 믿기지 않는 얼굴들이 아버지 곁에 서 있었다.

저녁 설거지를 마치고 텔레비전 앞에 앉았다. 며칠 전 빌려온 비디오테이프 두 개가 검정 비닐 안에 그대로 있었다. 나는 리모컨을 집으려고 테이블 아래로 상반신을 구부렸다. 순간 슬그머니 지나가는 뱀이 있어 재빠르게 낚아챘다. 아직 새끼 뱀인 수컷은 순식간에 팔에 휘감겨 휙휙 소리를 냈다. 역한 냄새를 풍기는 흰 액체가 항문에서 스며 나왔다. 수컷 아기 뱀은 내게 대들고 있었다. 하지만 나는 짓궂은 어린아이를 가르치는 가정교사처럼 부드러운 표정과 능숙한 손놀림으로 뱀의 꼬리를 붙잡아 몸 전체를 흔들었다. 용수철처럼 풀어지는가 싶더니 다시 공처럼 뭉쳐졌다. 대개 뱀들은 이놈처럼 몸부림을 치는데 오히려 뱀을 잡는데 도움을 주는 꼴이었다. 나는 동그랗게 말린 뱀을 검정 천으로 만든 주머니에 넣고 다른 놈을 잡기 위해 거실을 두리번 거렸다. 마루를 황급히 지나가는 또 한 놈을 발견했다.

"잠 잘 시간이야. 이젠 물탱크 안에서 쉬라고."

밤이 되어 가두어 놓으려고 하면 뱀들의 움직임은 더 빨라졌다. 이제는 습관이 되어 들어 올려도 꿈틀대기만 할 뿐 별다른 말썽을 부리지 않지만 방금 사라진 수컷과 새끼 뱀이 가끔씩 앙탈을 부렸다. 나는 뱀 잡기를 잠시 미루고 비디오 플레이어를 켰다. 인간을 공포에 떨게 하는 뱀파이어에 관한 내용이었다. 뱀파이어는 날카로운 송곳니를 포악하게 들이대고 두 개로 갈라진 혀를 날름거렸다. 금발 여인의 가늘고 흰 목에 송곳니를 쑤셔 박고 피를 빨아먹었다. 비명을 지를 새도 없이 여자는 죽고 그녀도 곧 흡혈귀가 되었다. 흡혈귀를 잡기 위해 인간들이 뒤쫓고 뱀파이어와의 난투극이 잔인하게 벌어졌다.

줄곧 씹고 있었지만 팝콘 맛을 느낄 수 없었다. 간이 베지 않아 싱겁고 밍밍할 뿐이었다. 그때 소파에 잘 머무는 암컷이 곧장 기어와서는 내 발등 위를 지나쳐 갔다. 늦은 시간까지 자유롭고 싶다고 아양을 떨거나 호소하는 것이 아니었다. 내가 그러하듯 그녀도 나를 두려워하고 있지 않는 것뿐이었다. 무심코 내 발등 위를 지나가는 그녀는 내게 어떤 오해와 편견도 없는 듯 보였다.

암컷의 감정을 읽은 나는 마음이 가벼워져서 나도 모르게 그녀를 뒤따랐다. 그녀는 삼 년간 치매로 고생하다 돌아가신 할머니의 방안으로 스며들듯 들어갔다. 주방 안쪽에 있는 할머니의 방은 빠끔히 방문만 열려 있을 뿐 좀처럼 드나들지 않는 곳이었다. 나는 캄캄한 방안 입구에서 스위치를 켰다. 뱀은 보이지 않고 뿌옇게 먼지 쌓인 할머니의 자개농만 눈을 크게 뜨고 나를 쳐다보았다.

"나야, 할머니. 오랜만에 들여다본다고 화나셨구나."

열여덟 살에 시집와 스무 살에 과부가 된 할머니는 한평생 외아들만 바라보고 사셨다. 잘생기고 실력 있는 외아들은 왜 그 긴 시간 동안 할머니 혼자 지내도록 내버려두었을까. 할머니는 죽는 순간까지 홀러덩 홀러덩 아랫도리를 드러내다 돌아가셨다.

사흘이 멀다 하고 간병인이 드나들었지만 가정 풍파에 휩쓸려가며 노인네를 보살피려는 사람은 없었다. 언제부턴가 아버지마저 마비 증상을 보이기 시작했고, 재혼한 아내로 입적된 여자는 큰 집에서 아버지를 데리고 나갔다. 차츰 회복되는가 싶던 아버지는 얼마 안 있어 파킨슨이라는 중병으로 다시 병상에 눕게 되었다.

오빠는 대학에 복학해 여자를 만난 모양이었다. 간병인과 내게 할머니를 팽개치고 나 몰라라 술만 퍼마시던 오빠가 졸업하는 해에 결혼 통고를 해왔다. 아버지는 중환자실에서 일반 병실로 옮겨져 있었고 나는 휴학 후 이 년 동안 할머니에게 매달려 복학도 못하고 있던 때였다.

아버지의 여자는 앓던 이 빠진 것처럼 속이 시원한지 반가워하는 기색이었다. 오빠의 요구는 당당했다. 반포에 40평 아파트를 얻어 신접살림을 차렸다. 갈수록 병약해져 가는 아버지와 그의 새 가족들, 치매 걸린 할머니와 나를 등지고 오빠는 그렇게 타협적으로 집을 떠났다. 아파트 말고도 일찌감치 한몫을 상속받은 오빠는 아버지의 연줄로 든든한 직장도 얻게 되었다. 비로소 오빠는 아버지의 여자와 아들들에게 무관하기 시작했다. 여자는 아버지의 건강이 회복되는 대로 집에 들어와 할머니를 모시겠다고 했지만 그때마다 나는 씁쓸하게 웃으며 돌아섰다. 그들은 아버지의 건강 문제를 들먹이며 집에 오지 않았다. 매달 바뀌는 간병인과 통장으로 입금되는 생활비만이 집에 드나드는 존재의 전부였다. 어쩌다 들르는 오빠는 눈이 붓게 울다 가곤 했지만 가슴이 답답해서 내가 전화를 걸때면 언제나 출장 중이었다. 코를 베어갈 만큼 매서운 바람이 불던 겨울날,

할머니의 장례가 치러졌다. 사춘기 때 이미 겪어온 엄마의 간병과 장례, 나는 한 집에서 죽어나간 또 한 구의 시신을 보면서 참으로 많은 눈물을 흘렸다. 혹독한 겨울바람이 귓속으로 입안으로 털구멍 하나하나에까지 집요하게 파고들어 나는 필사적으로 내 몸을 끌어안았다.

다음 해 봄, 아버지는 생사의 끝까지 갔다 온 사람처럼 생경스러웠다. 회춘한 노인네처럼 붉은색 셔츠에 노란 카디건을 걸친 아버지는 모자라 보이기까지 했다.

"이제 학교도 다니고 시집도 가야 하지 않겠니. 의사 말대로 여행이나 다니며 여생을 보낼까 한다."

허리가 굽어지고 손발이 딱딱하게 굳어 동작이 부자연스러운 아버지는 그나마 자신의 건강을 지켜준 감사한 여자라는 눈빛으로 그녀를 바라보았다.

"집수리를 해야겠어요. 분위기도 바꿀 겸."

여자의 얼굴에는 아버지를 살려냈다는 자랑스러움이 역력했다.

"집을 새로 꾸미고 들어오려고 한다. 이 큰 집에서 너 혼자 어떻게 살겠니. 네가 싫다면 시집갈 때까지라도 오빠들은 양재동에 그대로 살게 할 생각이야."

테이블 위에 찻잔을 내려놓는 여자에게서 여유와 당당함

이 베어 나왔다.

"뱀을 키우겠어요."

"……?"

여자와 아버지가 까무러칠 것 같은 표정을 지었다.

"애완동물로 뱀 키우는 친구들이 있어요. 물릴 염려는 없으니까 걱정 말아요."

할 말을 다 마친 나는 이층 방으로 올라갔다.

아버지와 여자가 다녀간 후, 집수리 센터에서 서너 명의 사람들이 찾아왔다.

"사모님 말씀으론 주방에 있는 쪽방을 터서 주방을 넓힐 생각이던데요. 테라스를 없애고 안방도 넓혀달라고 했어요. 집 구조가 좀 조잡하긴 한데……."

그들이 일일이 집안 구석구석을 돌아보고 도안을 그리고 체크를 하는 동안 나는 뱀 생각에만 골몰했다. 인간을 물어뜯고 독을 뿌리는 뱀보다 인간의 배신이 더 무서웠다. 뱀이라면 치를 떠는 사람들 앞에서 보란 듯이 뱀을 키워야 할 때가 바로 지금이라는 생각뿐이었다.

여자가 집에 자주 드나들기 시작했다. 엄마가 아끼던 자기 그릇을 꺼내어 나물을 무치고 찌개를 끓이고 퇴근하는 아들들을 불러 저녁 식탁에도 둘러 앉혔다. 나는 어떤 말로도 저항하지 않으며 그녀와 아버지와 그의 아들들이 하는 행동을 하나하나 지켜보았다. 막내아들이 피곤한 듯 하품을 하며 안방으로 가서 이부자리를 폈다. 엄마가 손수 만든 비단 요였다. 큰아들은 이층 내 욕실에서 양치질을 하고 여자와 아버지가 과일을 먹으면서 가죽 소파에 나란히 앉아 TV를 보고 있었다. 갑자기 나는 새끼손톱만한 구더기가 된 것 같았다. 흉물스럽게 나를 힐끔거리다 언제고 커다란 구둣발로 내 몸을 짓이겨 놓을 것만 같았다. 전등 빛이 눈앞에서 어지럽게 돌아갔다. 나는 난간에 몸을 지탱하며 이층 내 방으로 들어왔다. 아버지와 여자와 아들들이 온다고 해서 옥상 물탱크 안에 숨겨두었던 뱀들이 떠올랐다. 나는 밤 중에 뱀 네 마리를 조용히 풀어놓았다. 암컷 뱀은 유유히, 다른 것들은 휙휙 소리를 내면서 이층 거실에서 아래층 거실로 물길처럼 내려갔다. 가장 먼저 수컷 뱀을 발견한 건 엄마의 비단 요에서 자고 있던 작은아들이었다. 자고 있던 아들은 발에 휘감겨 있는 차디찬 이물감에 눈을 떠 비명을 질렀다. 곧 이어 여자의 비명소리와 사기 그릇 깨지는 소리가 들렸다.

"저, 저년이……! 독한 저년이……!"

입에 담을 수 없는 욕설과 비명과 울음소리를 내며 그들이 집밖으로 나갈 때까지 나는 방문을 잠근 채 꼼짝 않고 침대 위에 웅크리고 있었다.

책을 읽다가 옆을 보니 암컷 뱀이 침대 위에 앉아 있었다. 나는 그녀를 들어 올려 무릎 위에 올려놓았다. 오늘은 기분이 별로인지 그녀는 내 무릎에서 내려가려고 했다.

"별로 떠들어댈 일도 아니잖니."

나는 두 손으로 그녀를 감쌌다. 손바닥의 온기가 좋았던지 그녀는 동그란 손주머니 안으로 파고들었다.

암컷 뱀에게서 감정의 기복이 드러나는 이유를 알게 된 건 며칠이 지난 후였다. 거실 테이블 아래에서 몸을 섞고 있는 뱀 두 마리를 발견한 나는 화들짝 놀랐다. 얌전한 암컷도 결국엔 사랑에 빠지고 말았으니까. 테이블 다리를 둘러싼 뱀들은 마치 한 마리의 뱀처럼 보였다. 나는 그들이 정말로 사랑에 빠졌는지 단지 섞여있는 두 마리를 보고 예민하게 굴었는지조차 헷갈리기 시작했다. 나는 밤새 잠을 설쳤고 다음 날 새벽 암컷을 데리고 동네 성당을 찾았다. 뚜껑이 있는 소쿠리 모양의 밀짚 가방 안에 그녀를 넣고 열쇠로 잠갔다. 나는 뱀들에게도 세례명이 있어야 하지 않을까 하는 뜻밖의 생각을 했다. 하지만 수컷과 몸을 섞은 암전한 암컷에게 갑자기 화가 치밀었다.

'뱀 따위에게 세례명이라니.'

나는 믿었던 암컷으로부터 얻은 실망으로 기운이 없었다. 그리고 기도했다. 부정을 저지른 그녀의 죄를 사하여 달라고.

얼마쯤 지나자 그녀의 몸에 이상이 생겼다. 몸이 부푼 그녀는 맥없이 지쳐있었다. 잡풀이 무성한 앞뜰에 일부러 구해온 개구리도 풀어놓았다. 마음이 내킬 때 먹을 수 있도록 개구리 몇 마리를 물탱크 안에도 넣어 두었다. 하지만 식욕이 없는 그녀는 아무 것도 건드리려 하지 않았다. 몇 주일 사이 그녀의 건강 상태는 몹시 나빠졌다. 나는 나처럼 뱀을 키우는 친구에게 급히 전화를 걸었다.

"어항에 물을 넣고 신선한 풀들로 채워. 개구리 몇 마리와 암뱀을 넣고 검은 종이로 어항을 감싼 후 실로 묶어. 종이에 구멍 뚫는 거 잊지 말고. 볕이 잘 드는 뜰에 둬보는 거야. 뱀들은 열을 받으면 기운을 차리거든. 근데 너무 오래 키운 거 아냐? 집에서 송장 치우고 싶지 않으면 뒷산에라도 풀어주라구. 분신 같은 존재가 내 앞에서 죽는다고 생각해봐. 비명횡사하는 것보단 낫다는 애들도 있지만 그것도 참기 힘든 일이야. 애완동물이기 전에 야생동물이었다는 거

잊지 말고."

여름 햇볕은 강했다. 나는 아픈 그녀를 잠깐이나마 부정한 자로 매도한 스스로를 비난했다. 그리고 몇 시간 후 어항을 들여다보았다. 어항은 따뜻해지고 자잘한 물방울이 어항 안쪽에 맺혀 있었다. 개구리는 이미 사라지고 죽은 듯이 늘어져 있던 그녀는 조금 기운을 차린 것 같았다. 나는 기뻐서 환호성을 질렀다. 그리고 당장 그녀의 이름을 짓기 위해 고심했다. 그때 집안에서 전화벨이 울렸다. 좋은 이름이 생각날 듯 말 듯 한 순간을 방해받고 싶지 않아 귀를 막았다. 우는 아이처럼 보채던 전화벨이 뚝 멈췄다. 나는 귀에서 손을 떼고 다시 고민하기 시작했다. 그러나 때맞춰 울리는 벨소리가 여지없이 귓속을 후벼 팠다. 전화는 내가 받을 때까지 기다리겠다는 심산으로 끈질기게 울렸다.

"왜 인자 받냐! 이것아, 니 애비는 다 죽어 가는디 뭐하고 두문불출 집구석에만 처박혀 있는 거여!"

광주에 살고 계시는 고모할머니였다.

"어쩐 일이세요?"

"니는 모르고 있는 갑다. 사돈네 결혼식이 있어서 잠깐 서울에 올라갔다가 니 아부지한테 연락했어야. 근디 이게 무슨 변이냐. 다 나슨 줄 알았는디 파킨씨 병인가 뭔가가 다시 크게 도졌다는구나. 니 애비 당뇨도 있잖어. 중환자실에 입원해 있는 것두 몰랐제! 이 빌어먹을 것들! 이번에는 합병증까지 있어서 아주 위험한갑드라. 올 해를 못 넘길 것 같다는구나. 이 일을 어쩔거나!"

고모할머니는 거친 숨소리 끝에 목쉰 울음을 토해냈다.

"게다가 이렇게 억울할 데가 없어야. 그년 말이여. 그 여시 같은 년은 아주 나 몰라라 하드라. 이젠 죽을 사람이라는 둥, 눈물도 안 흘려야. 다 죽어 가는 사람 앞에 놓고 하도 기세가 당당해 뒤로 꼬꾸라질 뻔하지 않았겠냐. 아무래도 고년이 선산이며 빌딩이며 주식 할 것 없이 애비 재산 다 가로챘을 것이다. 아들들도 멀뚱허게 서 있는 꼴이 영락없이 니 아부지 천덕꾸러기 신세 됐어야. 이제 단물 다 빨아먹고 버려도 될 빈껍데기라 이거제. 니 올애비는 미국 출장 갔다드라. 이게 무신 꼴이냐……. 네년도 애비 죽고 나서 후회하지 말고 얼른 병원으로 달려가그라. 애비는 애빈 거여. 거기다 이렇게 죽게 된 마당에 아부지 재산 첩년한테다 빼앗길래? 아까는 정신이 좀 들었든지 애비가 날 보고 울더라. 뭔 말인가 할려는디 입은 잘 안 움직이고 목놓아 울기만 하더라. 아이고 불쌍한 것, 천하에 우리 기둥 조카가 자식 한 놈 옆에 없이 죽게 될 줄 누가 알았겠냐…… 집안이 망했어야, 망했어······."

전화를 끊고 옷을 갈아입고 마당을 지나 대문을 나서면서도 울고 있는 아버지 모습은 그려지지 않았다. 도무지 믿어지지 않는 말들이었다. 아버지는 무기력하고 자포자기하는 그런 나약한 인간이 아니었다.

대학병원에 도착해 병실에 들어설 때까지 나는 허둥대지 않았다. 얌전한 암컷 뱀처럼 누워 있는 아버지 곁으로 유유히 다가갔다. 복잡한 호스와 선들이 아버지의 머리와 코와 입과 가슴에 연결돼 있어 아버지는 마치 소멸 직전의 기계인간 같았다. 나는 잠든 아버지를 눈이 시릴 때까지 바라보았다. 아버지는 이미 시들어버려 물을 주어도 살아날 것 같지 않은 식물 같았다. 쓰러져 있는 아버지를 보면 통쾌할 것 같았지만 심장 박동이 점점 빨라졌다. 팽창한 심장은 핏방울을 흩뿌리며 곧 터져 버릴 것 같았다.

삼 일간 꼬박 아버지 곁에서 밤을 새웠다. 내가 와 있다는 걸 알아서인지 여자와 그의 아들들은 병실 근처에도 나타나지 않았다.

'이것 봐요, 아버지. 당신에겐 무엇이 남아 있나요. 내겐 또 무엇이 남아 있나요.'

블라인드 사이로 어둠이 보였고 나는 아버지의 차가운

손을 가만히 붙잡았다. 듬성듬성 저승꽃이 핀 아버지의 팔은 뱀의 몸뚱아리와 흡사했다. 늙고 병든 차가운 손이 작은 내 손안으로 조금씩 파고들었다. 손의 체온이 따뜻해서였을까. 두 손으로 바구니 모양을 만들면 종종 손 주머니 안으로 파고들던 집안의 그녀가 생각났다.

아버지가 눈을 떴다. 저승꽃 핀 늙고 추레한 거죽 위로 눈물이 흘렀다. 나는 물줄기 같은 눈물을 손끝으로 닦았다. 눈물방울은 무거운 추처럼 손끝에 매달렸고, 나는 슬그머니 주먹을 쥐어 떨리는 손가락들을 보듬었다.

"내 죄가 많아……."

얼굴 반쪽이 마비된 아버지의 얼굴에 경련이 일었다. 나는 고개를 돌렸고 병실 안으로 들어서는 간호사를 지나쳐 집으로 돌아왔다.

칠이 벗겨진 대문을 열고 마당으로 들어갔다. 무심코 지나다가 잡풀더미 사이에 웅크리고 있는 암컷 한 마리를 발견했다. 녹슨 대문 소리가 귀에 거슬리고 인기척이 느껴질 만도 한데 뱀은 강아지보다 얌전했다. 갈라진 혀를 날름거리지도 않는 인형 같은 뱀을 보면서 문득 서글픈 감정이 일었다. 거실로 들어서니 구석에서 벽을 핥고 있는 수컷 한 마리와 싱크대 벽면 모서리를 따라 움직이는 새끼 뱀이 보였다. 8월의 햇볕은 이렇게 뜨거운데 저들은 집안에 틀어박혀 무슨 생각을 하고 있을까. 나는 도시 속에, 그것도 낡은 주택 안에서 창문을 닫고 커튼을 치고 환기구를 틀어막고 사는 그것들이 도대체 뱀일까 하는 의문이 들기 시작했다.

벽난로 쪽으로 다가가 수컷에게 손을 내밀었다. 수컷은 기분이 언짢은지 벽난로를 빠져나가려고 했다. 나는 수컷 한 마리를 낚아채려다 그들의 마음을 다치게 하고 싶지 않아 조용히 이층으로 올라갔다. 작은 가방에 속옷 몇 벌과 옷가지들을 넣었다. 더 필요한 게 없을까 하고 방안을 둘러보았다. 피아노 선반 위에 손바닥만한 액자가 엎어져 있었다. 나는 액자를 들어 가만히 들여다보았다. 위엄 있는 아버지와 인자한 미소의 할머니, 수더분한 어머니와 교복을 입은 오빠, 부끄럽게 웃고 있는 중학생 소녀가 하얀 틀 액자 속에 모여 있었다. 소녀의 두 볼엔 살짝 보조개가 패여 있었다. 그러나 소녀의 얼굴에서 웃음이 사라져 갔다. 오빠와 엄마와 할머니의 얼굴에도 서서히 어두운 그림자가 생겨났다. 젊고 늠름한 아버지 대신 창백한 얼굴에 입이 돌아가고 반신이 마비된, 들여다보는 사람 하나 없는 비참하고 추레한 노인의 얼굴이 사진 속에 들어있었다. 나는 방바닥에 털썩 주저앉았다. 이렇게 가실 거면서…… 이렇게 가실 거면서…….

그렇게 한참 동안을 흐느끼다가 나는 무엇에 홀린 것처럼 일층 거실로 황급히 뛰어 내려갔다. 소파 틈새에 웅크리고 있는 그녀와 카펫 사이에 있는 수컷, 물탱크 속에서 놀고 있는 새끼 뱀을 찾아내어 밀짚 가방 속에 넣었다. 나는 뱀들과 함께 숲이 우거진 우장산으로 갔다. 병풍처럼 둘러싼 산은 오를수록 깊었다. 나는 인적이 드문 산 중턱을 골라 8월의 햇볕이 강하게 내리쬐는 지면에 뱀들을 풀어놓았다. 그것들은 집에서와는 달리 빠른 몸짓으로 사라져 갔다. 머뭇거리다 밟히지나 않을까 염려할 필요도 없이 나를 돌아보지도 않고 뿔뿔이 흩어져 갔다. 나는 그들이 사라져 가는 것을 지켜보면서 무거운 추 하나가 뱃속 아래로 철렁 내려앉는 소리를 들었다.

고비를 넘긴 아버지가 오랜만에 편한 잠에 빠져들었다. 나는 내 손을 쥔 채 잠든 아버지 곁을 가만히 빠져나왔다. 먼저 오빠에게 전화를 걸었다. 핸드폰 단말기로부터 부재 음성이 나오자 오빠의 집으로 다시 전화를 걸었다. 자동 응답기에서 깜찍한 여자 목소리가 튀어나왔다. 새언니라는 사람의 목소리가 이랬던가……. 나는 돌아서려다 말고 망설이다가 다시 전화를 걸었다. 아버지의 여자가 전화를 받으면 내 쪽에서 덜컥 끊어버릴 것도 같았다. 아홉, 열, 열하나, 열 둘……. 그러나 아버지의 여자는 없었다. 내가 병실을 지키는 동안 그녀와 그의 아들들은 단 한 번도 병원에 나타나지 않았다. 나는 고비를 넘긴 아버지의 소식을 누구에게라도 알려주고 싶었지만 처음부터 존재하지 않았던 사람들처럼 연락이 닿지 않았다. 어둑한 긴 복도는 끝이 보이지 않는 미로 같았다.

다음 날 새벽, 나는 가위에 눌려 허우적거리다가 깨어났다. 아버지는 잠들어 있었고 링거 주사약은 똑 똑 한 방울씩 아버지의 핏줄을 타고 들어갔다. 나는 아버지의 가슴에 귀를 대보았다. 숨소리가 고르게 들려 안심하고 병실 밖으로 나왔다. 식은땀이 또르르 목을 타고 흘러내렸다. 그때 반대편 복도 끝에서 중년 여자의 비명 소리가 들렸다. 나는 흐트러진 머리를 한데 모으며 귀를 기울였다. 병실에서 뛰어나온 한 남자가 다급히 의사를 불렀다. 어둑하던 복도에 순식간에 불이 켜지고, 의사와 간호사들이 신속하게 병실로 뛰어 들어갔다. 위급한 사태가 벌어진 게 틀림없었다. 정신이 번쩍 들었다. 뭔가 둔탁한 것에 머리를 되게 얻어맞은 것처럼 눈앞이 캄캄했다. 여자의 비명은 불운의 전조처럼 촉수를 세우게 했다. 나는 점점 뿌옇게 변하는 시야를 걷어 없애기 위해 몸부림치며 병동을 빠져 나왔다. 축축하게 피부에 닿는 새벽안개는 삼차원의 세계로 빨려 들어가서 맞는 아침처럼 낯설고 두려웠다. 나는 황급히 택시를 잡아타고 우장산을 향해 달렸다.

땀으로 뒤범벅이 된 나는 신들린 사람처럼 산기슭을 헤맸다. 잣나무 가지를 치우고, 돌부리를 들춰보고, 쓰레기 더미를 뒤지고, 잡풀 속을 헤쳐 보았다. 이마와 손등에 생채기가 생겨 따끔거릴 새도 없이 산꼭대기까지 허겁지겁 달렸다.

그 날 새벽, 나는 미명 속에 죽어가고 있는 뱀 한 마리를 밟고 말았다. 미끈하게 밟히는 촉감은 불길했다. 그것은 나의 얌전한 암컷 뱀이었다. 산길을 오르던 누군가가 공교롭게도 그녀를 만나 지팡이로 사정없이 공격을 가한 것 같았다. 그라스스네이크(영국의 독 없는 뱀)를 죽이는 일은 쉽지 않았을 것이다. 인간과 너무나도 친숙해 한 치의 두려움도 없었던 그녀는 뼈가 짓뭉개지도록 맞아 불구가 되었다. 아래턱은 이미 위턱과 맞물리지 않았고 찢어진 자전거 타이어처럼 그녀는 그렇게 축 늘어져 까만 혀만 희미하게 흔들고 있었다. 혀가 두세 번 드나들 때마다 나비 떼가 날아오르는 환영을 보여주던 그녀. 내게 곤잘 질문을 하던 그녀의 섬세한 혀는 더 이상 감정을 담아내지 못했다. 나는 강한 전류에 감전된 사람처럼 꼼짝달싹 하지 못했다. 뱀들을 풀어놓아 준 순간부터 그들에게 더 없는 기쁨을 주었다는 생각, 그것은 어리석었다. 인간에 대한 날카로운 공포심마저 잃어버린 암컷은 모든 인간을 자신처럼 믿고 있었다. 그러나 인간의 변덕스러움은 그녀의 신경을 멈추게 했다. 어둠 속에서도 반짝반짝 빛을 내던 그녀의 혀는 감촉을 잃어갔다. 태양은 아침부터 뜨거웠고 정신없이 매미 떼가 울고 있었다. 🐌

나는 지금 버스를 기다린다

나는 지금 버스를 기다린다

창문을 닫고 커튼을 쳤다. 방 안은 딴 세계처럼 금방 어두워졌다. 라디오를 켜자 눈사태로 인한 사고 소식뿐이었다. 가축이 죽고 농가가 무너지고 자동차가 구르고 사람들이 죽어나갔다. 월요일 출근은 대부분 한 시간 미뤄진 상태였고 눈 속에 실종된 사람들을 찾느라 비상이었다.

나는 라디오를 끄고 침대에 바로 누웠다. 문양도 없는 천장이 천천히 내려오더니 거리를 잴 수 없을 만큼 눈앞 가까이 다가왔다. 검은 천장은 거대한 절벽 같았다. 어처구니 없지만 나는 여관방에 누워 그를 기다릴 수밖에 없었다. 내게 한 마디 말도 없이 다급하게 가야 할 이유가 무엇이었든지 중요하지 않다. 제욱은 지금 내게 돌아오고 있는 중이다. 눈길 때문에, 연속된 사고 때문에, 더디게 다다르고 있을 뿐이다. 그러나 폭설이 내리는 새벽에 뛰어나갈 만큼 그에게 중요한 일은 무엇이었을까.

　함박눈이 쏟아지는 날 오후, 길가에 감색 갤로퍼 한 대가 서 있었다. 구겨 신은 운동화 속으로 눈이 파고들었지만 나는 신발을 고쳐 신을 생각도 않고 제욱의 차를 향해 걸어갔다.
　"우산이라도 쓰고 오지 그랬어요? 다 젖었네."
　제욱의 친구 진태였다. 심상치 않음을 느꼈는지 진태는 조수석 문을 열고 나와 인사를 건넸다. 나는 생각지 못한 진태의 동승에 잠시 머뭇거렸다. 제욱이 나의 시선을 피하며 시동을 걸었다.
　"20년 만에 내리는 폭설인데, 그냥 있을 수 없죠. 가깝게 강화나 갑시다. 누나네 들러서 마지막으로 조카들 얼굴이나 보고 죽어야지……."
　진태가 어색한 분위기를 풀어보려는 듯 우스갯소리를 했다.
　"눈 속에 파묻히든 바다에 뛰어들든 여기보다야 낫겠지."

제욱이 룸미러를 통해 내 얼굴을 살폈고, 나는 냉담한 표정으로 창 밖 도로변만 뚫어지게 보았다.

차는 어느덧 공항로를 지나 김포읍을 지나고 있었지만 우리는 모두 입을 다물고 있었다.

문득 진태의 왼쪽 팔로 시선이 갔다. 굵고 단단한 팔 안쪽에는 그가 직접 새긴 문신이 있다. 결혼을 앞두고 진태와 7년 간 사귄 여자는 다른 남자와 눈이 맞아 도망을 쳤다. 눈이 뒤집힌 진태는 다니던 회사도 그만두고 바람난 애인의 목을 비틀어버리겠다며 전국을 찾아 헤맸다. 팔에 새긴 일련의 긴 번호는 애인과 살고 있다는 다섯 살 어린 남자의 주민등록번호였다. 나는 다시 창밖으로 고개를 돌렸다.

3년 전 제욱을 만났다. 야간 전문대학을 나온 나는 당시 잡지사에 다니고 있었다. 대학 선배의 소개로 들어간 잡지사는 영세했지만 가족적인 분위기여서 일하는 데 어려움이 적었다. 선배 언니를 통해 제욱과의 인연을 만들기도 했다. 엄밀히 말하자면 제욱은 내게 일자리를 주선해주고 친언니 이상으로 나를 챙겨주던 선배의 남자였다. 제욱과 나는 그렇게 만났다. 그리고 나는 직장을 그만두었다. 사무실 사람들은 나를 보며 그나마 양심은 챙길 줄 아는 맹랑한 아이라고 수군거렸다. 그러나 그건 선배에 대한 미안함이랄까 죄

책감에서 비롯된 것이 아니었다. 취재를 나가고 인터뷰 기사를 쓰기도 했지만 요실금에 시달리는 중년 부인들의 성 문제를 대필하고 성형외과, 비뇨기과에 상담 문의를 하는, 독자란을 채우는 일에 더 이상 흥미를 가질 수 없었기 때문이었다. 어쨌든 사무실을 나온 후 여러 가지로 마음만은 홀가분했고 3년여 동안 진태 커플과 어울렸다.

때마침 제욱의 핸드폰이 정적을 깼다. 제욱은 잠깐 당혹해하는 것 같았다. 여러 번 울리는 벨소리는 애가 타는 사람의 간청처럼 들렸다. 몇 번 더 벨이 더 울리자 제욱이 배터리를 빼버렸다. 가느다랗게 한숨이 새어나왔다. 그의 작은 숨소리는 탄식의 소리처럼 들렸고 나는 어금니를 물었다.

"저놈들 봐라! 먹이 구하러 가는 거 아냐? 눈벼락 때문에 쥐란 놈들도 좀 괴롭겠어? 굶어 죽는 놈들, 얼어 죽는 놈들, 시체 꽤나 나오겠군."

진태가 좁은 시골 차도를 가리키며 신기하다는 듯 소리쳤다. 서너 마리의 쥐가 황급히 길을 건너고 있었다.

"쥐란 놈의 머리가 얼마나 좋은데 그래? 건물 무너지기 직전에 빠져 나오고, 지진이 나려고 할 때 굴에서 제일 먼저 도망치는 동물이 바로 쥐야. 영원불멸의 존재지."

제욱이 브레이크를 밟아 잠시 멈췄다가 다시 기어를 넣

으면서 말했다.

"쥐는 교활한 동물이야. 철저하게 개인적으로 행동하는. 도둑질 할 때만 다른 쥐들과 힘을 합치지. 뚫고 들어가기 힘든 식량창고도 가장 먼저 약탈하는 게 쥐라구. 지금이 바로 그 때인 것 같은데?"

재빠르게 지나쳐간 시골 쥐들을 보면서 나는 어릴 적 그때처럼 비웃었다.

초등학교 3학년으로 기억된다. 하루는 아이들과 놀고 있는데 정희가 나를 제외한 세 명의 아이들에게 차례로 귓속말을 했다. 정희는 나만 빼놓고 아이들을 집으로 초대한 것이었다. 정희 엄마는 밤늦게까지 공장 일을 하느라 집은 거의 비어 있었고 그래서 정희네 집은 더없이 좋은 놀이공간이었다. 아이들은 나를 거들떠보지도 않고 정희네 집으로 우르르 들어갔다. 나는 정희네 집 앞에서 침을 뱉었다. 그리고는 해가 질 때까지 뒷산을 뛰어다녔다.

저녁 무렵, 동네 공터에 구급차가 세워져 있었다.

"애들이 죽게 생겼다네! 정희 엄마가 고구마에 쥐약을 묻혀둔 모양이야. 아이들이 고것을 먹고 넷이 한꺼번에 까무러쳤다는구면!"

나는 동네 어른들 틈을 비집고 들어가 들것에 실려 나오는 아이들을 똑똑히 봤다. 네 아이의 가족들이 미친 사람처럼 허둥대며 들것에 매달려 울었다. 구급차가 병원으로 떠나고 울음소리가 작아지고 걱정과 한숨, 끌끌 혀 차는 소리가 사라질 때까지 나는 골목 어귀에 서서 기도를 했다.

'돌아오지 않게 해주세요. 모두 죽어서 다시는 내 앞에 나타나지 않게 해주세요……'

살며시 눈을 떴을 때, 맞은 편 쓰레기통을 뒤지고 있던 쥐한 마리와 눈이 마주쳤다. 가슴이 철렁 내려앉았다. 그러나쥐는 쓰레기통 깊숙이 숨어버렸고 나는 안심하며 조용히 웃었다. 제욱의 뒤통수를 보면서 나는 또 한 번 그렇게 웃어보고 싶다는 생각을 했다.

눈길에도 차는 수월하게 빠졌다. 김포읍을 지나고 강화대교를 건너 어느덧 강화시내에 들어와 있었다. 제욱은 인삼직매장센터 앞 주차장에 차를 세웠다. 제욱과 진태가 자동차 바퀴에 체인을 거는 동안 나는 외투 주머니에 양손을찔러 넣고 강화 시내를 빙 둘러보았다. 아버지가 암으로 몇년 간 투병하다 돌아가시기까지 언니는 강화 인삼직매장을두 달에 한 번씩 다녔었다.

아버지는 언니가 사온 인삼을 밥처럼 씹어 드셨다. 통증이 심해지고 구토가 잦아지면 아버지는 부들부들 떨리는 손으로 갈아온 인삼에 토종꿀을 섞어 반은 입 밖으로 쏟으면서도 기어이 자신의 목구멍으로 흘려 넣기 위해 애를 썼다. 아버지는 닥쳐올 죽음 앞에서 몸부림쳤고 언니는 그런 아버지의 수명을 조금이라도 연장하기 위해 몸부림쳤다.

어느 날, 아버지는 가시처럼 앙상하고 움푹 팬 얼굴에 애써 웃음을 지으며 바람을 쐬어 달라고 말했다. 아버지의 일그러진 미소는 서글퍼 보였다. 아버지와 언니 그리고 나, 우리는 처음이자 마지막으로 함께 외출을 했다.

중고 소형차 뒷좌석에 금방이라도 부서져 내릴 것 같은 아버지를 태우고 언니와 나는 거리를 달렸다. 착잡함과 무거운 침묵 속에 목적지도 없이 차를 몰았다. 언니는 저도 모르게 익숙한 거리를 달렸던 것 같다. 차는 녹색 평원이 드넓은 김포를 지나고 있었다. 햇살은 따뜻했고 평온한 풍경이었다. 나는 혹시 아버지의 임종을 차안에서 맞게 되는 건 아닐까 내심 걱정이 되기도 했지만 아버지는 잘 견디고 있었다. 쏟아지는 빛이 따뜻한 바람과 함께 피부에 와 닿았다. 햇살을 받으며 먼 곳을 바라보는 아버지의 얼굴이 룸미러로 보였다. 눈물이 아버지의 푹 꺼진 볼을 타고 흘러내렸다. 기침이 조금씩 잦아지자 언니가 황급히 차를 돌렸다. 나는 너무 멀리 왔다는 생각보다는 아버지와 언니와 내가 지나간 일들을 떠올리며 마음을 정리하기에 알맞은 거리라는 생각을 했다.

일 년 전 여름, 언니가 바다를 보고 싶다고 했을 때에도 나는 기꺼이 동행했다. 그러나 아버지를 태우고 외출했던 그때처럼 마음이 무거웠다.

나는 되도록 언니와 눈을 마주치지 않으려고 애썼고 필요 이상의 말을 걸지 않았다. 언니는 새끼 고양이의 머리를 가만가만 쓰다듬으면서 폭염 속의 들판을 하염없이 바라보았다. 어쩌다 언니 품에 안긴 까만 고양이와 눈이 마주쳤다. 천성적으로 어리광을 잘 부리는 고양이도 자신을 미워하는 사람을 직감으로 알아보는지 고양이가 슬그머니 고개를 돌렸다. 순간 번개처럼 스쳐가는 생각이 있었다. 어쩌면 오늘, 고양이를 처치할 수 있는 기회가 있을지도 모른다.

"어떤 놈의 씨를 받아 낳아 놓고, 내 새끼인 양 키우고 있어. 빌어먹을 세상, 뻔뻔한 년⋯⋯."

나는 어렸지만 어떤 놈의 씨를 받아 낳은 아이가 나라는 사실을 단박에 알아차렸다. 엄마는 부엌에 쭈그리고 앉아 쌀을 씻고 있었다. 희멀건 한 쌀뜨물이 부엌 하수구로 흘러 들어 갔다. 엄마는 이를 악다문 채 저녁상을 차릴 뿐 넋 나간 아이처럼 집을 나서는 나를 불러 세우지도 돌아보지도 않았다.

시커먼 어둠이 어깨 위로 무겁게 내려앉았다. 중학교에 다니는 언니가 언덕 아래에서 내 이름을 불렀다. 뒷산 숲 속에 쭈그리고 앉아있던 나는 언니의 목소리가 가까워지자 공기놀이하는 척을 했다. 언니가 가쁜 숨을 몰아쉬면서 내 앞에 섰다. 언니는 난처한 얼굴로 내 옆에 앉아 가슴 안주머니에서 크림빵 하나를 꺼내어 내밀었다. 나는 말없이 빵을 받아 한 입 크게 베어 물었다. 눈물이 나오려고 했다. 언니가 내 어깨에 팔을 두르고 조심스럽게 말을 꺼냈다.

"넌 내 동생 맞아. 아빠가 술 취해서 그래. 요새 돈을 잘 못 버시니까 괜히 엄마한테 화를 내시는 거야. 좋으면서 괜히 놀리고 괴롭히는 남자 애들처럼 말이야. 너희 반에도 여자 애들 못살게 굴고 없는 말 지어내서 소문 퍼뜨리는 짓궂은 애들 있지?"

막 삼키려던 빵 한 조각이 목에 탁 걸렸다. 나는 잠시 고민했다. 입안에 있는 빵을 이대로 삼켜야 하는지, 뱉어버려야 하는지.

"누가 아빠든 상관없어."

나는 쓴 약을 삼킬 때처럼 씹던 빵을 삼키고 자리에서 일어났다. 손에 들린 먹다 만 빵을 산 아래로 힘껏 던져버렸다.

내가 초등학교 4학년이 되던 해, 엄마는 결국 집을 나갔다. 동네 사람들은 아버지의 주정대로 정말 바람이 났었던 게 분명했네, 하고 지나가는 나를 보면서 수군거렸다. 나는 아무렇지 않았다. 아빠가 누구이든 상관없는 것처럼 엄마가 바람나서 도망을 갔든, 매 맞고 사는 게 진절머리 나서 달아났든, 죽어 땅 속에 묻혔던들 나와는 관계없는 일이라고 나는 몇 번이나 중얼거렸다.

"내가 지금껏 고양이 새끼를 키웠어."

아버지를 모시고 종합병원에 다녀오던 날, 폐암 말기 진단을 받은 아버지는 스물이 훨씬 넘은 나를 보면서 변함없는 소릴 했다. 마치 암에 걸려 죽게 된 것이 모두 내 탓이라는 악의에 찬 말투였다. 그날 밤 아버지는 요강에 피를 토하면서 알아들을 수 없는 말들을 뱉으며 소리쳐 울었다. 나는 언니 대신 인삼 꿀물을 들고 아버지 곁에 앉았다.

"네년이 타 주는 것은 못 먹겠다! 독이나 타지 않았을까 무서워서 못 먹겠다!"

나는 보란 듯이 꿀물을 천천히 마셨다. 그 후로 아버지가 객혈하며 벽을 걷어차고 눈물로 고통을 호소할 때에도 나는 악마의 새끼 고양이처럼 오도카니 내 방에 앉아 있었다.

아버지에게 죽음의 그림자가 다가올 무렵, 언니는 우습게도 교회에 나가기 시작했다. 아버지의 예정된 죽음 뒤에 아버지의 영혼을 양도할 구원자가 필요했었나 보다. 영혼의 세계에서도 언니만큼 아버지를 돌봐 줄 수호천사가 있을지, 후세에 만났는지 어쨌는지 모르겠지만 언니는 아버지를 양도한 대신 거두어 돌볼 또 한 사람을 만났다.

작은 교회에서 만난 신학도는 고학생으로 신의 부름을 기다리는 것밖에는 다른 어떤 일도 할 수 없을 것처럼 심약해 보였다. 그리고 남자는 길에서 주운 새끼 고양이를 언니에게 주었다.

"고양이를 안을 때는 한 손으로 이렇게 엉덩이와 뒷다리를 받치고, 다른 손으로 가슴을 안아서 가슴과 가슴이 맞닿도록 해야 한대."

새끼 고양이를 데리고 온 날, 언니는 마치 첫아기를 낳아 안고 온 초보 엄마처럼 기쁨과 감격에 들뜬 목소리로 말했다. 그러나 고양이는 불안한 듯 며칠이 지나도 울며 보채기 일쑤였다. 언니는 고양이의 방석 안에 따뜻한 물을 담은 보온주머니와 작은 탁상시계를 넣어 주었다.

"엄마와 형제들이 그립기 때문이야. 이렇게 하면 엄마의 심장소리와 형제들의 체온을 느낄 수 있대."

언니가 고양이의 턱과 배를 부드럽게 문지르자 고양이가 언니의 팔에 얼굴을 비벼댔다.

"사랑과 관심을 받지 못하면 정상적인 고양이로 자라지 못할 거야."

나는 애정 어린 눈으로 고양이를 바라보는 언니를 등 뒤에서 가만히 쏘아보았다. 가여운 고양이에게 아량을 베푸는 심정으로 내게도 그런 사랑을 주었던 것일까.

언니는 안고 있던 고양이를 내 팔에 옮겨놓으려고 했다. 나는 주춤거리다가 어설프게 고양이를 받아 안았다. 언니가 한 것처럼 고양이의 머리를 천천히 쓰다듬다가 배를 문질러 주자 고양이가 그룽그룽 간지럼 타는 소리를 내면서 내 품에 고개를 묻었다. 언니가 흐뭇한 미소를 지었다. 그때 문밖에서 가난한 고학생의 목소리가 들렸다. 언니는 소녀처럼 얼굴이 붉어져서 밖으로 뛰어나갔다. 나는 고양이를 안은 채 일어나 반 지하 창문으로 밖을 내다봤다.

"끄룽…… 깨악!!"

나는 고양이를 높이 들어 던지듯이 방바닥에 떨어뜨렸다.

"새끼 고양이는 골격이 제대로 발달되지 않아 다치거나

놀라기 쉽대. 안을 때도 조심스럽게, 특히 바닥에 내려놓을 때는 부드럽게, 네 다리 모두가 바닥에 닿을 수 있도록 해주어야 해.”

나는 언니가 했던 말들을 토시하나 빠뜨리지 않고 흉내 내듯 중얼거렸다. 어린 고양이는 방바닥에 고꾸라져 괴상한 신음만 낼 뿐 내게 아무런 항변도 하지 못했다.

그렇게 어리고 나약한 검은 고양이는 나비라는 이름으로 한집에서 살게 됐고 하루가 다르게 성장했다. 어둡고 낡은 방안은 종종 언니의 웃음소리로 가득 찼다. 그렇지만 나는 고양이에 대해 관대할 수 없었다. 집안 분위기에 익숙해지면서 고양이가 가구나 벽, 카펫이나 방석 따위를 발톱으로 할퀴고 물어뜯는 것을 볼 때마다 언젠가 저 고양이를 의자 다리에 꽁꽁 묶어놔야지, 하는 생각을 했다. 낮에는 하루 종일 잠을 자다가 밤이 되면 어딘가로 마실을 다녀오는 것도 못마땅했다. 도둑고양이의 행렬 속에 끼어 더럽고 추악한 일을 벌이다 돌아오는지도 모를 일이었다. 영악하고 불결했다.

시간이 갈수록 검은 고양이는 언니의 사랑을 독차지했고, 언니는 수년간 부어 온 적금까지 깨면서 남자의 학비와 생활비를 댔으며, 나는 검은 고양이를 미워했고, 검은 고양이는 나를 조롱했다.

이른 아침, 신발을 신던 나는 기겁을 했다. 생각 없이 디민 발바닥 아래 섬뜩하고 기분 나쁜 이물감이 느껴졌다. 죽은 쥐새끼였다. 목에 이빨 자국이 흉측하게 나있는 갓 난 쥐새끼는 몰랑몰랑했다. 나는 휙 돌아서서 문을 박차고 들어갔다. 화장을 하고 있던 언니가 화들짝 놀라 나를 쳐다봤다. 검은 고양이는 언니의 감색 치마 위에 동그랗게 누워 태연한 척 눈을 감고 있었다. 언니가 없는 동안 고양이를 의자 다리에 묶어놨던 일이 떠올랐다. 고양이의 한 살은 사람으로 치면 열다섯 살과 같다고 했지. 씨도 배도 없이 태어난 더러운 도둑고양이!

나는 끔찍했던 기억을 떠올리며 낯선 길을 내달렸다. 뙤약볕이 쏟아지던 하늘에는 먹구름이 잔뜩 끼어 있었다. 나는 간간이 보이던 집들마저 찾아볼 수 없는 산 중턱 풀밭 길에 차를 세웠다. 짐작대로 길은 끊어져 있었다. 풀들이 함부로 자란 산등성이만 눈앞에 떡하니 서 있었다. 길을 가로막기 위해 일부러 가져다 놓은 것처럼 느닷없고 가파른 산언덕이었다. 기름은 거의 바닥난 상태였다.

"길을 잃은 것 같아. 보험회사에 전화해도 여기가 어디라고 설명도 못 하겠고……."

해는 이미 져서 어둑했고 좁은 산길은 굴곡이 심했다.

"오던 길에 허름한 가게 있었지? 휘발유라고 쓰여있는 걸 봤어."

나는 급한 대로 석유통에 기름을 담아오겠다고 나섰다.

"운전하느라 피곤할 텐데, 내가 다녀올게."

언니가 빈 석유통을 들고 길 아래로 내려갔다. 언니의 발소리가 희미해질 때까지 나는 태연하게 자고 있는 고양이를 빤히 내려다보았다. 그리고 재빨리 일을 처리했다. 어둠이 무겁게 내려앉았고 빗줄기가 차체에 둔탁한 소리를 내며 쏟아졌다.

한참 만에 돌아온 언니가 기름통을 바닥에 떨어뜨렸다. 비에 흠뻑 젖은 언니는 눈을 번뜩이며 비명 같은 소리를 질렀다. 그리고는 정신 나간 사람처럼 숲 속 비탈길로 뛰어갔다. 등이 휜 커다란 나무들이 무성한 잎들을 사납게 흔들면서 비웃듯이 눈앞에서 출렁거렸다. 나는 혼잣말로 중얼거렸다.

"언니를 뒤따라갔다니까. 같이 오는 줄 알았지."

우리는 한 시간 넘게 고양이를 찾았다. 그러나 검은 고양이는 어디에도 없었다. 언니는 두 손으로 얼굴을 감쌌다. 나는 강제로 언니를 차에 태우고 폭우 속의 그 길을 되돌아

나왔다.

청 테이프로 눈과 입을 틀어막았어. 떼어지지 않도록 수십 번 넘게 얼굴을 휘감았지. 줄에 묶인 고양이가 온몸을 버둥거렸지만 벗어나려고 부득부득 애를 쓰면 쓸수록 우스운 미라 같은 고깃덩어리가 되던걸. 자루 안에 넣고 단단히 묶은 뒤에 언덕 아래로 던져버렸어. 아득히 먼 곳으로 말이야…….

세상을 삼켜버릴 것처럼 성이 나 흘러넘치던 비가 조금씩 줄기 시작했다. 몇몇 집들과 사람들이 비를 피해 서 있는 작은 상가가 보였다.

"멈춰. 나비 찾으러 다시 가."

언니가 나를 쏘아보며 단호하게 말했다. 내가 입을 다문 채 속력을 내자 언니가 핸들을 꺾으려고 했다.

"버려. 쓸모없는 핏덩어리야."

"너……, 그럼 일부러……?"

나는 숨을 가다듬고 차분한 어조로 말했다.

"언니, 임신한 거 알고 있어. 집으로 가. 바다 따윈 없으니까."

언니는 벌어진 입을 다물지 못한 채 몸을 떨었다.

제욱과 진태가 눈길용 체인을 바퀴에 걸고 차 정비를 하는 동안, 나는 폭우가 쏟아지던 일 년 전 여름의 그 길을 되밟고 있었다.

　오롯이 내려앉은 흰 눈은 눈이 부실만큼 아름다웠다. 그러나 별안간 죽은 고양이 귀신이 나타날지도 모를 일이었다.

　"누나가 외포리에 살아요. 가는 길에 고인돌도 보고, 선착장 횟집에서 소주 한 잔 해야죠."

　내가 돌아가겠다고 하자 진태가 손사래를 치면서 조수석에 올랐다. 눈송이들은 어느새 나무와 집과 산의 형태를 소리 없이 지워가고 있었다.

　"강화도가 원래 김포반도에 이어진 내륙이었지?"

　강화읍에서 지방도를 따라가다가 진태가 말을 꺼냈다.

　"오랜 세월 침강으로 내륙이 바다 밑으로 가라앉은 뒤에 마니산, 고려산 같은 게 생겨나면서 여러 개의 구릉으로 둘러싸인 섬이 되었을 거야. 그 뒤에 한강이랑 임진강의 퇴적작용으로 다시 김포 반도와 연결되었지만 또다시 침식되고 물길을 이루면서 완전히 섬이 된 거지."

　"닿을 듯 말 듯, 힘겹게 떠도는 섬이었군."

　진태가 고개를 끄덕거리면서 한숨을 내쉬었다.

"강화대교가 육지와 섬을 잇고 있잖아."

나는 한두 시간이면 닿을 수 있는 지척의 강화가 섬처럼 느껴지지 않아 반문하듯 말했다.

"다리가 놓여도 섬은 섬이지."

제욱이 혼잣말처럼 말하고는 깊게 빤 담배연기를 내뿜었다.

오류내 입구에서 다시 지방도를 따라 산모퉁이를 돌았다. 돌자마자 고인돌이 있다는 산비탈이 나타났지만 청동기 시대, 지배층의 지도급 인물로 살다가 묻힌 영웅의 무덤은 쉽게 눈에 띄지 않았다. 쌓인 눈 때문에 자취도 없었다.

마을 사람으로 보이는 중년 남자가 눈밭을 헤치며 걸어오고 있었다. 진태는 창문을 열고 부근에 있다던 고인돌이 어디쯤에 있느냐고 큰 소리로 물었다.

"여기 있는 고인돌은 볼 것도 없어요. 굄돌은 넘어져 버리고 덮개돌만 비스듬히 처박혀 있으니까. 밭에 고인돌이 박혀 있어서 얼마나 골치를 앓는 줄 아슈? 몇 년 전엔 끌로 쪼아 내서 석재로 쓰더니 이번 여름엔 아예 불도저를 동원해서 통째로 옮겨 놓았다니까. 관청에서 사람들이 나와 길길이 뛰고 말도 많았지. 허지만 농사꾼들한테 그런 바윗덩어리가 뭐 그리 중요하겠어요? 신세 편한 도시 사람들이나 보물이네 어쩌네 하지. 그나저나 고개 너머에서는 사람들이 떼죽음을 당했다는데 무슨 고인돌 타령이오?"

우리는 똑같은 표정으로 남자의 다음 말을 기다렸다.

"뉴스 속보도 못 들었소? 관광차가 내리막길에서 가로수를 받고 뒤집어졌다는구먼. 몇 백 년 전에 죽은 사람, 무덤은 뭣 하러 구경해요? 험한 길에 찾아 나섰다가 되레 묻히기 전에 얼른 돌아가시오!"

남자가 쏘아붙이듯이 말하고는 가던 길을 재촉했다. 제욱과 진태가 잠시 동안 마주보다가 지도책을 펼쳤다.

"하점면으로 가자!"

둘은 보물이나 성지를 찾아 나서는 사람들처럼 의연하고도 결의에 찬 얼굴이었다.

방향을 틀어 서쪽으로 차를 몰았다. 체인을 걸었지만 몇 번이나 차바퀴가 빙판 길에 미끄러졌고, 무릎 높이까지 쌓인 눈 속을 헤쳐 나오는 데도 많은 시간이 걸렸다.

"여기서 오른쪽으로 가면 강화와 외포리 간 지방도가 나와. 지방도를 따라 500미터 정도 가면 고려산 북쪽 봉우리인 시루메봉 능선이 뻗어 있어. 능선 끝자락에 유명한 고인돌 무덤이 있어."

보조석에 앉은 진태가 지도책을 펼쳐놓고 상세히 길 안

내를 했다. 나는 뒷자리에 앉아 제욱과 진태가 하는 일을 말없이 지켜보았다. 떼죽음을 당한 사람들처럼 여차하면 죽을지도 모를 불안한 순간들이 찾아왔지만 불안은 곧 짜릿한 쾌감으로 바뀌어갔다.

능선 자락에 마련된 대지는 해발 30미터 정도의 높이라고 했다. 30센티 이상 쌓인 눈을 머리에 이고 서 있는 장대한 고인돌 앞에서 우리는 입을 떡 벌렸다. 70도 기울기를 갖춘 돌기둥이 50톤으로 추정된다는 대형 판석을 받히고 있었다. 그 역학 구조는 하나의 불가사의였다. 사람 키보다 훨씬 큰 고인돌 무덤 역시 우리를 내려다보고 있는 것 같았다. 우리는 말없이 지켜보다가 앞서 죽은 자의 영혼이라도 만날 모양으로 누가 먼저랄 것도 없이 철책을 뛰어넘어 무덤 가까이 다가갔다.

나는 좌우 굄돌이 떠받치고 있는 석판 아래로 슬그머니 들어가 쭈그리고 앉았다. 몸을 웅크린 채 가만히 눈을 감았다. 그곳은 눈발이 굵게 쏟아지는 하늘 아래에 독립적으로 존재하는 또 하나의 세계 같았다. 그곳에는 오래되고 편안한 고요가 있었다. 포근한 느낌마저 들었다. 그러나 차츰 이상한 기운이 몸을 휘감았다. 매서운 바람이나 싸늘한 추위라기보다는 바늘로 온몸을 찌르는 듯한 통증에 가까웠다. 거대한 바윗돌이 머리를 짓누르는 듯한 물리적인 무게감이었다. 묵중한 압박감은 빠르게 퍼져나갔다. 나는 참을 수 없는 아픔에 몸이 경직되어갔다. 제욱과 진태는 아무 일도 없는 듯이 무덤 주위를 돌거나 멈추어 각자의 사고에 빠져 있었다. 나는 원인을 알 수 없는 힘으로부터 기를 빼앗긴 것처럼 잠시 동안 머릿속이 하얘졌다. 나는 터지지 않는 비명을 질렀다.

"무슨 일이야? 식은땀까지 흘리고."

필사적으로 빠져 나오는 나를 제욱이 일으켜 세웠다. 아래턱이 떨려 제대로 말을 할 수 없었다.

"감히 어딜 들어와 조롱하느냐고 무덤 주인한테 호통이라도 당한 것 같군."

나는 제욱이 이끄는 대로 제욱의 가슴에 쓰러지듯 안겼다.

고인돌 지대를 벗어나 외포리 선착장에 도착하기까지 눈은 천지를 잠식해가려는 듯했다. 내가면 외포리 선착장에는 석모도, 불음도, 서도 등으로 가는 배들이 눈을 뒤집어쓴 채 위태롭게 정박해 있었다. 시멘트로 잘 발라놓은 선착장 입구까지 시커먼 바다가 사납게 밀어닥쳤고 몇몇 횟집과 모텔 간판에서 흘러나오는 빛은 선착장의 어둠을 더욱 황량하고 을씨년스럽게 만들었다. 모두들 피로와 긴장으로 지쳐 있었다.

나는 앞발 끝에 닿을락 말락하는 바닷물을 물끄러미 내려다보았다. 운동화 앞부리에 묻어 채 떨어지지 않은 눈이 검은 바다와는 대조적으로 보였다. 제욱과 진태는 하늘과 바다의 경계가 도무지 구분되지 않는 암흑의 먼 곳을 바라보고 있었다. 뭐가 그리 심각하고 괴로워 여기까지 왔을까. 나는 문득 나란히 서 있는 우리 셋의 신발들을 보았다. 낡고 더러운 신발 끝에는 그보다 더 지저분하게 매달린 눈의 흔적들이 얼룩진 상처처럼 엉겨 붙어 있었다.

우리는 주변을 둘러보다 간판 불이 유난히 번쩍이는 천서리 횟집으로 들어갔다. 횟집은 바다가 훤히 보이는 곳에 위치해 있었다.

사장으로 보이는 중년 남자가 자리에서 벌떡 일어나 과장된 몸짓으로 우리를 맞았다. 손님이 한 명도 없는 이층 넓은 방 한쪽에는 종업원들 서넛이 텔레비전 뉴스를 보면서 저녁을 먹고 있었다. 종업원들의 눈초리가 곱지 않았다.

"늦게까지 약주하셔도 되니까 실컷 드십시오. 숙소는 잡으셨어요? 요 앞에 산타루치아 모텔이 이 근방에서는 시설이 가장 좋지요……."

사장은 한바탕 장삿속을 늘어놓고 일층으로 내려갔다. 횟집 실내는 순전히 우리들 차지였고 서로의 잔에 연거푸 술을 따랐다.

"난 비로소 삼진아웃이다. 정말 끝장을 보려고 그랬던 것 같아."

제욱이 먼저 말을 꺼냈다.

"개 버릇 못 버린다고, 이 녀석 어젯밤에 유치장 신세 지고 오늘 새벽에 나왔어요."

"왜 그렇게 어두워? 이젠 영원히 무면허 운전자가 되는 거라구. 재밌지 않아?"

제욱이 너스레를 떨면서 잔을 털었다.

"정말 얼굴 좀 펴요. 죽음을 무릅쓰고 여기까지 와서는 아직도 그런 표정입니까? 난 칠 년 동안 사랑한 여자한테 버림받았어요. 내가 내 팔목을 붙잡고 난생 처음 보는 이 숫자들을 새기면서 무슨 생각을 한 줄 압니까? 이 글자들은 시퍼렇게 뜬 내 눈이다, 뒤집힌 내 내장이다, 거꾸로 솟아 흐르는 내 피다, 이거였습니다. 하지만 그렇게 시퍼렇게 뜬 내 눈이 한순간 장님이 되는 것 같더군요. 스토커로 고발당하고 유치장에서 밤을 새우는데, 이상하게도 열 받기는커녕, 오히려 속이 후련한 거예요. 이건 사랑이 아니다…….
지구 끝까지 찾아가 목이라도 베어 낼 심산으로 새겼던 이
문신을 보고 있으니까 오히려 웃음만 나오더라구요. 모든
걸 잃고 나니까 그때서야 모든 게 확실히 보이다니……. 마
음이 점점 편안해지더라구요. 다만 뼈저리게 아쉬운 건, 그
걸 깨닫는데 너무나 오랜 시간이 걸렸다는 거예요. 너무 많
은 것들을 버리고 잃었다는 거예요."

어느새 나도 여러 잔을 비우고 있었다.

"강화도가 단군의 성지라고 했었나? 개미 한 마리 얼씬
않고 온통 하얀 게 정말 태초의 사람 같은 기분이다. 오늘
우리, 모두 벗는 거다. 처음부터 새로 시작하는 거야!"

진태의 선창에 따라 우리는 힘차게 잔을 부딪쳤다. 술을
처음 배우는 학생들이나 사회초년생들처럼 오랜만에 기분
좋게 술을 마셨다.

새벽 두 시에 횟집에서 나온 우리는 비틀거리는 걸음으
로 눈싸움을 했다. 혀 꼬부라진 소리로 서로들 무어라 떠들
어댔고 미친 듯이 웃어댔다. 서로 끌어안고 눈밭을 구르기
도 하고 오줌을 내갈기며 통쾌하게 소리쳤다.

진태의 말처럼 까만 바다와 하얀 눈, 주위는 오직 두 가
지로만 구성된 낯선 우주 또는 태초의 세계 같았다. 기억과

잡념은 무섭도록 하얗기만 한 그리고 무섭도록 검기만 한 바다 빛에 파묻혀 갔다.

나는 눈밭을 미친 듯이 뛰어다니면서 웃고 또 웃었다. 무엇이든 다시 해낼 수 있을 것 같았다. 가망 없는, 그래서 이미 마음먹었던 제욱과의 이별도 되돌릴 수 있으리라. 세상과 두껍게 벽을 쌓아왔고 속으로 곪아터진 종기들처럼 더이상 치유될 수 없다고 여겨 온 상처들도 세상의 처음이자 끝과 같은 이곳, 어둠 쌓인 폭설 속에서라면 모두 회복할 수 있을 것 같았다.

한바탕 괴성 같은 소리를 지르면서 벌인 우리들만의 파티는 그렇게 끝이 났다. 진태는 제욱의 차에서 소지품을 챙겨 근처 누나네 집으로 가고 제욱과 나는 산타루치아 모텔로 갔다.

우리는 서로를 격렬히 끌어안았다. 하나의 책임처럼 의무적이고도 일상적이었던 그 동안과는 달랐다. 그가 아프고 거칠게 내 몸을 훑어나갈 때마다 나는 저항하기도 하고 도발하기도 하면서 그에게 주었던 상처들을 찾아 몸의 구석구석을 깊숙이 빨아들였다.

"사랑해. 사랑해……."

제욱이 귓불을 비비며 속삭였다. 순간 물빛 알갱이들이

어두운 허공 속을 유유히 흘러가는 게 보였다. 나는 조용히 울고 있었다.

어둠이 채 걷히기 전, 모처럼 단잠에 빠진 제욱과 나는 핸드폰 메시지음에 잠을 깼다. 나는 베갯속에 머리를 묻었다. 제욱이 주춤주춤 일어나 확인하는 것 같았다. 허망하게도 제욱의 마지막 실루엣은 그것이 다였다.

결국 제욱은, 그녀를 선택했다. 제욱의 사랑은 역시 내가 아니었다. 나는 허탈하게 웃었다. 그러나 소리 없는 신음은 오열로 바뀌었고 나는 흐느꼈다. 관속에 누운 시체처럼 반듯하게 누워 참고 참았던 울음을 터뜨렸다.

그렇게 제욱을 기다리다가 모텔을 나온 건 오후 4시가 다 되어서였다. 나는 30분 정도 눈 쌓인 길을 걸어 나가 한 시간 간격으로 드나드는 마을버스를 기다렸다. 군인들이 비포장도로에 쌓인 눈을 치우느라 비지땀을 흘리고 있었다.

강화 시내까지 가는 버스가 외포리에 도착하자 사람들이 분주하게 올라탔다. 나는 창가에 앉아 쓰레기통을 뒤지고 있는 고양이를 발견했다. 먹이를 찾던 고양이가 시동 소리에 차 쪽으로 눈길을 돌렸다.

빗속에 버려진 고양이는 어떻게 되었을까…….

나비는 언니의 사랑을 의심하지 않았을 것이다. 원망과 증오를 키우면서 처절하게 울었을까. 예기치 못한 상황에서 버림받은 사람처럼 한동안 아무 말도 못했을 것이다. 기도하는 마음으로 기다렸을 테고 서서히 악의가 차올랐을 것이다. 눈을 부릅뜨고 분노로 이를 갈았을 것이다. 변명이라도 좋을 거짓말을 엄마한테서 듣기를 얼마나 기대했던가.

엄마는 아무 설명도 없이 나를 버렸다. 미움과 끝없는 욕설을 뱉어내기 위해 나를 곁에 붙잡아 두었던 아버지. 아버지도 끝내 죽고 말았다. 나는 언니가 데려온 고양이가 끔찍했고 언니는 나를 떠났다. 사라진 제욱도 돌아오지 않는다. 도대체 무엇 때문인가. 음영처럼 내 주변을 돌고 있는 고통의 실마리는 어디에 있는가. 화가 치밀어 올랐다. 버스는 아슬아슬한 몸짓으로 눈길을 밟아갔고 나는 보이는 모든 것들을 패대기치고 싶은 심정이었다. 분노로 치솟은 돌기들이 걷잡을 수 없이 빠르게 내부로 뻗어나갔다. 고양이 울음소리가 들려오는 것 같았다. 창밖을 보자 고양이 귀신이 긴 꼬리를 흔들면서 흉측하게 웃고 있었다. 나는 불쾌한 환영을 없애려고 머리를 흔들었다.

끝도 없는 환영과 환청에 시달리는 동안 버스는 강화 터미널에 도착해 있었다. 온몸이 땀으로 젖어 있었다. 나는 김포행 버스로 다시 갈아타기 위해 표를 사고 공중화장실로 갔다. 핏기 없이 창백한 얼굴 하나가 더럽고 얼룩진 거울 속에 있었다. 나는 수돗물을 세게 틀고 거푸 세수를 했다. 입술을 깨물며 다시 거울을 보았다. 빛도 초점도 없는 퀭한 눈에서 한 줄기 눈물이 볼을 타고 흘러내렸다.

버려진 자는 누구보다 타인을 버리기 쉽다. 그러나 그것은 아픔의 치유가 아니었다. 괴물고양이로 변해 먹지처럼 빛을 잃은 눈으로 살다가 보이지 않는 기류 속으로 사라져가는 것. 그것은 살아가는 만큼 죽어가는 삶이었다.

창밖은 새까맣게 어두웠고 강화를 빠져 나온 버스는 미로 같은 길을 끈질기게 달리고 있었다.

"김포 시내에 도착했습니다. 눈은 완전히 그친 모양이네요. 손님들, 안녕히 가십시오!"

기사가 속이 후련하다는 듯이 큰 소리로 말하자 사람들이 지친 몸을 일으켰다. 나도 사람들을 따라 버스에서 내렸다. 번잡한 시내의 불빛들이 날카롭게 눈을 찔렀다. 생각 없이 떠났던 강화 길은 폭설의 깊이만큼 깊었다. 버려져 홀로 되돌아오기까지의 시간은 몇 배로 길고 끈덕졌다. 멀리서 고양이의 구슬픈 울음소리가 들려왔다. 걸음을 떼려던 나는 휘청거렸다.

"내일은 어제오늘 같지 않겠죠?"

일행처럼 보이는 사람들이 버스에서 내려 인사를 주고받으며 사라져 갔다.

내일은 어제와 오늘 같지 않을까. 그러나 나는, 싸늘한 방으로 돌아가기 위해 또 한 번 버스를 기다려야 한다. 나는 나를 떠난 자들이 남겨놓은 장막 속에서 아침을 맞아야 한다. 무심히 고인돌 아래 앉았다가 머리를 짓누르는 통증을 느꼈던 것처럼 몸을 죄고 가두는 고통을 한동안 참아내야 하리라. 굄돌은 넘어져 버리고 덮개돌만 땅 위에 처박혀 있던 영웅의 무덤들. 그러나 매몰차게 나를 꾸짖어 내몰던 기운. 나는 비로소 마음속에 무덤 하나를 만들고 온 것인가. 위대한 자들의 장엄한 무덤은 아니지만 나를 뼈저리게 하는 기억들, 두고두고 떠올라 나를 사람이게 하는 나만의 혹독한 역사를, 나는 인정하기로 했다.

부르튼 발로 절뚝거리며 정류장을 서성이다가 흐릿한 눈으로 표지판을 올려다보았다. 더 깊은 밤이 올망정 나는 차갑게 식은 방으로 돌아가기 위해 흩어져 어지러운 불빛 속에서 버스를 기다렸다. 🐾

만약에 퀘스천

만약에 퀘스천

궁금이 : 삼촌이 결혼도 못하시고 돌아가셨는데, 저희 할
　　　　머니가 영혼결혼식이라도 해주고 싶어 하세요.
　　　　집안에 안 좋은일만 생기면 삼촌이 한이 많아서
　　　　그런 거라고요. 미신 아닌가요?

도가니탕 : 비명횡사한 영혼은 저승길을 거부한답니다.
　　　　이승에 미련이 많을 테니까요. 게다가 혼자 가
　　　　려면 얼마나 무섭고 외롭겠습니까. 외로운 망
　　　　혼끼리라도 짝을 지어주면 훨씬 든든하지 않
　　　　겠어요?

국화꽃 향기 : 자식을 잃은 부모님이 가슴에 맺힌 평생의
　　　　한을 풀려는 건지도 모르죠. 눈물겨운 의식

이라고 생각하세요.

궁금이 : 두 분 다 혼례 치러주신 경험이 있으세요?

국화꽃 향기 : 오 년 전에 여동생 혼례 치렀어요.

궁금이 : 저희 할머니 말씀으로는 전체 경비로 500만 원
　　　　쯤 든다던데, 보통 경비가 그런가요? 저희 형편
　　　　에는 가격이 너무 쎄서요.

도가니탕 : 저렴하면서도 믿을만한 사찰들도 많아요. 요
　　　　즘 사찰이고 무당이고 간에 사기 치는 인간들
　　　　이 많아서 잘못했다가는 곪아터진 가슴에 대
　　　　못 여러 번 박힙니다.

궁금이 : 무슨 사기요?

국화꽃 향기 : 무당 반 스님 반 주지스님 행세 하면서 부
　　　　적을 팔거나, 영가결혼을 저렴한 비용으로
　　　　해준다면서 상식적으로 이해되지 않는 짝
　　　　을 소개하는 경우가 있어요. 신원 불명의
　　　　영가와 혼례 치르게 한 뒤에 천도제 비용을
　　　　별도로 받거나, 신랑 신부 위패를 반 강제적
　　　　으로 자기네 법당에 모시게 한 뒤에 매월 일
　　　　정액을 제사비 명목으로 받는 사이비 인간
　　　　들도 많구요.

도가니탕 : 그런데 입장하신 어중이님은 쭈그리고 앉아서 볼일 보십니까? 소개라도…….

뜨끔해진 소녀가 대화방에 한마디 쓰려다 그만둔다. 저렴하고 믿을 만하다는 사찰의 상담 번호를 메모한 뒤 인터넷을 로그아웃한다.

소녀가 헛기침으로 잠긴 목을 푼 뒤 전화를 건다. 차분한 중년 여성의 목소리가 들려온다.

"먼저 사진 한 장, 호적등본, 고인에 대한 인적 사항을 가지고 방문하시면 일차 접수가 됩니다. 접수가 확인된 영가들 중에서 나이, 학력, 집안 등을 고려하여 스님께서 사주 궁합을 보신 후에 부부의 궁합이 맞으면 양가 집안끼리 일차 맞선을 보게 합니다. 맞선을 보신 후에 저희에게 연락을 주시면 성혼 여부가 결정되는데, 날짜는 양가 합의하에 스님께서 잡아주십니다. 예식은 일부 영혼결혼식, 이부 영혼부부 살풀이 천도제, 삼부 유품소각으로 마무리 합니다……."

"죽은 사람끼리만 결혼할 수 있나요? 살아있는 사람과는 안 되는지……."

"살아있는 분과 돌아가신 분의 결혼은 할 수 없을 뿐 아

니라 해서도 안 됩니다. 설령 고인이 되기 전에 결혼을 약
속했던 사이일지라도 저희 사찰에서는 산자와 죽은 자의
혼례는 올리지 않습니다."

"해주는 곳도 있다던데요."

상담을 하던 여자가 차분히 말을 잇는다.

"일부 사찰에서는 그러기도 한다더군요. 그렇지만 그것
은 기본적인 원칙을 무시한 대단히 위험하고 부도덕한 행
위에요. 살아있는 사람한테는 창창한 미래가 있어요. 슬픔
이 너무 큰 나머지 연민이나 동정으로 망자에게 집착하는
건 아닌지 잘 생각해 보세요. 신중하게 생각하고 판단하셔
야 합니다."

여자는 단호한 어조로 말한다.

"그럼……, 죽은 여자는 꼭 죽은 남자하고만 결혼할 수
있나요?"

"그게 무슨 말씀이신지요?"

"죽은 여자끼리는 결혼할 수 없나요?"

여자가 잠시 말을 멈추고 숨을 가늘게 내쉰다.

"제 친구는 남자랑은 절대로 결혼하지 않겠다고 했어
요."

"지금까지 그런 혼례는 치른 적이 없습니다. 더 이상 뭐

라 말씀을 못 드리겠네요."

여자가 서둘러 전화를 끊으려고 한다.

"저기요, 주지 스님께 한번 여쭤봐 주실래요? 혹시 개나 고양이 같은 동물과는……."

딸가닥 수화기 내려놓는 소리가 들린다.

2

소녀가 스물다섯 평 아파트를 구석구석 청소한 뒤 빨랫감을 들고 세탁실로 간다. 아빠의 면바지 주머니에서 반지 하나가 바닥 위로 떨어진다. 빙그르르 원을 그리면서 달아나는 반지를 소녀가 재빠르게 밟는다. 타일 바닥에서 집어올린 것은 너비가 손마디만큼 넓은 이미테이션 반지다. 빨간색 바탕에 검은 반점 무늬는 무당벌레 등판처럼 색채와 문양이 강렬하다. 이대 앞 가판대에서 산 친구 공주의 반지다.

소녀가 반지를 들고 한참동안 바라보다가 앞치마 주머니에 넣고 세탁 버튼을 누른다. 좌르르 물 쏟아지는 소리가 들린다. 소녀는 세탁기 덮개에 올려놓은 자신의 손등을 내려다본다. 손등에 휘감겨 있는 가늘고 긴 머리카락을 떼어 눈앞으로 가져간다. 보일 듯 말듯 어른거리는 것은 금발의 가발모다. 물이 채워진 세탁기 안에서 빨랫감 돌아가는 소리가 요란하다.

소녀가 앞치마 주머니에서 반지를 꺼내들고 제 방으로 간다. 화장대 서랍 안에서 공주의 보석함을 꺼낸다. 크고 작은 이미테이션 액세서리들이 가득하다. 뒤엉켜 있는 반지와 귀걸이, 목걸이, 헤어핀들을 검지 두 개로 꼼꼼히 살펴본다. 사탕 모양의 귀걸이 한 쌍이 없다.

"손버릇 점점 심해지셔."

언제부턴가 아빠가 공주의 물건에 손을 대는 것을 소녀는 알고 있다. 소녀가 핸드폰으로 문자 메시지를 보낸다.

- 생리통 심해서 학원 땡땡이 쳤어. 김치찌개 끓여 놓을게요.

- 금요일마다 아빠 모임 있잖아. 밥 먹고 약 먹어라. 미안.

망연히 침대에 걸터앉은 소녀가 핸드폰 저장키를 차례로 눌러본다. 29번에 저장된 이름을 빤히 보다가 통화 버튼을 누른다. 일 년 전, 그러니까 중학교 일 학년 때 수학을 가르쳤던 과외 선생 K다. 소녀는 홍대 앞 던킨 도넛에서 K와 만나기로 약속한다.

"그대로네? 칼머리에 힙합 바지 여전하고."

K가 쟁반에 도넛과 아이스티 티 두 잔을 들고 소녀 앞에 앉는다. 소녀가 초코 도넛 한 개를 집는다.

"피어싱 잘 어울려요."

K가 왁스로 고정한 짧은 머리를 옆으로 돌려 귀에 달린 십자가 모양의 피어싱을 흔들어 보인다.

"네 뽈테 안경은 좀 아닌데?"

"그 때 일은 엄마 대신 사과할게요."

소녀가 윗입술에 묻은 흰 도넛 가루를 손등으로 슥 문지른다.

"두 달 만에 아웃된 티쳐한테 일 년 만에 사과하려고 불렀냐?"

K가 한 입 가득 도넛을 베어 먹자 남은 도넛에서 애플쨈이 걸쭉히 흘러나온다.

일 년 전 K는 밤새워 마신 술이 채 깨지도 않은 상태로 과외를 하러 왔다. 충혈된 눈에 얼굴은 창백했다. 30분이나 늦은 K는 소녀가 수학 문제집을 펼치는 순간 의자에서 바닥으로 고꾸라졌다. 과일을 들고 온 소녀의 엄마는 쟁반을 떨어뜨리고 말았다. 푸른빛이 돌만큼 안면이 창백한 K가 정신을 잃은 듯 공허한 눈동자로 맥없이 쓰러져 캑캑거렸다. 소녀와 엄마가 단말마의 비명을 질렀다. 눈자위가 풀린 K는 고장 난 인형처럼 머리만 까닥거렸다. 흰 거품이 꾸물꾸물 입가로 새어나왔다. 바닥에 모로 쓰러진 K는 두 팔을 앞으로 뻗은 채 상하로 떨었다. 나무토막처럼 뻣뻣하게 경직된 몸이 심하게 움찔거리더니 급기야 팔과 다리 얼굴 근육 전체가 계속적으로 경련을 일으켰다. 그렇게 십분 가량 발작이 진행되는 동안 K는 완전히 혼수상태에 빠졌고 서서히 경련이 잦아들어 정신이 들었을 땐 딴사람처럼 태연히 일어나 좀 전의 일을 기억하지 못했다.

K는 방바닥에 쏟아진 과일들과 손으로 입을 막은 채 벌벌 떨고 있는 소녀의 엄마, 상기된 소녀의 표정을 보고서야 사태를 파악했다.

"그때 왜 그렇게 술을 마셨는데요?"

"여자한테 차여서. 몇 년 동안 꼬박꼬박 약 챙겨 먹고 몸 관리해서 한동안 발작 안 떨었겠다, 어이없이 차여서 머리에서 김나겠다, 폭발한 거지 뭐. 간질에 술은 쥐약이거든."

"지금은 관리 잘 하고 있어요?"

"그럼! 새 여친도 꼬셨는걸! 이거 다 먹을 때까지 용건 말해라. 티처 바쁜 사람이다."

K가 세 개째 도넛을 입에 넣고 아이스티를 벌컥벌컥 마

신다. 소녀는 그 모습에 되레 숨이 막혀 입을 떼지 못한다.

"사고쳤지? 돈 꾸려고 나 불렀지?"

K가 눈을 가늘게 뜨고 취조하듯 묻는다.

소녀가 스트로로 아이스티를 서너 번 젓다가 아버지 이야기를 한다.

"유치한 모양의 싸구려 액세서리를 몰래 훔쳐 가신다고? 그리고 다시 제자리에 갖다 놓는다? 희한한 분이시네."

K가 아이스티 안에 있는 얼음 조각 하나를 입 안에 넣고 굴린다. 사각형 얼음 조각의 모서리가 볼 밖으로 드러난다. 소녀는 K의 볼 안에서 왔다 갔다 하며 굴려지는 얼음 조각의 모서리를 찬찬히 본다. 조각의 모소리가 둥그스름해질 무렵 K가 와드득 얼음을 깨문다.

"쿨리지 효과를 노리시는 게 아닐까?"

"그게 뭔데요?"

"캘빈 쿨리지, 미국의 30대 대통령, 알아?"

K가 모를 줄 알았다는 듯이 탁자 앞으로 바짝 당겨 앉는다.

"쿨리지 부부가 어느 주지사의 농장을 방문했대. 쿨리지 부인이 앞장서서 양계장을 둘러보다가 농부한테 슬그머니 다가가서는, '여기 수탉들은 하루에 몇 번이나 그짓을 하나요?'라고 슬쩍 물었대. 농부가 똑같이 낮은 목소리로 '열 번 이상 합니다요'라고 말하자 쿨리지 부인 눈이 왕방울만 해져서, '그 얘기를 제 남편에게도 들려주시겠어요?'라고 귓속말을 한 거야. 착한 농부가 대통령한테 쪼르르 달려가서 그 이야기를 해주었지. 그러자 대통령이 농부한테 큰소리로, '저 수탉들이 항상 같은 암탉들이랑 하는가?'라고 물었대. 농부가 '아닙니다. 항상 다른 암탉들하고 합니다요.'라고 하니까 대통령이 뒷짐을 지고 헛기침을 하면서, '그럼 그 얘기를 내 아내에게 전해주시오!' 하더라는 거야. 학자들이 이 우스꽝스러운 일화를 빗대어서 암컷이 바뀔수록 수컷은 성적으로 새로운 자극을 얻는다는 효과를 쿨리지 효과라고 이름 붙였대."

"그게 우리 아빠 도벽이랑 무슨 상관이 있는데요?"

"그러니까 내 말은……, 암컷을 마구 바꿀 수 없으니까……."

소녀가 얼음 조각 하나를 입에 넣는다. 각진 모서리가 볼 안쪽을 찌른다.

"너희 아빠가 쿨리지 효과를 얻기 위해서 너희 엄마한테 애들이 쓰는 액세서리를 착용하게 하는 건 아닐까, 추측된다 이거야. 아니면 그런 물건을 보면서 성적 자극을 얻는 거 아닐까?"

"이혼했어요. 우리 엄마, 아빠."

"그래? 언제?"

"티처 아웃되고 얼마 안 돼서요. 우리 엄마, 딴 남자한테 시집갔어요."

K가 잔 커버를 벗기고 음료수를 벌컥 마신다.

"티처가 한번 가줬으면 좋겠어요."

"어디를?"

"우리 아빠가 자주 가는 술집에."

"내가? 왜?"

소녀가 하나 남은 스트로 베리 도넛을 스트로로 콕콕 찍어댄다.

"친구랑 가. 너랑 붙어 다니던 예쁘장한 애 있잖아. 이름이 뭐였더라? 공주! 맞지? 얼굴이 봐줄만 해서 다행이지 이 냉정한 사회에서 그런 이름으로 버티기 힘들었을 거다."

"죽었어요, 공주."

"⋯⋯?!"

"그리고 애들 오는 데 아니래요. 아빠가 자주 가는 술집."

서너 군데 딸기쨈이 터져 나온 도넛을 들고 소녀가 밖으로 나간다.

안약에 퀘스천 77

3

사소한 일로 다투다 총기를 휘둘러 사망한 두 연인에 대한 영혼결혼식이 추진돼 화제가 되고 있다. 남아프리카공화국 요한네스버그 경찰당국에 따르면 말다툼을 벌이던 중 남자가 총으로 연인을 쏜 뒤 자살한 것으로 밝혀졌다. 그러나 유족들은 영혼결혼식을 하기로 결정, 결혼 예복을 입혀 매장하기 직전 결혼식을 올렸다. 이들이 결혼 후에도 행복하게 지낼지 아니면 계속 다툴지는 알 수 없지만, 유족이 결혼식을 추진한 데는 죽음이란 없다는 내세관이 있는 아프리카 특유의 문화적 배경이 큰 몫을 한 것으로 알려졌다……

작년 여름, 공주는 지하철 안에서 신문에 난 박스 기사 하나를 조심스럽게 오려냈다.

"영혼도 결혼식을 한다는 거, 근사하지 않니?"

"살아있는 사람들이 자기네 멋대로 결혼시키는 거잖아."

소녀의 말 따위는 중요하지 않다는 듯 공주가 딴 소리를 했다.

"만약에, 이 지하철 안에 도마뱀, 살모사, 지네, 구더기가 각각 수 천 마리 있다면?"

"또 시작이다. 그만 해."

"지하철을 빠져나가려면 이것들을 지나쳐야만 해. 어떤 걸 선택하겠어?"

공주는 최악의 상황만을 만들어서 선택하게 하는 '만약에 퀘스천'을 즐겨했다.

"만약이잖아. 출구까진 가야 하고!"

"도마뱀."

"난 지네. 푸하하하!"

소녀는 생각만으로도 속이 메슥거려 인상을 찌푸렸다. 공주는 그런 소녀를 보면서 한동안 낄낄거렸다.

"우글거리는 도마뱀 소굴도 뚫고 나왔는데, 당나귀 말꼬리 같은 네 머리부터 자르자!"

이대 앞 지하철역을 빠져나오자마자 공주가 소녀를 끌고 미용실로 향했다.

"칼머리 제대로 나왔다. 얼굴 중심으로 칼자루를 모아놓은 것 같아. 기념으로 귀찌 사줄게. 뿔테 안경도."

"시력 좋은데 안경은 왜 쓰냐?"

"멋으로! 넌 보이시한 게 더 잘 어울려."

공주는 소녀의 기분은 아랑곳하지 않고 이곳저곳으로 소녀를 데리고 다녔다. 저녁 늦게까지 쏘다닌 둘은 쇼윈도에 비친 모습을 나란히 서서 바라보았다.

"딴 사람 같잖아!"

"우리 이반인 줄 알겠다. 그치?"

공주는 울 것 같은 소녀에게 팔짱을 끼면서 흡족해했다.

"조금만 더 놀자. 엄마 출장 가셨어."

소녀는 공주가 전날 아버지한테 심하게 매를 맞은 걸 알기에 공주의 기분을 맞춰주기로 했다.

아이스크림 가게는 한산했다. 공주는 맛과 색이 다른 아이스크림을 큰 통에 한가득 담아왔다. 둘은 신촌 거리가 훤히 내다보이는 통유리 안에 나란히 앉았다.

"나 커밍아웃 할까봐."

공주가 체리쥬빌레 한 스푼을 크게 뜨면서 말했다.

"너랑 목욕탕 갔을 때, 네 가슴 만져보고 싶었어."

소녀가 듣는 둥 마는 둥 고개를 내둘렀다.

"내가 너 엉덩이 꼬집고 만지는 거, 그거 장난 아니야. 몰랐지?"

"공주님, 요새 이반 클럽 사이트 기웃거리더니, 재밌나봐?"

소녀가 스푼 가득 푼 아이스크림을 혀로 핥으면서 대꾸했다.

  "일반, 이반이 어디 있어. 겉만 멀쩡하지 들여다보면 속은 다 이상한 사람들이야. 나한테는 이반이 일반이야."

  공주가 불빛 가득한 거리를 스푼으로 가리켰다. 늦은 밤에도 거리는 사람들로 북적거렸다.

  "식구들이 알면 기절할 거야. 어쩌면 날 내쫓을 지도 몰라. 너, 나랑 계속 사귈 거지?"

  "그게 무슨 말이야? 우린 그냥 이반놀이를 한 거잖아."

  공주 얼굴에서 웃음기가 사라지자 소녀의 가슴이 조금씩 뛰었다. 공주 몸에 난 상처를 보는 것도 뜬금없이 꺼내는 엉뚱한 말에 대꾸하는 것도 언제부턴가 조금씩 힘이 들었다.

  공주가 말없이 아이스크림을 오물거리다가 딴 이야기를 꺼냈다.

  "만화방 똥개 우물이 있잖아, 생리하는 거 봤다! 주인아저씨가 라면 먹다가 기겁을 하는데! 우물이 꼭 사람 같아. 우물이도 이제 여자야!"

  소녀는 암호투성이인 공주의 말을 해독하는 게 쉽지 않았다.

  "만약에 내가, 너랑 우물이 중에 꼭 하나만 선택해서 함께 죽어야 한다면 누굴 고를 거 같아?"

"이상한 소리 그만 좀 해. 너 지금 몸 안 좋은 거 알아."

"걱정 마. 우물이 선택할 거니까."

소녀는 수수께끼 놀음 같은 공주의 말들에 슬슬 짜증이
났다.

"엄마한테 왜 말 안 하는 거야?"

공주의 몸에 난 멍자국은 언제나 소녀만 볼 수 있었다.
소녀는 화가 났고 무서웠다.

"동성애자들이 왜 그렇게 커밍아웃하려는지 알아? 끝까
지 비밀로 하지 못하고 터뜨리는 이유 말이야."

"커밍아웃인지 뭔지, 너 괜한 데로 관심 돌리는 거야. 아
빠가 싫고 미우니까."

"나만 아는 비밀이 있다는 게 어떤 건지 상상해 봐. 남들
이 모여서 애인 자랑이나 험담을 늘어놓아도 애인이 없는
척해야 할 거야. 편하게 얘기했다간 예쁘냐, 성격은 어떠
냐, 키스는 해봤냐, 별별 질문들을 해댈 테니까. 어떤 게이
한테 커밍아웃하기 전에 제일 힘들었던 게 뭐냐고 물었더
니, 판매원들이 전화하거나 방문하면서 항상 사모님을 찾
을 때였대. 커밍아웃 한 뒤에 그 게이는 항상 이렇게 말한
대. 제가 바로 싸모님입니다!"

"그래서 너도 외쳐보시겠다고?"

신경이 곤두선 소녀가 자리에서 벌떡 일어났다.

"우리 아빠, 새 아빠인 거 몰랐지?"

공주가 아이스크림을 꾸역꾸역 퍼먹으면서 태연하게 말했다. 말문이 막힌 소녀가 난처한 얼굴로 한 마디 뱉었다.

"언제까지 먹을 거야?"

"내가 벽장에서 나오는 순간까지."

K를 만나고 돌아온 소녀는 줄곧 식탁 의자에 다리를 세워 모으고 앉아 있다. 핸드폰 메시지 벨이 늦은 밤 텅 빈 집 안의 정적을 깬다.

- 너희 아빠, 금요일마다 가신다고?

K에게서 문자 메시지가 도착한다.

- 이 삼 주에 한 번씩.

- 담 주에 가면 되겠네?

- 땡큐. 티처.

자정이 되자 소녀는 굳어 뻣뻣해진 다리를 풀고 절듯이 제 방으로 들어간다. 공주가 누워있던 그 모습 그대로 소녀는 새우처럼 허리를 구부려 벽을 보고 눕는다. 공주가 물었던 어이없고 황당한 만약에 퀘스천이 떠오른다.

"만약에, 너희 아빠가 살인마, 외계인, 인조인간, 트랜스
젠더 중의 하나였다면 어떤 걸 선택하겠어?"

소녀는 외계인을, 공주는 트랜스 젠더를 고르면서 둘은
배꼽을 잡고 웃었다.

"아빠한테 차라리 게이로 살라고 하겠어. 트랜스 젠더로
나타난다면 생각만 해도 끔찍해."

소녀가 머리를 내둘렀다.

"뭐가 어때서? 당사자가 제일 힘든 거야."

"결혼하고 애를 낳았잖아. 오빠라면 모를까, 아빠는 안
돼."

"닥쳐 봐라. 그런 할머니 같은 소리가 나오나."

소녀는 핀잔을 주며 큰 눈을 찡긋 감던 공주가 떠올라 피
식 웃는다.

- 새로운 사항 없어? 타이즈나 속옷을 가져갔다든지.

K에게서 다시 문자 메시지가 왔다.

- 핑크색 매니큐어 도난.

- 혹시…….

- 게이냐구요? 몰라요. 내 생각엔 술집 애들이랑 장난치
는 것 같아요.

- 엑스멘 놀이? 아가씨들이 미션을 주면, 너희 아빠는 수

행하면서 스릴을 느끼신다?

소녀의 목 언저리가 붉어진다.

"공주 물건 가지고 그런 놀이 하는 거라면, 아빠 가만 안 둘 거예요."

소녀가 아랫입술을 깨물면서 핸드폰에 저장되어 있는 아빠 사진을 K에게 전송한다.

- 전형적인 김 부장님 스타일인데……. 어쨌든 수수께끼나 풀어보자. 다음엔 심부름센터에서 알바 할까 봐.

소녀가 침대에 누워서 K에게 전송한 아빠 사진을 유심히 바라본다.

4

'공간'이라는 이름의 술집은 창문이 없다. 보라색 원피스를 입은 40대 여자가 K에게 자리를 안내한다. 담배 연기가 자욱한 좁은 '공간'은 벽면이 통나무로 되어 있어서 깊은 산속에 자리한 비밀스런 장소 같다. K는 스무 평 남짓한 어둡고 퀴퀴한 홀의 맨 구석 자리에 앉아 맥주 한 병과 마른 오징어를 주문한다.

K가 사람들을 엿보는 대신 그들은 K에게 관심이 없다. 한 사람은 굵고 긴 웨이브 가발에 민소매 원피스를 입고 있고 다른 한 사람은 승무원 유니폼을 입고 있다. 둘은 담배를 피우며 이야기를 나누고 있다. 바 테이블에 떨어져 앉아 있는 나머지 두 사람은 화장용 손거울을 들고 얼굴에 파운데이션을 바르며 서툰 화장을 하고 있다. 소녀의 아버지는 보이지 않는다.

K는 오징어 다리 하나를 입에 물고 실내를 살펴본다. 낡은 탁자와 벽면에는 이런 저런 글귀와 낙서들이 새겨져 있다. 중앙에 작은 무대가 있고 측면에는 전자 피아노와 노래방 기계가 구비되어 있으며 싸구려 조명 기구가 무대 위와 홀 중앙에 달려 있다.

퇴근 시간이 지나자 사람들의 발걸음이 잦아진다. 실내로 들어선 사람들은 하나같이 홀 구석에 있는 장소를 다녀온다. 쪽방처럼 만들어진 간이 드레스 룸으로 들어간 남자들은 가발에 드레스, 화장에 구두, 액세서리 등으로 여장을 하고 나타난다.

40분 만에 나타난 소녀의 아버지를 보고 K가 마른 침을 삼킨다. 금발 가발에 붉은 립스틱을 서툴게 바른 소녀의 아버지는 등이 훤히 보이는 은색 롱 드레스를 입고 나왔다.

"염탐하러 온 거야, 아직 용기를 못 내는 거야?"

단발머리 가발에 체크무늬 스쿨 룩을 한 남자가 K의 어깨를 짚으며 말한다.

"젊은 오빠도 한 번 해봐. 꽤 재밌다구."

일행으로 보이는 남자들이 K의 얼굴에 담배연기를 뿜고 지나간다. 긴장한 K가 화장실을 찾다가 소녀의 아버지와 눈이 마주친다. K가 서둘러 계산을 하고 술집을 빠져나온다.

대로 한복판에서 K가 소녀에게 전화를 건다. 근처 PC방에서 기다리던 소녀가 바로 나타난다.

"게이 바 같아. 트랜스 바던가."

소녀는 맥이 풀린다.

"우리 아빠 봤어요?"

"아니."

K는 삼류 코미디 배우처럼 치장하고 나타난 소녀의 아버지 대해 설명할 자신이 없다.

그리고 며칠 뒤, K 혼자서 다시 '공간'을 찾아간다.

화요일 오후는 훨씬 더 한산하다. 마담이 인조 속눈썹을 붙이다 말고 K에게 눈인사를 한다.

"게이 바인 줄 알았는데, 아닌 것 같아서요."

마담이 붙인 속눈썹을 조심스럽게 깜박이며 맥주 한 병

을 올려놓는다.

"가끔씩 게이들도 오고 트랜스 젠더들도 와요. 주로 찾는 사람들은 시디고."

"시디요?"

"크로스 드레서(cross dresser)라고 들어봤어요?"

"아! 여장남자!"

K는 그제야 고개를 끄덕인다.

"의상실 가서 둘러보고 천천히 해봐요. 호기심이든 절실해서든 여긴 자유공간이니까."

맥주 한 모금을 마신 K가 드레스 룸으로 향한다.

네 평쯤 되는 룸에는 이브닝드레스와 한복, 여자 교복 등 다양한 옷들이 벽면 가득 걸려있다. 다른 한쪽에는 가발과 스카프, 액세서리 등 소품들이 구비되어 있고 갖가지 화장품들이 완비되어 있다. 싸구려 물건들이지만 종류별 속옷에 스타킹, 속눈썹, 핸드백까지 없는 게 없다.

머리가 희끗희끗한 50대 남자가 거울 앞에 앉아서 립스틱을 바르고 있다. 옷을 고르던 30대 남자가 호기심 가득한 K의 얼굴을 보고 가볍게 웃는다.

"우리도 초짜에요."

30대 남자가 셔츠를 벗고 브래지어를 착용한다. 캡 안에

도톰한 패드를 끼워 넣자 가슴이 불룩해진다.

"이 정도는 돼야지."

30대 남자가 S라인을 선보이자 50대 남자가 엄지를 들어 보인다.

"혹시……. 게이세요?"

K가 맞을 각오를 하고 묻는다.

"아니. 악취미지."

50대 남자가 살색 스타킹을 신으면서 대꾸한다.

"먼저 털을 미시는 게……."

스타킹을 신던 남자가 K를 물끄러미 보다가 피식 웃는다.

"나보고 자살행위를 하라고?"

남자는 흰색 블라우스에 검정색 타이트스커트를 골라 거울에 비춰본다.

"이게 왜 그렇게 좋은데요?"

K도 화장대 앞에 앉아 립스틱을 발라본다. 남자들은 웃기만 할 뿐 대답하지 않는다. 립스틱을 바른 K가 입술 옆에 마릴린 먼로 점 하나를 찍는다. 30대 남자가 손때가 묻은 웨딩드레스를 골라준다. K가 흔쾌히 받아든다.

"흰 피부가 예술이군. 바로 식장으로 가도 되겠어."

의상까지 갖춰 입은 K가 두 남자를 따라 홀로 나간다. K를 본 마담과 손님들이 찬사와 감탄을 아끼지 않는다. 어색하고 부끄럽기만 하던 K가 제법 우쭐해 한다. K가 제 모습을 핸드폰 카메라로 여러 장 찍는다.

같은 시간, 소녀와 아빠는 식탁에 마주 앉아 저녁을 먹고 있다. 식탁 한쪽에는 포장을 뜯지 않은 생크림 케이크와 용돈 봉투가 있다.

"아빠랑 주말에 여행갈까?"

"공주 물건에 손대지 마세요."

순간 아빠의 얼굴이 차갑게 굳는다. 수저를 들고 있는 아빠의 손이 가늘게 떨린다.

"아빠가 게이라도 상관없어요. 나도 이반이니까."

아빠가 할 말을 찾지 못하고 있는 동안 소녀는 밥 한 그릇을 다 비운다. 소녀를 바로 보지 못한 채 아빠가 막 입을 떼려하자 소녀가 자리에서 일어난다. 빈 그릇을 개수대 안에 던지듯이 놓고 방으로 들어가 버린다. 오디오 전원을 켜고 헤드폰 코드를 뽑자 발광하듯 굉음이 터져 나온다.

- 아빠가 날 때리기만 하는 줄 아니? 아빠가 날 건드릴 땐 정말 최악이야…….

공주가 소녀에게 마지막으로 털어놓은 비밀은 무서웠다.

할 수만 있다면 들은 이야기를 지워버리고 싶었다. 그렇게 죽어버릴 거면서 왜 말을 한 거냐고 멱살이라도 잡고 싶었다.

음반 한 장이 다 돌아갈 때까지 소녀가 운다. 눌러 담았던 감정들이 걷잡을 수 없이 흘러넘친다. 문 밖에는 거대하고 기괴한 소리 앞에서 고개를 떨어뜨린 소녀의 아버지가 꼼짝하지 못하고 서 있다. 폭력적인 음악 소리에 집안이 무너져 내릴 듯하다.

5

"끝내주지? 은근히 가슴 설레더라!"

K가 노트북을 펼쳐 보인다. 웨딩드레스를 입고 찍은 셀카 사진이 개인 홈페이지 블러셔에 등록되어 있다.

"크로스 드레서였어! 남자가 여자 옷 입고, 여자가 남자 옷 입으면서 그냥 놀고 마시는 사람들. 어쩐지 냄새가 좀 다르더라."

K가 안심하라며 활짝 웃는다. 며칠 사이 핼쑥해진 소녀가 좀처럼 입을 떼지 않는다.

"꽤 재밌더라고. 또 해보고 싶을지 어떨지는 모르겠지만 거기 모이는 사람들, 그냥 취미가 좀 독특하다고나 할까…… 너무 걱정 마라."

"아빠도 죽을까봐 무서워요."

착 가라앉은 목소리로 소녀가 말한다. K가 입을 다물지 못하고 눈만 끔뻑거리다가 보이는 대로 도넛 한 개를 집어 소녀에게 내민다. 소녀가 받아든 도넛을 들고 한 입 베어 먹는다. K도 난감한 얼굴로 도넛 한 개를 우적우적 먹는다. 말없이 도넛 한 개씩을 먹고 난 둘이 서로를 바라본다. K가 어설프게 웃는다.

"학이 왜 한 다리를 들고 서 있는 줄 알아?"

"두 다리 다 들면 넘어지니까."

"제법인데? 생물학도로서 학의 비밀 하나 알려줄까?"

K가 긴요한 이야기를 꺼내는 양 소리를 낮춘다.

"새들은 말이야, 추운 날 몸을 최대한 움츠리고 자거든? 그런데 차가운 물이나 언 땅에서는 그럴 수가 없잖아. 그래서 한쪽 다리로 온 몸을 받치고서 자는 거야. 그런데도 얼어 죽었다는 철새가 없어. 죽기는커녕 동상에 걸린 학도 없지. 왜 그럴게?"

"발목에 보일러 켜놨나 보죠."

무표정한 소녀의 말에 K가 손바닥으로 테이블을 내리친다.

"그거야! 그거! 괴망!"

옆 테이블에 있는 사람들이 K를 힐끔 쳐다본다.

"보기보다 똑똑하구나, 너!"

K가 소매까지 걷어 부치면서 과장된 몸짓을 한다.

"학 발목에 장착된 보일러가 바로 괴망이라구! 괴이한 혈관망이라는 뜻을 가진 특수혈관이야. 괴망이."

"뭐가 그렇게 괴상한데요?"

소녀가 초코링 도넛을 잘게 부수며 묻는다.

"모양은 보통 혈관이랑 비슷한데, 그 역할이 기이해. 보통 새들은 찬 곳에 오래 서 있으면 몸통의 더운 피가 발로 내려가서 동상에 걸리거든? 반대로 차가운피가 몸통으로 올라가면 얼어 죽고. 그런데 학은 그렇지가 않아. 몸통에서 내려오는 따뜻한 피도 발목에 있는 괴망만 통과하면 차갑게 식어서 발끝으로 가고, 발끝에서 올라온 차가운 피도 괴망만 통과하면 데워져서 심장까지 올라가지. 그래서 학이 언 땅에서 서서 자도 죽지 않는 거야."

"열교환장치란 말이죠?"

소녀의 말에 흥분한 K가 벌떡 일어나 박수를 친다.

"엑셀런트! 속이 텅 빈 앤 줄 알았더니, 장난이 아닌데!"

"그 얘길 왜 꺼낸 건데요?"

호들갑을 떨던 K가 주위의 눈총에 무안해져서 얌전히 앉는다.

"그러니까 그게…… 난 항상 정리에 약하단 말이야……."

K가 생각하는 척 하다가 조심스럽게 이야기를 꺼낸다.

"작년에 사귀다 깨진 여자 친구가 있는데, 걔랑 처음 잔날, 발작을 한 모양이야. 분위기 잡고 밤새 그짓 하다 잠들어서는 홀랑 벗고 새벽에 지랄병을 했으니…… 끔찍했을 거야."

K가 아이스티 한 모금을 길게 마신다.

"나는 말이야, 원인도 모르고 그렇다고 깨끗이 나을 수도 없는 내 처지가 정말 싫어. 그런데 사람들은 이런 날보고 속였다고 하더라? 내가 정말 속인 걸까? 말하지 않은 것뿐이었어. 나아지고 있다, 좀 더 가까워지면 얘기 하려고 했다고 말하면 변명이라는 둥 미안하다는 둥 결국엔 다들 내빼더라고. 날 책임지라고 한 적도 없는데 말이야. 그렇게 다들 도망을 쳐."

K가 꼿꼿이 세워 고정한 앞머리를 만지면서 대수롭지 않

게 말한다.

"거기에 질려서 얼마 전에 만난 여친한테는 그냥 처음부터 말해버렸어. 에스컬레이터에서 쓰러져서 손이나 발이 끼여 다칠 수도 있고, 대로 한복판에 쓰러져서 거품을 물 수도 있다고. 10분이면 되니까 너무 놀라지 말라고. 동정인지는 모르겠지만 어쨌든 그 애랑 사귀게 됐어. 난 말이야, 언제 쓰러져 발작할지 모르는 내 증세를 괴망이라고 생각해. 나를 얼어 죽지 않게 만드는 열교환장치."

소녀가 고개를 떨어뜨린다.

"사실 난 한 번씩 발작을 해줘야 정신을 차리거든. 원래 약골들이 벽에 똥칠할 때까지 살잖냐. 지금 여친이 옛날 애들보다 훨씬 예쁘고 돈도 많아."

소녀의 눈에서 눈물이 뚝 떨어진다. K가 티슈를 내밀며 잠깐 화장실에 다녀오겠다고 말한다.

"노트북 잠깐 써도 되요?"

"얼마든지."

K가 소녀 앞으로 노트북을 돌려놓고 화장실 쪽으로 걸어간다.

영가구혼 게시판에는 배우자를 기다리는 다섯 개의 망혼자들이 새로 등록되어 있다. 대화방에서는 어김없이 같은 이야기들이 반복되고 있다.

　시궁창 : 꿈속에선 언제나 형 대신 제가 물에 빠져 허우적
　　　　　거리다가 깊이 가라앉곤 해요. 어머니는 아예 바
　　　　　깥출입도 안 하세요.
　국화꽃 향기 : 자식이 죽으면 가슴에 묻는다잖아요. 세상
　　　　　을 등지지는 마세요.
　등대지기 : 태어남은 한 줄기 이는 바람이요. 죽는다는 것
　　　　　은 잔잔한 연못에 달그림자 꺼져감이라 했어
　　　　　요. 죽음이 끝은 아니에요. 떨어져 있을 뿐이
　　　　　지요.
　겨자씨 : 옛날에 아들을 잃은 슬픔에 깊이 빠진 여인이 살
　　　　　았대요. 여인은 오로지 아들을 다시 살려내야 한
　　　　　다는 생각밖에 없었어요. 그러던 어느 날 부처님
　　　　　을 찾아가서 아들만 살려주시면 뭐든 다 하겠다
　　　　　고 처절하게 애걸을 했답니다. 그러자 부처님이
　　　　　정 그러면 지금까지 사람이 한 번도 죽지 않은 집
　　　　　을 찾아가서 겨자씨 한 톨을 얻어 오라고 말씀하
　　　　　셨대요. 여인은 발이 터지고 피가 나도록 일 년 열
　　　　　두 달이 넘게 찾아다녔지만 사람이 죽지 않았던

집은 한 집도 없었대요. 그제야 부처님이 왜 그런 일을 시켰는지 여인은 깨달을 수 있었답니다.

소녀가 인터넷 창을 닫고 아빠에게 문자 메시지를 보낸다. K가 젖은 손으로 머리를 매만지며 걸어온다.

"여친 만날 건데 같이 놀래?"

"아빠랑 약속 있어요."

K가 눈을 동그랗게 뜨고 묻는다.

"맞장 뜨려고 그러지?"

소녀가 아무 대답도 하지 않는다. K가 입을 삐죽거리면서 가방에 노트북을 담는다. 소녀가 핸드폰 카메라로 K의 모습을 찍는다. K가 포즈를 취하면서 활짝 웃는다.

일요일 오후 고속도로는 물길 위를 달리는 것처럼 시원하게 빠진다. 소녀와 아빠는 송도 유원지 근처에서 저녁을 먹고 맥아더 장군 기념관을 돌아본다. 둘은 내내 말이 없다. 차를 몰고 나오면서 아빠가 오래된 모텔 건물을 가리킨다.

"너 생긴 데야."

소녀가 요란한 불빛 장식을 한 5층 건물을 올려다본다.

또다시 둘 사이엔 침묵이 흐른다.

소녀의 아빠는 송도를 빠져나와 해안도로에 차를 세운다. 바다와 육지가 닿는 지점에서 사람들이 새우깡을 던지며 갈매기를 부르고 있다.

소녀와 아빠는 바다를 따라 천천히 걷다가 포장된 길이 끝나는 곳에 멈춰 선다. 두 사람은 나란히 서서 하늘과 바다의 경계선을 바라본다. 해질녘 바람이 시원하게 얼굴을 스친다. 아빠가 천천히 입을 뗀다.

"아빠 회사 그만둔 지 오래 됐다. 혹시 알고 있었니?"

소녀가 돌무더기 위로 철렁거리는 바닷물을 보면서 머리를 내젓는다.

"만약에, 이건 만약인데……."

갑자기 소녀는 가슴이 떨리기 시작한다. 들어서는 안 될 것만 같다.

"옷 바꿔 입고 노는 거, 상관없어. 아빠가 좋아하면 난 괜찮아. 그렇지만 공주 물건만은 만지지 마세요."

소녀가 아빠 팔을 붙잡고 한꺼번에 말해버린다. 아빠가 잠시 말을 잇지 못하고 바닷물만 바라본다.

"만약에, 아빠가 외국에 가게 되면……. 넌 어떻게 할래?"

아빠가 지는 해를 바라보며 담담한 어조로 말한다. 소녀가 몸을 틀어 아빠를 올려다본다.

"자리를 잡으려면 당분간은 힘들 거야. 엄마가 한국에서 같이 살자고 하면 그렇게 할래? 아니면……."

대답 대신 소녀가 눈을 감는다. 바닷물 일렁이는 소리에 귀를 기울인다. 습한 바람이 얼굴을 스쳐간다.

"만약에……, 엄마가 새아빠 때문에 어려울 것 같다고 하면 일 년만 혼자 살 수 있겠니? 아빠가 자리 잡는 대로 널 데려갈 거야."

소녀가 눈을 감은 채로 오른쪽 다리를 가만히 들어본다. 중심 잡기가 쉽지 않아 바로 내린다.

"아빠가 어쩌다가 이렇게 됐는지 모르겠다……."

아빠가 울음 섞인 목소리로 말하다가 고개를 떨어뜨린다. 언 땅과 물속에 외발로 서 있는 학처럼 소녀가 왼쪽 다리에 중심을 잡고 한쪽 다리로 서 본다. 소녀의 눈앞에는 과자 부스러기로 배를 채운 집 없는 갈매기들이 해질녘 핏빛 바다 위를 서글프게 날고 있다. 🐦

나비에게 전화를 걸다

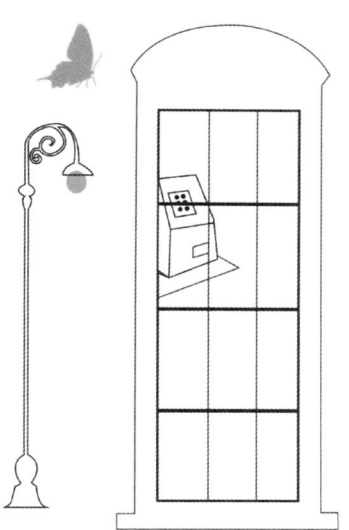

나비에게 전화를 걸다

강변의 제방, 양지바른 풀밭에 흰나비 떼가 모여든다. 엉겅퀴 꽃은 나비 떼의 출현에 반가운 내색도 하지 않는다. 꽃잎은 그저 고개 숙인 채 붉은 물만 뚝뚝 흘리고 있다.

"나비예요."

한강 둔치, 꽃들 위에 무리지어 있는 나비들이 금방이라도 손에 잡힐 것 같다. 나는 차가 정차하는 동안 노란 무늬점이 있는 흰나비를 유심히 바라본다. 조금만 움직여도 앞날개 밑에서 흰 가루가 푸들푸들 떨어질 것 같다.

초원지대를 찾아 활발히 날던 나비들도 민들레와 엉겅퀴 꽃을 보면 날개를 얌전히 접고 앉는다. 어미 품에서 젖을 빠는 아기처럼 새근새근 숨을 쉬며 꿀을 빨아먹는다. 그러면 주위는 미동도 없이 고요해진다. 붉은 꽃은 움직이고 싶지만 더욱 숨을 죽인다. 꿀을 먹은 나비는 고요히 잠이 든다. 그제야 꽃은 안심을 한다. 그러나 나비는 꽃의 마음을 알 리 없다. 나비는 쉬었다 가는 나그네처럼 뜻밖의 곳으로 홀연히 날아가 버린다. 지금이야…… 하나, 둘, 셋! 꽃잎 위에 앉아있던 나비가 기다렸다는 듯이 팔랑팔랑 날아가 버린다. 날개 밑으로 금가루가 푸들푸들 떨어져 내리고 나비의 가루가 눈에 닿은 것처럼 나는 눈이 따끔거린다.

"안 가니? 뒤에서 빵빵대고 야단인데……."

깜짝 놀라 앞을 본다. 크락션을 울려대던 뒤차들이 나를 비껴가며 손가락질한다. 나는 말없이 하늘을 본다. 종잇장처럼 가볍고 얇아 보이던 나비들이 무리를 지어 긴 뱀과 같은 모양으로 날아간다.

"답답하긴 해도 병원 안에선 불안감이 덜하죠. 강제로라도 약을 먹어야 하기 때문에 불면증은 금방 해결돼요. 오랜 후에 증상이 나타난 것처럼 치료하는 데도 시간이 걸리죠. 일시적인 성과일 수 있어요. 사회에 적응하기엔 아직 무리인 것 같은데……."

작년 겨울, 몇 번이고 통원치료를 다짐받던 의사의 개운치 못한 표정이 떠오른다. 나는 힘주어 액셀을 밟는다. 따뜻한 바람이 차안으로 들어온다.

"도로변 길이 참 좋아요. 흐르는 강변에 풀꽃들도 예쁘고, 나비도 많고……. 어릴 때 흰나비 만지고 눈 비비면 눈이 먼다고 그랬잖아요. 정말일까?"

나는 애써 봄나들이 나온 아이 같은 표정으로 룸미러를 본다. 뒷좌석의 늙은 부부는 바깥 경치에 시선을 둔 채 좀처럼 말이 없다.

"봄에 흰나비를 보면 불길하다는 속담이 있어. 보기에만 좋지 흉물이란다."

얼굴에 핏기가 없는 어머니가 창유리를 내리고 봄내음을 들이킨다.

"농사지을 때 얘기지. 배추흰나비라고 하잖아. 무, 배추를 갉아먹으니까 농부들한테 환영을 못 받은 게야. 나폴나폴 잘도 나는구나. 흉물은 무슨……."

아버지도 갑갑한지 오랜 침묵 끝에 창유리를 내린다. 맑고 푸른 강이 봄볕에 반짝거린다. 남녀 한 쌍이 강을 끼고 조깅을 한다. 파릇파릇한 잔디 풀꽃 속에서 나비들이 날아오른다. 금세 차안에도 봄기운이 만연하다. 강변 풀밭에 앉아있는 착각이 든다. 강 위를 달리는 것처럼 차는 미끄러지듯 강변북로를 빠져나간다.

왼쪽 언덕 너머 대학 건물이 보이고 중고 소형차는 급커브 우회전 길을 조심스럽게 탄다. 토요일 오전이라서 그런지 차는 평소보다 일찍 전농동 사거리에 도착한다. 시립대학교 방면으로 차를 몰다가 좌회전을 하고 고가를 타고 내려와 다시 좌회전 방향등을 켠다.

병원 입구는 언제나 좁고 가파른 미로를 연상케 한다. 높은 담 위로 쳐진 철조망은 비무장지대를 보는 것처럼 가슴이 답답하다. 나는 이제 아는 사람이라도 만날까봐 가슴 졸이며 주위를 두리번거리지 않는다. 차 한 대만이 겨우 빠져나갈 수 있는 골목 끝 병원 정문에서 수위아저씨가 들어오라는 손짓을 한다. 어머니와 아버지가 고개 숙여 인사를 한다. 병원은 한산하다. 흰 건물 두 채와 작은 뜰, 푸른 옷을 입은 환자들이 초점 없는 눈으로 철창에 매달려 있다.

우리는 간단한 절차를 마치고 면회실로 간다. 면회실은 한산하다. 오빠를 기다리는 동안 어머니와 나는 싸온 음식을 테이블에 차린다. 탁자 아래로 다가오는 초록빛 바지가 보인다. 슬리퍼 속 맨발이 창백하다. 보조사의 부축을 받고 온 오빠가 테이블 앞에 앉는다. 황달 빛 얼굴이 핼쑥하다. 푹 꺼진 눈자위로 음영이 감돌고 있는 듯하다.

"얌전히 잘 있었다면서?"

오빠의 손을 부여잡은 어머니가 한 손으로 오빠의 얼굴을 만진다.

서른인 오빠는 하루 종일 빈집을 지키다 어머니를 맞는 어린애처럼 안심과 원망이 서린 눈으로 어머니를 본다. 오빠는 약 기운에 머리가 아픈지 고통스러운 얼굴로 이마를 짚는다. 아버지는 북받치는 설움을 삼킬 때처럼 애써 숨을 몰아쉰다. 눈에 붉은 꽃이 떠오른다. 마른 꽃잎처럼 타 들어간 어머니의 입에서 깊은 한숨이 새어나온다. 어머니의 입으로부터 나비 한 마리가 날아오른다. 나는 물끄러미 나비를 본다. 나비야, 나비야, 이리 날아오너라…… 노란 나비 흰나비 춤을 추며 오너라……. 어릴 때 곧잘 불렀던 노래를 속으로 불러본다. 나비는 노래에 맞춰 춤을 추듯 난다. 그러나 나비는 내 주변을 빙글빙글 맴돌 뿐이다. 어지러워 중심 잡기가 힘들어진 나는 노래를 멈춘다. 무릎 위에 살포시 앉을 것 같던 나비가 핑그르르 회전하며 창밖으로 날아간다. 나는 날아가는 나비를 향해 황급히 손을 뻗는다.

오빠가 물끄러미 나를 본다. 나는 뜨거운 것에 덴 것처럼 놀라 조용히 일어난다. 세면실로 걸어가 콸콸 물소리가 나게 수도꼭지를 튼다. 차가운 물방울이 얼굴로 튀어 오른다. 시야가 점점 선명해지고 다시 오빠 앞으로 와 차분히 앉는다.

병원에서 돌아오는 전농동 사거리는 몇 시간 만에 장마철 물길처럼 사람들이 불어나 있다. 오른쪽 시장 골목에서 손님을 부르는 상인들의 목소리가 들린다. 파란 신호가 켜지자 중국집 배달부가 오토바이를 몰고 빠르게 횡단한다.

"다들 제 구실 하고 사는데, 왜 우리 아들놈만 저렇게 각박한지 모르겠어요."

어머니가 눈물로 얼룩진 안경을 벗는다.

"그렇게 한탄하면 한도 끝도 없는 거여. 남들보다 힘들게 돌아서 간다고 생각 혀. 깨끗이 나아서 잘 사는 사람도 많다네."

신호에 자꾸 걸린다. 오후로 접어들자마자 도로는 차와 사람들의 발길에 벌써부터 신음하는 것 같다. 뒷자리의 늙은 부모와 나는 연신 한숨을 내쉰다. 들이마실 시원한 공기가 필요하다. 나는 신호가 바뀌자마자 강변북로로 가기 위해 우회전 깜빡이를 켠다. 복잡한 사거리를 벗어나 일방통행 길로 들어서자 마음이 한결 가벼워진다.

- 두고 봐, 지켜 봐, 십 년이 지난 후에도 난 너만을 사랑할거야…….

라디오에서 가수 박진영의 노래가 흘러나온다.

"언젠가 TV에서 보니까, 어느 기업 사장도 한때는 발가벗

고 거리를 뛰어 당겼다고 허데요. 우리 아들도 십 년 후에
는 남들 보다 더 잘 살고 있을지 모르지요."

어머니가 옷섶으로 닦은 안경을 쓰며 강을 바라본다. 하
염없이 강을 바라보는 어머니의 눈빛이 서글프다. 강 너머
가 아득히 먼 곳만 같다. 그리고 잠시, 그런 망연한 눈동자
로 술잔을 들이키던 남자가 떠오른다.

남자와는 강변북로에서 처음 만났다. 나는 갓길에 차를
세워두고 스페어타이어를 갈아 끼우기 위해 한참 동안이나
자동차와 씨름을 하고 있었다. 퇴근시간 꼬리를 물고 이어
지는 차의 행렬은 라이트만 사납게 비춰댈 뿐 옴짝달싹 하
지 못했다. 그때 갓길로 차 한대가 비켜섰다. 남자가 내 앞
으로 걸어오더니 어물쩍 손에 들려있던 타이어를 말없이
가져갔다. 남자가 갈아 끼워 준 새 타이어는 터질 듯이 팽
팽했다. 나는 툭툭 바지를 털고 말없이 가는 그에게 달려가
연락처를 쓴 메모지 한 장을 내밀었다.

그리고 며칠 후, 우리는 다시 만났다. 내내 말없이 맥주
만 들이키던 남자가 가만가만 노래를 따라 불렀다. 노래는
통기타 소리가 구슬픈 '십년이 지나도'라는 가요였다.

"사연이 있나보군요."

의미 없이 툭 던진 말이었다.

"오랫동안 만난 여자가 있어요. 하여튼 나 때문에 엄청 울었어요. 내가 제일 싫어하는 여자가 질질 짜는 여잔데 말이에요. 얼마 전 결혼을 한다기에 갔었는데……. 식장에도 못 들어가고 차안에 있는데 이 노래가 나오더라고요. 두고 봐……, 지켜 봐……, 가사가 어찌나 내 심정하고 똑같던지……."

남자의 실연 따위엔 별 관심이 없어 어떤 말로 대꾸를 해야 할지 난감했다.

"차안에서 머뭇거릴 거였으면 안 가는 게 나았겠어요."

나는 한참 전부터 타고 있었을 나비 모양의 양초를 낯설게 쳐다보았다.

"신랑 놈이 내 불알친구였거든요. 하하하…… 하하하……."

남자가 느닷없이 배를 움켜쥐고 바보처럼 웃었다. 어울리지 않게 툭 불거진 그의 웃음소리는 한참이나 테이블 주변을 어색하게 맴돌았다. 웃음이 사라지는 순간, 나는 남자의 눈에 비친 섬뜩한 광기를 보았다.

서라운드 앰프가 쩌렁쩌렁 귀청을 울린다. 나는 번쩍 정신이 들어 소리 나는 쪽을 본다.

"쯔쯔……. 애미, 애비 등골 빼서 다니는 게야. 철딱서니 없는 애들 같으니라고……."

빨간 색 오픈 스포츠카에는 스무 살 가량의 남녀 한 쌍이 시끄러운 음악에 맞춰 상체를 흔들고 있다. 운전석에는 짧은 단발의 여자가 앉아 있다. 짙은 화장에 선글라스를 꼈지만 보송보송한 솜털이 목덜미께로 보인다. 여자아이가 큰 소리로 떠들어댄다. 옆자리 남자가 춤추는 데만 신경을 쓰자 여자가 남자의 머리를 쥐어박는다. 까르르르……. 주위의 못마땅한 시선에도 불구하고 그들은 즐거워 보인다. 나는 어린 연인들에게 자꾸 시선이 간다. 문득 룸미러에 걸려 있는 선글라스가 떠오른다. 안경을 쓰려던 나는 거울에 비친 아버지의 쓸쓸한 표정을 발견한다.

"아버지, 낚시 간지도 몇 년 된 거 같네요. 오빠랑 같이 가고 안 갔으니까……. 다음 주말에 저랑 가요."

아버지가 낚싯대를 맨 지프차에서 눈길을 뗀다.

"그러자꾸나."

그러나 아버지는 오늘처럼 병가를 내지 않고서는 낚시여행을 갈 수 없다.

"도시락 가져오지 말래두."

아버지도 도서관 일을 생각하신 모양이다. 아버지는 초

나비에게 전화를 걸다   111

등학교 평교사로 정년퇴임을 했다. 퇴직금으로 작은 책방을 차리겠다며 이곳저곳 목 좋은 곳을 물색하던 중에 퇴직금은 고스란히 오빠의 사업자금으로 쓰이게 되었다. 다니던 직장을 그만두고 친구와 동업에 나선 오빠는 친구를 잃고 여자를 잃었다. 그 뒤 아버지는 구석진 동네의 시립 도서관에서 열람실 감독 일을 하고 있다. 열람실의 정숙한 분위기를 만들기 위해 뛰어다니는 아이들에게 주의를 주고 화분대 구석에 끼어있는 과자 봉지를 주워 담는다. 주말이면 아이들은 더욱 극성스럽다. 아침 8시에 출근해서 밤 10시에 퇴근하는 아버지는 격주로 쉬는 목요일만이 휴일이다. 나는 중·고등학생들이 뛰어다니면서 일으키는 먼지와 땀 냄새 속에서 하루하루를 보내야 하는 아버지를 생각할 때마다 솔 나무 냄새, 꽃 냄새로 가득했던 정원이 넓은 옛 집을 떠올렸다. 낡은 집이었지만 마당에는 아버지, 어머니가 손수 씨 뿌린 상추와 고추, 아욱, 쑥갓이 도란도란 자랐었다.

작은 방 두 개에 간신히 화장실 하나가 붙어 있는 다세대 주택 지하 전세방도 아버지에겐 도서관만큼 힘들고 답답할 것이다. 나는 다니던 출판사를 그만두고 입시학원 강사로 일을 시작했지만 두 배의 월급은 생각처럼 큰돈이 되지 못했다. 그래서 주말이면 과외수업을 하러 다녔다. 마침 가는 곳이 아버지가 일하는 도서관 근처라 솜씨를 부려 저녁 도시락을 준비했다.

"영감님! 그렇다고 매를 들면 어쩝니까? 요즘 애들이 때린다고 말을 듣나요? 여기가 학교도 아니고, 잘 타이르실 일이지!"

'감독'이라는 녹색 명찰이 아버지의 낡은 양복저고리 한쪽에 힘없이 달려 있었다.

"퉤! 여기밖에 공부할 데가 없는 줄 알아?"

중학생들이 침을 뱉고 후다닥 계단을 뛰어 내려갔다. 사서선생으로 보이는 중년 사내가 민망한 듯 아버지를 힐끔 쳐다보고 꽁무니를 뺐다. 아버지는 휴게실 벤치로 가 말없이 담배를 무셨다.

"담배 태우세요."

나는 선글라스를 내려놓고 아버지에게 담배를 권한다.

아버지가 담배를 피운다. 깊게 빤 담배 연기가 차안에 퍼지고, 나는 잠깐 시야가 흐려진다. 깊은 산 속 옹달샘 누가 와서 먹나요…… 가방 안에서 핸드폰 벨소리가 울린다. 나는 보조석에 있는 가방 안으로 손을 넣어 동요 멜로디가 흐르는 핸드폰을 찾는다.

"잘 모르는 분이에요. 그 후론 통 만난 적이 없어요. 제

번호는 어떻게 아셨는지…….”

남자가 자동차 관련 대기업에 다닌다는 것과, 무단결근후 한 달째 행방불명이라는 사실을 알려준 건 남자의 어머니였다. 그로부터 일주일 뒤 그가 왔다.

“대구 출장 갔다가 출장 마지막 날 여관에서 묵는데 갑갑하더라고요. 그래서 자다 말고 부산으로 무작정 떴죠. 새벽바다는 정말 사람 못 견디게 하잖아요. 그래서 더 내려갔어요, 섬까지. 하하하하…….”

남자가 껄껄 웃었다. 무일푼의 무명 배우가 웃는 것처럼 허탈하고 처량한 웃음이었다. 그 뒤에도 남자는 종종 연락이 두절되었다.

“산 타러 가는데, 생각 있어요?”

수업을 마치고 학원을 나오는데 누군가가 뒤에서 말을 걸었다.

“얼굴이 누렇게 떴군요. 어깨는 파김치처럼 축 늘어져있고…….”

거리의 불빛은 밝았지만 남자를 알아보는 데는 약간의 시간이 걸렸다. 졸린 눈을 연신 비빈 후에야 그라는 사실을 알았다.

“지루하고 답답해 보여요. 새벽에 떠날 건데 주말엔 별

일 없죠?"

나는 갑자기 찾아와 다짜고짜 여행을 가자는 남자의 말에 미간을 찌푸렸다. 나는 아무 대꾸도 없이 남자의 얼굴을 빤히 쳐다보았다.

"겁난다구요? 하긴, 으앙 잡아먹을지도 모르죠."

그가 입 꼬리를 올리며 익살스럽게 웃었다.

"회사 관뒀어요. 아예 푹 쉬라고 하길래 꾸벅 절하고 나왔어요. 하하하……."

웃음이 폭포수처럼 쏟아졌다. 물끄러미 남자를 쳐다보던 나는 시원한 물속에라도 첨벙 뛰어든 것처럼 갑자기 설레기 시작했다. 촛농처럼 녹아 흘러내릴 것 같던 전신이 조금씩 팽팽해지는 것 같았다. 산꼭대기 폭포수가 피부에 닿을 때처럼 오돌토돌 핑크 빛 소름이 기분 좋게 돋았다.

자정에 달리는 고속도로는 물길 같았다. 가로등 불빛만이 눈앞에 펼쳐졌다. 끝이 보이지 않는 도로를 거침없이 달리는 차는 하늘이라도 뚫을 것 같았다. 예상치 못했던 여행길에 나선 나는 두려움보다는 맹렬한 호기심과 적의로 어둠을 쏘아봤다.

"벌써 긴장이 풀어진 거요?"

남자가 커피 두 잔을 뽑아 와 한 잔을 내밀었다. 놀라 잠이 깬 나는 주변을 살폈다. 여주 휴게소 간판이 장승처럼 눈앞에 서 있었다.

"여기서 일행들을 만나 함께 동행 할 거예요."

잠이 덜 깬 나는 어리둥절한 얼굴로 차에서 내렸다. 남자가 사람들이 모여 있는 곳으로 성큼성큼 걸어갔다. 남자는 삼십대 초반쯤으로 보이는 두 명의 남자와 뿔테 안경을 쓴 중년 남자에게 간단히 인사를 했다. 야구 모자를 쓴 왜소한 체구의 남자가 여러 개의 생수 병을 들고 왔다.

"유니콘만 오면 되겠군. 자유인, 불판은 가져왔나?"

야구 모자를 쓴 남자가 수염이 덥수룩한 남자에게 생수 병을 건넸다.

"가고파 님이랑 조우커가 준비해 온다고 했어요."

뿔테 안경의 중년 남자와 그가 고개를 끄덕였다. 야구 모자가 그에게 생수 병을 건네며 눈짓으로 나를 가리켰다. 나는 주눅이 든 어린애처럼 주춤거렸다. 언뜻 그와 만났던 호프집 테이블에 있던 나비 양초가 떠올랐다. 그리고는 기어 들어가는 목소리로 더듬거렸다.

"나, 나비……."

모두 의아한 눈빛으로 나를 주시했다. 그때 하얀색 스포티지 한대가 능숙하게 커브길을 돌아 일행들 앞에 정차했

다. 20대 후반쯤으로 보이는 키 큰 여자가 차안에서 반갑
게 손을 흔들었다. 모두들 신호를 받은 것처럼 자리를 털고
각자의 지프차 쪽으로 걸음을 재촉했다. 그리고는 일제히
차안에서 공구 같은 것을 꺼내어 안테나를 설치했다. 모두
들 진지한 표정이었다. 그들 틈에서 나는 완전한 이방인이
었다. 다시 흩어지는 사람들을 보면서 나는 멍하니 한 곳에
서 있었다.

"버터플라이!"

남자가 나를 보며 크락션을 울려댔다.

여섯 대의 지프차는 이열로 또는 일렬로 줄을 바꿔가며
다시 도로를 탔다. 크고 육중한 지프차의 행렬은 의문의 군
단처럼 섬뜩해 보였다.

"당국 야생마, 전원 카피! 국도로 빠집시다. 이상."

무전음이 울려 깜짝 놀랐다. 그가 한 손에 무전기 비슷한
장치를 들고 대답했다.

"여기는 조우커, 군 전선엔 이상 없습니까?"

"로져!"

알아들을 수 없는 언어에 귀를 쫑그렸다.

"여행 동우회? 아니면 자동차?"

"사륜 자동차 동우회죠. 몇 번 참여하다가 맘 맞는 사람

들끼리 모였어요. 아주 다르면서도 많이 비슷해요. 지금 통신 온 사람은 야생마예요. 직업군인이죠."

고속도로를 비껴가는 국도는 길이 험했다. 허리까지 자란 풀들이 길의 경계를 흐려놓았다.

"당국 가고파, 나비 부인 카피."

"당신을 부르고 있는 거예요. 이건 씨비라고 해요. 차안에서만 사용 가능한, 일종의 무전기죠."

그가 주먹크기의 씨비를 내게 건네며 말했다.

"푸치니의 오페라, 나비 부인을 좋아하시나 보군요. 환영합니다!"

나는 씨비라는 물건이 마치 폭탄이나 되는 것처럼 들고 어쩔 줄을 몰라 했다.

"가고파 님은 여고 음악 선생님이에요. 당신이 오페라를 생각하고 아이디를 지은 게 아니라면, 좀 서운하겠는 걸요?"

차의 행렬은 강원도 진부를 지나고 있었다. 차는 도로를 완전히 벗어나 산길을 탔다. 작은 마을을 지나자 흙길조차 눈에 띄지 않았다. 크고 작은 바윗돌에 몇 번이나 차가 기울어졌다. 으스름한 새벽녘, 깊고 험한 오대산 산줄기가 성큼 눈앞에 나타나기도 하고 물살에 출렁이는 통통배처럼 요동을 치면서 멀어져 갔다. 무성한 풀과 나무 때문에 바로 앞의 낭떠러지도 가늠하기 힘들었다.

선두로 가던 야생마가 길 가운데 바퀴만 한 바윗돌이 있고 75도 정도의 가파른 내리막길이 이어진다며 주의를 요했다. 그러나 두 번째로 가던 자유인의 차는 미처 비켜가지 못하고 바위에 부딪히고 말았다. 귀청이 찢어지는 듯한 소음이 들렸다. 차의 하단부에서 검은 연기가 뿜어져 나왔다. 과열로 엔진이 타버리지나 않을까 덜컥 겁이 났다. 몇 번의 헛바퀴질 끝에 자유인의 왼쪽 바퀴가 바윗돌 위에 올라섰다. 그러자 차는 요동을 치며 다시 오른쪽으로 기울었다. 나는 눈앞에서 전복되는 차를 보고 눈을 가렸다. 그러나 차는 흙먼지를 일으키다 곧장 속력을 내어 가파른 언덕을 뛰어넘었다. 비행물체를 보기라도 한 것처럼 나는 입을 다물지 못했다.

네 번째로 그 다음 차가 바위를 탔다. 차 앞의 범퍼가 바위에 부딪혀 소름끼치는 소리가 났다. 산의 정적이 무참히 깨지는 순간 그의 눈이 반짝였다. 남자는 사륜 기어를 넣고 힘주어 액셀을 밟았다. 핏대 선 그의 목덜미로 땀방울이 흘렀다. 땅이 파이고 바위가 깎이는 소리는 산이 내지르는 비명처럼 들렸다. 그의 얼굴이 점점 붉어졌다. 차가 기울자 보조석 안전벨트가 가슴과 배를 옥죄어 왔다. 식은땀이 등을 타고 흘렀다. 산의 정상이 잠시 기우뚱거리다가 케이오 당한 복서처럼 바닥에 쓰러졌다. 순식간에 하늘이 땅으로 쏟아져 내려 마치 강처럼 보였다. 뒤집힐락 말락 한 차안에서 반쯤 드러누운 그가 왼쪽으로 핸들을 돌리며 웃었다. 차는 둔탁한 소리를 내며 무사히 바위 언덕을 내려왔다. 나는 그제야 안심이 되어 숨을 내쉬었다. 남자의 얼굴은 상기되어 있었다. 그러나 남자가 다시 속력을 냈다. 양쪽 입 꼬리를 치켜 올린 채 웃으면서 그는 산의 가슴팍을 뚫으려 했다.

뿌연 흙먼지 사이로 더 이상 길이 보이지 않았다. 무중력 진공상태처럼 어떤 소리도 감각도 느낄 수 없었다. 붕 떠오른 차는 부서질 것 같은 굉음을 내며 풀숲에 착지했다. 나는 천천히 눈을 떴다. 거대한 산의 줄기가 태연하게 주변을 둘러싸고 있었다. 차는 아직도 신음 같은 소리를 내며 진동하고 있는데 주변은 농담처럼 변한 게 없었다. 숨을 몰아쉬던 남자가 서둘러 창문을 열었다. 시원한 산바람이 몸 구석구석으로 스며들었다. 그는 재주를 부리고 난 아이처럼 잠깐 으쓱해 하더니 의자 깊숙이 몸을 기댔다. 편안한 아이처럼 순진무구한 얼굴로 돌처럼 굳어버린 나를 물끄러미 보았다.

자정부터 새벽까지 지옥 같은 오프로드를 타던 지프차

행렬은 다음날 정오가 되어서야 짐을 풀었다. 산 중턱에는 계곡 물이 흘렀다. 주변에는 판판한 바윗돌이 테이블처럼 펼쳐져 있어 마치 야외 음식점에라도 나온 것 같았다. 수염이 덥수룩한 자유인이 불판에 가스 불을 붙였다. 확 퍼지는 불꽃에 화들짝 놀라는 나를 보고 키 큰 여자가 안쓰럽게 웃었다. 직업군인이라던 야생마와 작고 마른 사내는 계곡 웅덩이 속에서 반바지 차림으로 헤엄을 치고 있었다. 물장구 치며 개구리헤엄 치는 모습이 하루 사이 너무나 생소해 보였다. 주위는 온통 산과 나무뿐이었다. 이름 모를 꽃과 나무 그리고 새들. 사람들은 거대한 인간의 치마폭에서 재롱을 피우거나 소꿉장난을 하는 것 같았다.

남자가 돼지 목살에 소금을 뿌리며 내게 손짓했다.

"저기 실타래처럼 가는 물줄기 보여요?"

나는 가리키는 대로 산줄기를 짚어 보았지만 쉽게 발견하지 못했다.

"몇 번이나 시도했었는데, 길이 완전히 끊어져서 갈 수가 없었어요."

언제 왔는지 야생마가 군용 망원경을 내밀며 내게 말했다. 나는 무심코 망원경 렌즈를 눈에 바짝 갖다 대었다. 멀리 보이던 폭포수가 갑자기 코앞에 들이닥쳐 있었다.

우리는 불판에 구운 목삼겹을 안주 삼아 소주를 들이켰
다. 자동차 정비공이라는 자유인은 야생마와 함께 차를 손
보고 있었다. 중년사내 가고파는 계곡에 발을 담근 채 아예
소주병을 들고 마셨다. 치과 의사라는 키 큰 여자 유니콘은
차안에 앉아서 쩌렁쩌렁 앰프를 높여 메탈음악을 듣고 있
었다. 키가 작고 마른 사내가 돼지고기의 비곗살을 뜯어내
며 소주잔을 들이켰다.

"저 형의 아이디는 편식쟁이죠."

남자가 내게 소주잔을 건넸다.

"조우커? 카드놀이 할 때 그려져 있던 어릿광대?"

"대학 친구가 카드 치다 말고 뜬금없이 말하더군요. 나랑
웃는 모습이 닮았다나?"

짙은 눈썹과 강한 턱 선으로 남자는 어둡고 험한 인상이
다. 그러나 웃을 땐 입 꼬리가 귀밑까지 바짝 올라가고 큰
눈이 동그랗게 쳐져 얼핏 개구쟁이나 익살꾼처럼 보이기도
했다. 활짝 웃는 모습은 귀여워 보이기까지 했다. 그렇게
한참 동안 남자를 쳐다보다 문득 그와 눈이 마주쳤다. 나는
비밀을 들킨 사람처럼 뜨끔해져 망원경을 들어 먼 산을 봤
다. 빙그르르 몸을 돌려가며 렌즈 속으로 산등성이를 탔다.
그때 실타래 같은 폭포수 옆 풀숲에서 뭔가가 푸덕거렸다.

나는 렌즈 거리를 조정해 움직이는 물체 가까이로 다가갔다. 쫑긋 놀란 짐승의 귀가 보였다. 나는 그 짐승과 눈이라도 마주친 것 같아 얼른 렌즈를 뗐다.

"노루를 봤을 거예요. 나도 폭포 주변에서 본 적이 있으니까."

산신이라도 만난 것 같아 다시 망원경으로 살펴보았지만 노루는 사라지고 없었다.

일행은 산과 하늘과 계곡 아래 제멋대로 널브러져 있었다. 산의 치맛자락에 폭 싸인 일행은 마치 세상사와 시간의 흐름 따위와는 무관한 자궁 속의 태아처럼 보였다.

뉘엿뉘엿 해가 질 때쯤에서야 누가 먼저랄 것도 없이 하나 둘 짐을 챙겼다. 목적지가 어디이며 어느 방향, 어느 길로 갈 것인지 궁금해하는 사람조차 없는 것처럼 보였다.

이번엔 가고파가 선두에 섰다. 가고파가 이끄는 대로 육중한 차의 행렬은 토막토막 긴 꼬리를 만들었다. 산 중턱에 있는 한터 마을을 지나 큰 위험 없이 아래로 내려갔다. 산의 하단부였다. 깎아지른 벼랑 아래 제법 너른 강이 흘렀다. 벼랑 맞은편엔 강과 자갈밭이 좁고 험한 산비탈과는 대조적으로 펼쳐져 있었다. 우리는 그곳에 차를 세우고 저녁을 해먹었다. 사람들이 술과 먹을거리를 해치우는 동안 나는 강줄기를 따라 걸었다. 협곡을 헤매다 만난 잔잔한 수면은 마음을 편안하게 해주었다.

저녁 9시가 되자 먹물 같은 어둠이 눈 깜박할 사이 강 수면을 뒤덮었다. 모닥불을 피우고 제법 술자리가 익어 가는 모양이었다. 나는 뜻밖에 따라나선 여행에 그럭저럭 머리가 개운해져 있었지만 날이 어두워지자 어깨 근육이 점점 뻐근해졌다. 나는 어깨를 주무르며 차안으로 들어가 눈을 붙였다.

추적추적 빗소리가 들렸다. 강 수면에 떨어져 파장을 일으키는 빗줄기는 제법 굵었다. 심하게 파장하는 수면에 떠밀려가는 것처럼 갑자기 차가 요동을 쳤다. 그 충격으로 나는 오른쪽 창에 머리를 세게 부딪쳤다. 비에 젖은 무성한 나뭇잎들이 유리에 들러붙어 앞을 분간하기 어려웠다. 끼익- 툭! 그리 굵지 않은 나무 기둥 하나가 차에 치어 맥없이 부러졌다. 힘줄 같은 가는 줄기 하나만이 겨우 이어져 있는 나무는 허리가 완전히 꺾여 비바람에 출렁거렸다. 정신이 번쩍 들었다. 언제 탔는지 남자는 운전석에 앉아있었다. 소주 냄새가 훅 끼쳤다. 실핏줄이 선 남자의 눈에 불빛에 번뜩였다. 순간 쇠망치로 머리라도 되게 얻어맞은 것처럼 숨을 쉴 수 없었다. 차는 길이 아닌 험한 산 속을, 나무든 돌부리든 보이는 대로 치받아 쓰러트리면서 미친 듯이 달리고 있었다.

"멈춰요! 당신들 모두 미쳤어!"

앞차가 진흙 웅덩이에 빠졌다. 차는 날카로운 발톱으로 암벽을 긁어대는 소름끼치는 소리를 내며 헛바퀴질 쳤다. 선두의 차가 굵은 로프를 차체에 걸었다. 조우커! 씨비를 통해 단호한 한 마디가 귀청을 찢었다. 그가 기어를 넣고 속력을 다해 달리기 시작했다. 나는 급작스런 상황에 숨이 턱까지 차올라 아무 말도 할 수가 없었다. 요란한 소리를 내며 앞차를 들이받자 앞차가 선두 차의 밧줄에 이끌려 진흙구덩이를 빠져나갔다. 쇠로 된 범퍼 한쪽이 떨어져 나가고 그는 맹수처럼 입술을 깨물었다. 있는 힘껏 액셀을 밟았지만 진흙구덩이 속으로 더 깊이 빠져들었다. 그때 뒤차가 들이닥쳐 차는 부서지는 굉음을 내며 앞으로 튕겨 나갔다. 무전기를 통해 괴상망측한 웃음소리들이 들려왔다. 그도 입 꼬리를 올리며 웃고 있었다. 비바람은 더욱 거세지고 울창하게만 보이던 나무들의 허리가 휘청거렸다. 비에 젖은 나뭇잎들이 귀신처럼 머리를 들이밀고 낄낄낄 웃어젖혔다. 잡아먹을 것처럼 침을 흘리며 거칠게 창문을 두드렸다. 신들린 사람 같은 푸른 광기가 남자의 눈에서 입으로 목덜미에서 팔다리로 전류처럼 흘러넘쳤다. 사람 키만 한 나무들이 다시 오른쪽 창문을 훑고 지나갔다. 나뭇잎 얼굴들은 홀러덩 피부가 벗겨져 뚝뚝 혈액을 뿌려놓는 것 같았고 거대한 바윗돌이 천둥번개 치는 소리를 내며 절벽 아래로 굴러 떨어졌다. 탄성을 내지르며 웃는 여자의 웃음소리가 전선을 타고 흘러넘쳤다. 백미러에 반사된 뒤차의 안개등이 불시에 눈을 찔렀다. 강한 불빛은 심장까지 파고드는 것 같았다. 뱀처럼 꼬리를 이은 행렬은 산을 뚫고 하늘을 찢으려는 것 같았다. 그의 목덜미에서 뭔가가 꿈틀대는 것 같았다. 밖으로 뛰쳐나와 악다구니 치고 싶은데 남자는 양쪽 입꼬리를 올리고 처절하게 웃고만 있다. 배 아래쪽으로부터 뭔가 뜨겁고 뭉뚝한 것이 치밀어 올라와 목울대를 건드렸다. 나는 푸른 혈관이 툭 불거져 나온 그의 손을 타들어 가도 좋을 양 꼭 쥐었다. 왈칵 울음이 터져 나왔다.

강변북로 왼편, 강 위를 가로지른 교각이 아득하게 멀어진다. 그 때 눈앞으로 하얀색 중형차가 색 테이프를 휘날리며 지나간다. 빨강, 노랑 풍선이 차 안테나 끝에 매달려 얼굴을 비벼댄다. 신부가 창문을 내려 강변 길 바람을 들이킨다. 길섶에서 새 한 쌍이 푸드득 하늘 위로 날아오른다. 갑자기 나비와 함께 강변 길 바람을 들이키고 싶은 생각이 든다. 나는 턱시도 입은 나비를 상상한다.

"새나 짐승들도 다들 짝을 이루는데……, 우리 새끼들은 왜 이리 고달프게 사는지 모르겠어요. 불쌍한 것들……."

어머니가 안경 밑으로 그칠 줄 모르는 눈물을 찍어낸다.

"다 못난 애비 탓이지. 아픈 놈은 그렇다 치고, 과년한 딸까지 붙들고 있으니……."

'아버지, 죄인 같은 표정으로 그렇게 한숨짓지 마세요.'

그와 만난 지도 벌써 일 년이 넘는 걸요. 작은 무역회사에 다시 취직을 했어요. 예전처럼 홀쩍 떠나거나 연락 없이 회사에 안 나온다거나, 이제는 그러지 않아요……. 한동안 그렇게 잘 참는 것 같았어요. 밤늦게 학원 수업을 마치고 나오면 뒷문이 움푹 찌그러지고 상처투성이인 지프 차 한 대가 서 있었어요. 핸들 위에 엎드려 있던 그가 넥타이를 느슨하게 잡아당기면서 애써 웃고 있었죠. 차에 올라타면 제 얼굴에 거친 수염을 비벼댔어요. 거칠게 제 가슴에 파고들었어요. 그렇게 제 품에 기대어 눈을 감고 쉬는 그를 보면 아이가 떠올랐어요. 지치기 쉬운 어린 아이 말이에요. 조용히 그의 머리를 만져 주었어요. 한숨이라도 지으면 날아가 버릴까 봐, 가만히 그의 머리를 쓸어주었어요.

"길이 더디구나. 꾸물꾸물한 게 비가 오려나……."

아버지가 연거푸 담배를 문다.

"볕이 좋아야 잘 살 텐데, 우리 혼인할 때 날씨 하나는 좋았지요."

어머니는 이미 앞질러 가 풍선 꼭지만 겨우 보이는 신혼부부의 차를 걱정 어린 눈빛으로 바라본다.

"비가 오든 눈이 오든, 사는 건 다 위태로워. 아끼면서 살아도 궂은 날은 있는 법이야."

다시 전화벨이 울린다. 차선을 바꾸려던 중에 깜짝 놀란 나는 방향등도 켜지 않고 차선을 옮기고 만다. 뒤차가 신경질적으로 크락션을 울려댄다. 미처 받지 못한 휴대폰에는 호출번호가 찍혀 있다.

'아무리 다그쳐도 난 당신 아들이 어디에 있는지 알지 못해요. 난 이렇게 길 한복판에 꼼짝없이 묶여 있는 걸요.'

처음으로 그에게 동창회에 함께 가자는 초대를 받았어요. 구정 연휴에 있을 모임을 위해 아이보리색 코트를 큰맘 먹고 샀어요. 하지만 도저히 갈 수 없는 상황이 생겨서 약속을 취소했어요. 하루 종일 울고 있었지만, 그에게서 한 번도 들은 적이 없는 친구들을 만난다기에 뒤늦게 코트를 걸치고 서둘러 모임에 갔어요. 그런데 내가 막상 나타났을 때, 술병이 요란한 소리를 내며 탁자 아래로 떨어졌어요. 테이블 하나가 뒤집혀서 바닥에 음식을 토하고 있었지요.

"처녀 혼자 애를 낳아서 여태 날 키워준 어머니야. 그래, 그게……, 내가 그녀와 헤어진 비겁한 이유야!"

술 취한 그가 난폭하게 팔을 휘두르다가 힘없이 바닥에 넘어지더군요. 친구들이 모여들어 그를 일으켰고 한 남자가 조용히 걸어 나왔어요. 종업원들을 지나치고 나를 지나쳐 현관문 앞에 잠시 서더군요. 잠깐 그렇게 멈춰 섰다가 가만히 문을 열고 걸어 나갔어요. 나도 묻고 싶어요. 당신의 아들은 대체 어디에 있는 거죠?

비가 내린다. 나는 톡톡 떨어져 납작하게 퍼지고 다시 또르르 굴러가는 빗방울을 유심히 본다. 그리고 와이퍼를 켠다. 단번에 빗방울이 흔적도 없이 사라진다. 지나가야 할 강변북로는 아직 반도 못 왔다. 창밖을 보며 내내 훌쩍거리던 어머니는 더딘 길에 지쳤는지 머리를 수그려 졸고 있다. 핏기 없이 희고 늘어진 피부가 병든 새나 병아리를 떠올리게 한다. 아버지가 어머니의 고개를 편하게 뉘어 놓는다. 지푸라기처럼 윤기 없고 마른 거죽만 남은 목덜미가 순간 파리하게 떨린다. 만지면 사그라질 것만 같아 가슴이 저리다.

"막힐수록 맘을 편히 먹어라. 조바심 낼수록 더 엉키는 게야. 봄비가 시원하게 내리는구나."

볼륨을 줄인 라디오에서 강변북로 사고 경황을 알려온다.

그와 잠자리를 가질 때마다 종종 비가 내렸다. 그가 내 가슴에 안겨 잠이 든 새벽 무렵, 예고 없이 쏟아지는 빗소리에 그의 평온한 잠이 깰까봐 가슴을 졸였다. 빗방울은 불운을 암시하는 것처럼 무섭고 긴장되게 창을 두드렸다. 두 번째, 세 번째……. 우연처럼 그와 몸을 섞고 난 새벽이면 어김없이 빗소리가 들렸고 나는 섬뜩한 기분에 몸서리를 쳤다.

마지막으로 그를 만난 날, 그는 귓불을 간질이며 나직이 물었다. 결혼하자……. 나는 아무 대답도 하지 못했다. 그날은 오빠가 긴급수송 차량을 타고 정신병원에 세 번째 강제 입원한 날이었다.

오빠는 거울에 비친 자신을 과도로 난도질하고 있었다. 핏방울이 금 간 거울을 타고 흘러내렸다. 아이보리색 코트를 입고 현관을 나가던 나는 주춤 흔들렸다. 오래된 뒤지 위에 물 한 그릇을 떠놓고 빌던 어머니가 털퍼덕 주저앉았다. 반지하 다세대 주택의 좁은 현관이 순식간에 허물어지

는 것 같았다. 나는 두 팔로 머리를 감쌌다. 너와 결혼하고
싶어……. 사이렌 소리에 놀란 오빠가 비명을 질렀다. 구
급대원들이 몰려와 단단한 끈으로 오빠를 옭아맸다. 버둥
거리다 질질 끌려가는 오빠의 두 발이 유난히 하얘 보였다.
슬리퍼 두 짝이 모두 벗겨져 있었다. 얼굴이 하얗게 질린
어머니는 두 손으로 입을 틀어막았다. 핏대 선 울음이 새어
나왔다.

  그날 밤, 나는 빗물처럼 눈물을 쏟으며 그의 품속으로 파
고들었다. 더 이상 닿을 곳이 없을 때까지 그의 내부 속으
로 깊이 파고들었다. 그에게 스며들어 겨우 눈물을 그쳤을
즈음, 빗소리에 잠이 깼다. 그는 이미 떠나고 없었다.

  승용차 한 대가 성산대교로 빠지는 난간을 들이받아 있
었다. 빗길에 미끄러졌는지 부서진 회색 차 한 대가 끔찍한
모양새로 길을 막고 있었다.

  두 대의 경찰차가 사이렌을 울리며 주변 도로를 통제하
고 있다.

  "이 일을 어째요! 사람이나 안 죽어야 할 텐데, 잘 가다가
이게 무슨 변이냐!"

  소란 통에 깬 어머니가 안절부절 못 한다. 피투성이가 되

었을 사람들은 이미 병원으로 옮겨졌는지 뒤늦게 온 견인 차량이 빈차에 로프를 건다.

"아침에 갈 땐 쉬 가더니 올 때는 이리 힘들구나. 우리 아들이 이래서 쉽게 못 오는갑다."

눅눅해진 차 안 공기 때문인지 어머니가 식은땀을 닦는다. 뒤차들이 신경질적으로 크락션을 울려댄다. 옆 차선에선 작은 시비가 붙었다. 좁은 틈을 비집고 한 차가 끼어들자 뒤차가 창문을 열고 욕설을 내뱉는다. 앞차에서 내린 사람이 삿대질하면서 고함을 친다. 경찰이 호루라기를 불며 달려온다.

"이러다 영영 못 가는 거 아닌지 몰라요."

"영영 막히면 그게 어디 길인가? 막혀 있는 건 벽이지 길이 아니여. 보채고 싸우고 해봐야 더 늦어지는 걸……. 힘들어도 차분히 참고 가는 게 가장 빠른 지름길이다."

운전석 뒷자리에 앉아 있던 아버지가 내 양쪽 어깨를 주무르며 말한다. 내내 지루하고 뻣뻣해진 근육이다. 어깨는 따뜻한 손길에 차츰 부드러워진다.

사고 상황도 어느 정도 마무리되어 차는 정체구간으로부터 한 시간 만에 빠져 나왔다.

빗줄기도 가늘어져 흐릿하게나마 초저녁 하늘이 보인다.

비가 오면 나비는 어디로 갈까?

문득 봄볕 속에서 보았던 오전의 나비 떼가 떠오른다. 차는 강변북로를 완전히 벗어나 성산대교를 지난다. 공항방면 이정표를 보고 오른쪽 방향등을 켜는데 강변북로에서 본 신혼부부의 차가 시원하게 앞질러 간다.

"갑갑하더니 체증이 쑥 내려가는 것 같구나. 그놈 인생길도 이렇게 뚫리려나……."

인공폭포를 지날 때쯤 가늘게 내리던 빗줄기가 그친다. 어머니는 비가 멈추자마자 창유리를 내리며 깊게 숨을 들이쉰다. 목이 마른 나도 창유리를 내리고 바람을 마신다. 말라 비틀어져 있던 내부 깊숙이 시원한 공기가 빨려 들어간다. 고된 기다림 끝에 마시는 오아시스처럼 비 온 뒤의 맑은 공기는 뼛속까지 달게 퍼진다.

도로변 호텔을 지나 염창동으로 진입할 무렵 다시 전화벨이 울린다. 나는 즐거운 식사시간을 방해받는 것처럼 짜증이 난다. 벨이 울려도 나는 전화를 받지 않는다.

"급한가 보구나. 잠깐 차 세우고 전화하지 그러니."

아버지가 어깨에서 손을 떼며 이야기한다.

'그의 어머니일거예요.'

나도 모르게 입 밖으로 튀어나오려는 말을 가까스로 되

삼킨다. 그러나 발신번호를 본 나는 믿어지지 않아 눈을 크게 뜬다. 갑자기 나타난 나비의 환영을 본다. 핸드폰에서 빠져 나온 흰나비 한 마리가 선명하게 눈앞에서 원을 그리며 난다. 언제 어디서 나타났는지 모르게 여러 마리의 나비들이 한꺼번에 나풀거린다. 나는 조심스럽게 팔을 뻗는다. 흰나비가 손바닥 위에 얌전히 내려앉는다. 다른 한 마리도 머리 위에 사뿐히 앉는다. 나는 금방이라도 나비들이 떼를 지어 날아갈까 봐 숨을 죽인다. 그러나 마음이 조급해진다. 얌전히 날개를 접고 앉아 있던 나비들이 행렬을 이루려고 하는 것 같다. 무리를 지어 긴 뱀과 같은 모양을 하고 또다시 날아가 버릴 것 같다.

나는 도로변에 황급히 차를 세운다. 목울대가 울리고 손끝이 떨려서 남자에게 바로 전화하지 못한다. 나는 서글픈 광대처럼 양쪽 입 꼬리를 올리며 웃고 있다. 천천히 숨을 고른다. 나는 다시 전화기를 바라본다. 반가운 내색도 하지 못하고 뚝뚝 붉은 물만 흘리는 제방의 꽃처럼, 나는 고개를 숙인 채 나비에게 전화를 걸고 있다. 🦋

황사 바람

황사 바람

햇빛을 차단한 누런 먼지가 안개처럼 공중에 퍼져 있다. 중국 고비사막에서 불어온 황사黃砂 바람은 강한 바람이 아니었다. 그러나 미약한 바람은 사람들에게 스며들어 지독한 질환과 알레르기를 일으켰고 시야를 흐려놓는 먼지는 며칠째 건물이나 자동차에 은밀하게 쌓여 손가락으로 글씨를 쓸 수 있을 정도였다.

황사가 지나갈 때까지 나는 집안에만 머물렀다. 바람이 완전히 사라지기를 기다리며 어떤 날은 하루에도 서너 번씩 샤워를 했다. 창틈이나 현관은 물론 열 평짜리 집안으로 바람이 들 만한 곳은 없었다. 집안은 빈틈없이 정돈되어 있었고 외부와 분리된 듯 고요했다. 낮은 볼륨의 텔레비전마저 꺼져 있었다면 땅 속에 묻혔거나 우주 밖으로 튕겨 나가 암흑 속을 부유하는 밀폐된 배처럼 느껴졌을지도 모르겠다. 그러나 집안은 건조했다. 시릴 만큼 싸늘한 기온도 감돌았다.

- 가볍고 날이 얇은 과도 세트! 저렴한 가격으로 판매합니다!

쇼핑 호스트가 날렵하게 빠진 은색 과도를 들고 사과를 깎기 시작했다. 나는 반사적으로 채널을 돌렸지만 가슴은 이미 방망이질 치고 있었다. 뜻밖의 것에 뒤통수를 맞게 되다니! 나는 엄지손톱을 물어뜯으며 몸 안으로 퍼지는 기운을 가라앉히기 위해 눈을 감았다.

수없이 보고 지나쳤던 물체에 아무런 변화가 없는데도 어느 날 갑자기 겁을 낼 때가 있다. 과거에는 두려워하지 않던 것들을 보면서 말이다. 문득문득 찾아오는 그런 기분은 불운이 임박해 있는 느낌처럼 대상도 없는 공포를 체험하게 했다. 가위에 눌린 것처럼 숨 막히게 목을 죄어오는 실체 없는 공포 말이다. 몸의 내부는 서서히 소용돌이치고 있었다.

- 인간과 동물은 기본적인 감정을 공통적으로 가지고 있습니다. 동물도 꿈을 꾸고 공포를 느끼지요…….

조용히 눈을 떴다. 세계의 뉴스 채널 화면에서 동물학자의 인터뷰 장면이 나오고 있었다. 갈색 수염이 얼굴의 반을 가린 야생동물학자는 수십 년 동안 산과 습지대로 검은 곰들을 따라다녔고 연구 결과 동물도 악몽을 꾼다고 했다. 덥수룩한 머리털과 수염 때문인지 유독 눈이 빛났다. 정우가 떠올랐다.

- 밀렵꾼들에게 어미의 신체가 절단되고 상아가 뽑히는 것을 목격한 새끼 아프리카코끼리가 종종 비명을 지르면서 잠에서 깬다는 보고를 기억하실 겁니다. 곰도 마찬가지였어요. 새끼 때 가족이 학살당하는 것을 본 곰은 커서도 늘 악몽에 시달렸지요. 숲 속 멀리에서 작은 소리만 들려도 그 곰만은 갑자기 예민해져서 주변을 경계하기 시작했습니다……

- 만약 동물이 과거를 기억하고 그것에 관한 꿈을 꾼다면, 공포 없는 미래를 상상하고 추측하는 것도 가능하단 말입니까?

TV 속의 기자는 논란의 여지가 있는 부분에 대해 날카롭게 지적했다.

학자의 대답 따위는 중요하지 않았다. 나는 한 번도 본 적 없는 새끼 아프리카꼬끼리와 검은 곰을 이해했다.

"눈 가리고 앉아서 우는 게 영락없이 새끼 염소다. 귀를 뒤로 턱 붙이고, 혀로 입술을 재빠르게 핥아 봐. 무서울 땐 꼬리를 세운 채 웅크리고 앉는 거야, 이렇게……."

대학 1년 때, 놀이동산에서 바이킹을 타고 혼쭐이 나서 울던 내게 정우가 놀리면서 했던 말들이 떠올랐다. 무조건 도망치거나, 물속으로 뛰어들거나, 미친 듯이 몸부림을 치거나, 주저앉아 눈을 감아버리거나……. 서서히 숨이 차기 시작했다. 느껴지지 않을 만큼 미약하게 불어오는 바람. 그러나 조금씩 빨라져 나를 눈멀게 하고 몸속의 수분을 모조리 메마르게 할 것이다.

나는 언젠가 내 숨통을 쥐고 말 듯한 기분 나쁜 전조를 또다시 느끼고 있었고 결심이라도 하듯 현관 앞에 놓인 가방을 쏘아보았다. 몇 달 전에 싸둔 산행 가방이다. 그리 크지 않은 배낭은 몇 달 동안 한 자리에 오도카니 앉아 있었다. 나는 서랍장을 열고 안쪽에 있는 작은 약병 하나를 꺼냈다. 갈색 약병에는 새끼손톱만한 알약들이 빼곡히 차 있었다.

흑염소농장은 태백산맥의 지맥인 배바우산 기슭에 있었다. 정우는 정상에 먼저 오르자고 했고 나는 샛길 내리막길로 빠져 흑염소 구경이나 하자고 했다.

"무서워서 산에도 못 올라가고, 버스 앞좌석에는 앉지도 못하고, 회전목마도 못 타고……. 고소공포증은 버릇이거나 성격 탓이라니까. 단계적으로 높은 데를 올라가면서 자극에 노출시키면 오히려 공포가 줄어든댔어. 이번엔 꼭 오르겠다고 했잖아. 올라가면 얼마나 좋은데!"

정우는 막 방향을 바꾸려는 나를 붙잡고 달래듯이 말했다. 나는 정우의 손을 뿌리치고 내리막길을 달렸다. 정우는 이번에도 지고 말았다는 얼굴로 터덜터덜 뒤따라 왔고, 그런 정우를 위해 산등성이 평원을 말처럼 신나게 뛰어다녔다. 염소 냄새 더덕 냄새가 바람의 등에 업혀 실려 다녔다. 지천으로 흩어진 산채를 마음껏 만지며 때로는 맨발로 밟으며 정우가 그렇게 내게 보여주고 싶어 하는 건 도대체 뭘까, 하는 생각을 잠깐씩 했다.

"저러다 산 아래로 굴러 떨어지면 어쩌려고. 산사태라도 나면……."

완만한 듯 보이지만 산세는 험준했고 멀리서 뛰노는 염소들은 위태로워 보였다.

"야생 산악염소는 산사태를 대비해서 암벽붕괴를 두려워하는 법을 배운대. 그래서 겁 많던 새끼염소도 자라면 달라지지. 산에서 우르릉 하는 소리가 나면 꼬리를 세우고 귀는 눕힌 채 가장 험하게 솟은 바위를 찾아 달려간다는 거야. 산사태의 공포를 이기기 위해서 공포를 느낄 수 있는 곳으로 일부러 찾아가는 거지. 목숨 걸고 말이야."

"안전한 곳으로 피할 생각을 해야지, 위험한 암벽이 도피처가 될 수 있어?"

"피난처가 없을 땐 몸을 굳게 버티고 서서 몸을 산 사면에 밀착시킨대. 최후엔 산과 하나가 되는 거지. 공포를 겸허히 받아들이는 거라구. 멋지지 않니?"

"차라리 뛰어내리겠어."

생각만으로도 식은땀이 났다.

정우와 사귀는 동안 우리는 몇 번인가 더 이곳을 다녀갔었다. 하지만 나는 번번이 산 중턱에서 되돌아오고 말았다.

정우가 들려주는 산악염소나 회색앵무새, 큰고니 이야기들이 더 이상 흥미롭게 들리지 않을 무렵이었다. 졸업을 앞두고 동기들이 하나 둘 그럴듯한 직장에 취직을 하는 동안 정우는 동물사육사가 되겠다고 복학도 하지 않았다. 우리는 많이 다투었다. 정우는 딱히 교육과정도 없고 자격증도 없는 동물조련을 배우겠다며 학교까지 그만두고 동물원에 들어갔다.

나는 석 달이 되어도 돌아오지 않는 정우를 만나기 위해 그가 일하는 곳으로 찾아갔다. 더러운 작업복을 입고 빈 우리 안에서 분뇨를 치우던 정우가 나를 보자 숨 가쁘게 달려 나왔다. 멋쩍고 쑥스러운 표정이었지만 얼굴은 기쁨으로 넘쳐 났다. 정우는 뭐라 말조차 꺼내지 못하고 내 손만 꼭 잡았다. 나는 내 손을 감싸 쥔 정우의 두 손을 한참 동안 보다가 거칠고 검어진 그의 손을 가만히 풀었다.

그날은, 아침부터 바람이 세게 몰아쳤다. 삼월이었지만 오뉴월 햇볕처럼 따뜻한 며칠이 이어진 터라 갑자기 불어 닥친 황사 바람은 사람들을 놀라게 했다. 매운 꽃바람이기보다는 탁하고 어두운 느낌을 불러일으키는 바람이었다. 성큼 두 계절을 건너 뛰어 가을이 온 게 아니라면 느닷없이 지구 반대편에 와버린 듯한 이상한 착각에 빠지게 하는 날씨였다.

임용고시 준비로 바쁘다며 정우를 피해 다니던 그 때, 정우는 학교 도서관을 빠져 나오는 내 팔목을 낚아채듯 붙잡았다. 그동안 나는 몇 번인가 선을 봤고 그 중 한 남자와 만나오던 터였다.

완강하게 내 손목을 붙든 정우에게서 술 냄새가 훅 끼쳤다. 정우는 잔뜩 굳은 얼굴로 학교 앞 후미진 골목 끝에 있는 락바로 갔다. 정우에게 강제로 끌려가다시피 하면서 한 번쯤은 단호하게 이야기해야 한다는 생각을 했다. 하지만 좁고 어두운 지하의 락바는 헤어지기에 결코 적절한 장소는 아니었다.

우리는 바의 구석진 자리에 앉았다. 정우가 몇 번인가 무슨 말을 하려다가 그만두고 맥없이 고개를 떨어뜨렸다. 학교 앞에서 나를 끌고 올 때와는 달리 많이 지쳐 보였다. 야윈 어깨가 도드라져 보였고 나 또한 말없이 술병만 비웠다.

그가 다섯 병째 맥주를 주문할 때쯤 한국인과 흑인, 혼혈로 보이는 한 떼의 남녀가 바 안으로 들어왔다. 십대 후반으로 보이는 그들이 테이블 앞에 둘러앉자 분위기가 확연히 달라졌다. 빠르고 경쾌한 곡이 실내를 쩌렁쩌렁 울렸다. 술병을 든 흑인 남자가 리듬에 맞춰 머리를 흔들자 백인 여자가 담배를 물고 춤을 추기 시작했다. 머리와 상체를 흔들면서 즐기는 그들을 보자 구석으로 내몰리는 기분이 들었다. 정우를 대하는 것도 갑갑했고 정신을 빼놓는 음악도 듣기 힘들었다.

"동물 먹이나 주고 퇴비나 치우면서 살 남자에게 매달리기 싫어."

정우는 두 팔로 탁자를 짚은 채 한참 동안 고개를 들지 않았다. 정우의 몸이 탁자 앞으로 조금씩 기울어졌다. 나는 가방을 챙겨들고 일어섰다. 정우가 떨리는 손으로 내 팔목을 잡았다. 나는 손을 뿌리쳤고 옆 테이블에서 장난을 치던 아이들과 눈이 마주쳤다. 한 남자아이가 과장된 손짓으로 휴대용 잭나이프를 돌리더니 주먹만 한 감자 크로켓을 반으로 잘랐다. 십 센티 정도의 은빛 칼날이 손가락 위에서 아슬아슬하게 돌다가 반으로 잘린 안주에 날렵하게 꽂혔다. 모여 있던 아이들이 환호성을 질렀고 돌려가며 잭나이프를 접었다 폈다.

나는 정우를 피하려다 오히려 못 볼 것을 본 것 같은 기분에 휩싸였다. 칼에 대한 두려움이라기보다는 뭔가 더럽고 묘한, 끈적하게 몸을 휘감는 이물스러운 느낌이었다. 바 안은 어느새 사람들로 가득 찼고 나는 한시라도 빨리 그곳에서 벗어나고 싶었다. 술에 취한 정우를 남겨 두고 북적대는 바를 빠져나갈 때였다.

"I am going to show you something cool. Come in the bathroom with me.

소리는 은밀했지만 분명하게 들렸다.

술병을 들고 몸을 흔드는 사람들로 통로는 사라져 버렸고 시야를 가로막는 희뿌연 연기와 귀청을 울리는 앰프, 사람들의 웃음소리가 기괴하게 섞였다. 숨이 받혀왔고 가까스로 계단을 뛰어올랐지만 문을 밀치고 나오자마자 휘몰아치는 모래 바람에 나는 질겁하고 말았다. 어두운 골목엔 아무도 없었지만 낯선 곳에 끌려와 위협이라도 당하는 사람처럼 뒷걸음질 쳐졌다.

"화장실에 가면 뭔가 보여주겠어!"

잭나이프를 가지고 놀던 아이들의 목소리가 내 뒷목을 잡아끌었다. 잠깐 망설이던 나는 다시 지하로 내려갔다. 그러나 선뜻 바의 내부로 들어가지 못 하고 내부보다 높게 난 계단 난간에 서서 정우를 찾았다. 멀리 대각선 끝으로 정우가 보였다. 고꾸라지듯 머리를 처박고 있던 정우가 상체를 일으켜 남은 술병을 한 입에 털어 넣고 또 한 병을 시켰다. 술이 오자 정우는 힘겹게 탁자를 짚고 일어나 바의 안쪽에 있는 화장실로 비틀거리며 걸어갔다. 한 두 사람이 뒤따라 화장실로 들어가는 것 같았다. 갑자기 가슴이 뛰기 시작했다. 일 미터도 채 안 되는 높이였지만 다리가 후들거려 서 있기조차 힘들었다.

산등성이에는 외딴집이 있었다.

"어서 오시오잉, 한 사람 두 사람 손님들이 오는 걸 본께

봄이 왔는갑네."

내가 빠끔히 문을 열자 주인아주머니가 반가운 얼굴로 나를 맞았다. 식당 안에는 40대 중반쯤으로 보이는 세 명의 등산객들이 늦은 점심을 먹고 있었다.

"후딱 해장국 말아올팅께 쪼께 기다리씨요잉."

아주머니는 어정쩡하게 서 있는 나를 끌어다 자리에 앉히고 서둘러 부엌으로 갔다. 6년이 지났지만 주인 여자는 변한 게 없어 보였다. 짧게 웨이브진 머리하며 몇 안 되는 손님을 기다리면서도 서툰 대로 화장을 한 모습, 굵고 거친 손가락에 끼워진 쌍가락지와 찌그러진 금색 링 귀걸이. 전보다 낯빛이 검어지고 웃을 때마다 패는 주름이 확연했지만 쉰이 넘었을 그녀의 몸은 불어난 기색 없이 예전 그대로였다. 무엇보다 경상북도 산골에서 듣는 전라도 사투리의 낯설음과 수선스러워 보일 만큼 사람을 반기는 걸걸한 웃음소리는 잊은 줄 알았던 기억을 고스란히 되살려 주었다. 서너 번쯤 다녀갔을 나를 알아볼 리 없겠지만 건강하게 빛나는 그녀의 얼굴을 보자 우직하게 산을 지키며 기다려 준 산지기를 만난 것 같아 손이라도 잡고 싶었다. 그러나 나는 여자의 시선을 피해 시멘트 바닥만 쳐다보았다.

아주머니는 커다란 쟁반에 해장국과 산채 반찬들을 가져

다 놓고 옆 상에도 국과 반찬을 더 놓았다.

"요래 공짜 술까지 주시는 걸 보니까네, 좋은 일 있으신가벼여?"

아주머니가 남자들에게 반주를 따르면서 희희낙락한 얼굴로 대답했다.

"떨어져 사는 남편한티 편지를 받았당께요. 소식이 뚝 끊어져서 이놈의 인간이 또 뭔 헛짓거리를 한다야 태산 같은 걱정을 했드만, 긴 편지가 와부렀당께요."

"오늘따라 아지매가 싱글벙글 카더라만. 그 연세에 그라케 연애하는 기분으로 사는 부부도 있는데 마, 세상 배래별 데서는 말세 짓거리만 해샀코 있으니까네……."

미간에 주름이 패인 인상 고약한 남자가 읽던 신문을 접으며 말을 꺼냈다.

"또 무신 기사를 보고 그라노?"

앞자리에 앉은 얼굴이 긴 사내가 무 조각 하나를 우적우적 씹으면서 물었다.

"부러 에이즈에 걸릴라꼬 기 쓴 죄수 이바구 아이가."

남자가 잠시 말을 끊고 넘실거리는 소주잔을 단숨에 비웠다.

"무기징역수가 지 팔목에 몰래 상처를 내뿡기라. 같은 교도소에 에이즈 환자가 있었는데, 그 놈아 머리를 면도칼로 짝 그어뿔고 자해소동 말리는 거맨치로 가장을 했다 안 카나. 에이즈 환자칸테서 빙 옮길라꼬 가족들 시키갖꼬 용돈까지 미리 주면서 꾸민 짓이라던가. 근데 마, 뒤에 검사 요청해 갖고 딱 받았드마는 음성 판정이 나온기라. 어쩔 수 없이 그 환자를 다시 유인했는데, 이번에는 몰래 입수한 일회용 주사기로 에이즈 환자 팔에서 피를 빼내 갖고 지 팔에 쑤시 박았단다. 그것도 모자랄까봐 갸한테 자위까지 하라 칸 다음에 그 정액까지 바다묵었다카네……."

"뭐라꼬예? 그런데 마, 에이즈 환자는 격리시키는 거 아인가예?"

"병동에 따로 수감돼 있다캐도 의무실 찾는 재소자들카고는 맘대로 접촉도 하고 그랬나 봐. 교도소 쪽에서는 마, 에이즈환자 관리 지침이 있어도 인권 뭐다카는 이유로 완전 격리는 불가능했다카고……. 병세가 악화되면은 마 출소는 하겠지마는, 기가 막힌다 아이가?"

"오죽 고통스러부면 그래 비참한 짓까지 해가면서 죽을라꼬 했겠어예."

남자들이 누가 먼저랄 것도 없이 잔을 털면서 혀를 찼다.

"그러니까네 마, 인생 곱게 살다 가야하는 거 아이겠나.

악성 종양 같은 그란 인간들은, 차라리 사형시키는 게 나아."

얼굴이 긴 사내가 좁은 턱을 쳐들면서 경멸조로 말했다.

"죗값은 치라야 칸다케도…… 그래도 마 내는 그 남자 맘 이해가 되네. 무기징역이라이, 그랄라믄 칵 죽는 기 낫겠다 싶었겠지예, 안 그렇십니꺼, 아가씨예?"

남자가 느닷없이 내 쪽으로 몸을 틀며 말끝을 올렸다. 사내가 눈 하나 깜짝 않고 나를 빤히 쳐다보았다. 나는 갑작스런 물음과 눈길에 놀라 숟가락을 떨어뜨리고 말았다. 남자가 숟가락을 주워 탁자 위에 올려놓았다. 남자는 술기운이 도는지 얼굴이 벌겋게 달아올라 있었지만 쏘아보듯 주시하는 시선은 불편할 정도로 따가웠다.

"죽을 놈은 죽고 살 놈은 산다카지만, 앞이 깜깜할 때는 마, 나도 참말로 목숨 딱 내놓고 싶다 아이가……. 고마 자리 털어뿌고 가입시더!"

남자가 바지를 툭툭 떨면서 내 옆을 지나쳐 갔다. 나머지 사람들도 하나 둘 남자를 따라나섰다.

여자는 문밖에서 등산객들이 보이지 않을 때까지 서 있었다. 긴 배웅을 한 뒤 가게 안으로 들어온 여자가 말없이 빈 그릇을 치웠다. 그릇 부딪히는 소리가 예사롭지 않게 들렸다. 목젖이 다 보이게 웃고 떠들던 여자의 얼굴은 굳어있었다. 탁자를 치우는 손길이 점점 거칠어지고 붉은 입술이 구겨진 종이처럼 일그러졌다. 여자는 잔뜩 오므린 입술을 비틀다가 아랫입술을 깨물었다. 입 밖으로 터져 나오려는 것들을 가까스로 참고 있는 것 같기도 했다.

여자는 더 바쁘게 손을 놀리다가 기어이 행주를 바닥에 집어 던졌다. 여자는 분한 사람처럼 두 손을 양쪽 허리에 척 올리고 서서 거친 숨을 몰아쉬었다. 그러다가 의자에 탈바닥 앉아 등산객들이 남긴 소주를 잔에 따라 마셨다.

"앞이 캄캄하면 차라리 죽는 게 낫다고?"

낯빛이 싹 달라진 여자는 단단히 화가 난 것 같았다.

"무기징역수로 사느니 죽는 게 낫다고? 호랭이나 콱 물어갈 놈들!"

여자가 버럭 큰 소리를 냈고 나는 영문을 몰라 어리둥절했다.

"얼마나 힘들었으면 그랬겠냐고…… 그런 뜻으로……."

"뭐여? 월매나 힘들었으면 그랬겠냐고? 흥! 웃기는 소리 말드라고!"

태도가 확 바뀐 주인 여자를 보자 의아한 생각이 들었다. 손님이 떠나자마자 속내를 드러내는 것도 듣기 언짢았고 상관없는 내게 화살을 돌리려는 것도 불쾌했다. 하루 밤 묵기로 했던 마음을 접고 막 자리를 뜨려고 할 때였다.

"인생은 살라고 만들어진 것인디, 죽으면 쓰요?"

여자가 따지듯이 물었고 그녀의 뜨악한 물음에 나는 입을 다물었다. 여자는 식사비를 받을 생각도 않고 연거푸 술잔만 채웠다.

"천하에 죽어 마땅한 놈이라 해도, 그 인생이 살 가치도 없는 인생이라는 건 말도 안 되재. 아침나절 끓인 우거짓국으로 배통아지 차게 처먹여 놓으니께 뭐시 워째? 내 말이 틀렸소?"

탁자를 치면서 묻는 핏발 선 여자의 눈은 동조의 대답을 강요하고 있었다.

"겪어보지 않은 사람은 몰라요, 견뎌 낸다는 게 어떤 건지."

나도 모르게 격앙된 목소리로 말했다. 여자의 입이 반쯤 벌어졌고, 나는 탁자 위에 돈을 놓은 후 식당을 나왔다.

인생은 살도록 만들어진 것이다? 그 어떤 사람이 살도록 만들어진 인생을 포기하고 싶겠는가. 에이즈 병균이 들끓는 피를 자신의 혈관에 투여하기까지, 그것도 미심쩍어 정액을 받아 마시기까지의 가혹했을 몸부림을 누가 알아. 죄야 어찌 됐건 간에 미래를 상실한 것만으로 살아있을 근거를 잃어버린 것이다. 하루아침에 붕괴되는 건물처럼 자신도 모르는 순간에 몸이 산산이 부서져 내리거나 절벽 끝에 한 발만 딛고 서서 끝도 없는 시간을 버티는 위기의 환각에 사로잡혀 사는 것. 치명적인 결과는 피하는 것조차 불가능한 상황 속에서 벌어진다는 것을, 당신이 알기나 해?

주인 여자의 어쭙잖은 말들이 떠오르자 헛웃음이 나왔다. 손마디가 조금씩 저려왔다.

정우의 목과 가슴에서 쉬지 않고 피가 흘렀다. 오른쪽 목과 가슴, 왼쪽 배 부위 등 무려 일곱 군데나 칼에 찔린 정우는 화장실 소변기 옆 귀퉁이에 머리를 처박고 쓰러져 있었다. 목이 부러진 인형처럼 타일 바닥에 고꾸라져 있는 그의 머리를 형사가 바로 돌렸다. 정우는 신경 다발이 다 뽑혀 나올 듯 흰자를 드러낸 채 눈을 치켜뜨고 있었다. 그는 이미 숨을 쉬지 않았다.

"가운데 손가락을 흔들면서 날 조롱했다."

정우를 칼로 찌른 한국계 미국인 아이가 한참 만에 자백했다. 친구들 중 누군가가, 아이가 마약을 해온 사실과 뭔가 재미난 일을 꾸며보자며 바 안에서 충동질하던 것에 대해 진술한 뒤였다.

"저 새끼가 너보고 개자식이라잖아, 나가서 쑤셔버려!"

그러나 나는 수사를 받는 내내, 내가 들었던 소리들에 대해서는 한 마디도 하지 않았다.

모래 바람이 따갑게 몰아치던 그때, 뭔가 참을 수 없이 해괴한 전류에 닿은 듯 했고 알 수 없는 기류의 움직임을 분명하게 느꼈던 그때, 옆 테이블에서 가지고 놀던 휴대용 칼과 감자 크로켓, 은빛 칼날과 환호, 잭나이프를 구경하는 아이들, 귀청을 찢는 음악, 비틀거리는 정우, 뒤따르는 아이, 벽을 짚고 선 정우, 힐끔거리는 아이, 환호성, 아아…… 모래 바람, 눈을 뜰 수가 없다. 황갈색 알갱이들, 머리를 깨부수는 소리들, 검은 바다처럼 술렁이던 내부의 공기를 느끼면서도 그때 나는, 정우로부터 필사적으로 등을 돌렸었다.

공포는 5년이 지난 지금에도 마찬가지였다. 벗어나려 하면 할수록 두려움의 실체는 더욱 견고해져서 나를 덮치기 일쑤였고 한동안 조용하다 싶어 숨을 돌릴 땐 이미 내부로 파고 들어가 편안히 양분을 빨아먹고 있는 중이었다. 시간이 지나면 나아질 거라는 생각은 잘못된 추정이었다. 장내에 기생하는 갈고리촌충처럼 흐른 시간만큼 똑같이 자라나 내 정신과 육체를 갉아먹었다. 이제는 몇 미터나 되는 기다란 몸을 꿈틀대면서 숨통을 끊어놓을 듯 목구멍으로 치달아 오르는 형국이었다.

기어이 나타난 기억들에 휘둘리면서 나는 정신 나간 사람처럼 산을 오르고 있었다. 초저녁이었지만 싸늘한 바람과 뒤섞인 어둠이 무겁게 내려앉았다. 주변은 괴괴할 정도로 고요했고 흙길도 사라져 흐릿했다. 무엇에 홀린 듯이 산길을 가던 나는 끊긴 길 앞에서 우뚝 섰다. 덜컥 겁이 났다. 높은 곳에 서 있다는 사실을 인식하자마자 현기증이 났다. 순간 몸이 휘청거려 소나무 등걸에 몸을 지탱했다. 구원의 눈빛으로 주위를 둘러보았지만 어둑한 산 속엔 음산한 바람만 휘몰아쳤고 가까스로 몇 걸음을 옮긴 뒤에야 민박집 불빛을 찾을 수 있었다. 깎아지른 산 아래에 묻혀 있어 쉽게 눈에 띄지 않았지만 새어나오는 빛으로 봐서 그리 멀리 온 것은 아니었다. 나는 나도 모르게 민박집을 향해 다시 발을 떼고 있었다.

숲은 차갑고 섬뜩했다. 풍요로움이나 고요, 추억 따위는 없었다. 검은 보자기를 뒤집어 쓴 무언가가 겁먹은 아이 하나를 실컷 괴롭히며 놀다가 잡아먹으려는 듯했다. 몇 번이나 넘어져 흙투성이가 되었지만 나는 불빛을 향해 끝까지 달렸다.

부서질 듯이 식당 문을 열고 헐레벌떡 들이닥친 나를 주인 여자가 물끄러미 보았다. 눈이 벌건 여자는 무슨 일이 있었냐고 묻기는커녕, 딱하다는 얼굴로 나를 훑어보다가 담배를 꺼내 물었다.

"산은 섣불리 오를 요량으로는 어림 서푼어치도 없는 곳이제."

여자가 빈 잔 하나를 가져와 탁자 맞은편에 소리 나게 내려놓았다. 나는 울먹이는 아이 같은 심정으로 여자 앞에 앉았다. 반나절 사이 주인 여자는 한꺼번에 나이를 먹은 것처럼 늙고 초라해 보였다.

"겪어보지 않은 사람은 모른다고? 내 남편이 무기징역수요, 벌써 십일 년 째 감옥살이를 하고 있는 무기징역수."

내가 놀란 듯이 쳐다보자 여자가 쓴웃음을 지으며 풀 죽은 목소리로 이야기를 시작했다.

"우리 아들 놈 여섯 살 때 감옥에 갔는디, 그때는 참말로 차에 깔려 죽으려고 했당께. 원망도 원망이지만 집안 풍비박산 만들고 젊은 양반 옥살이하게 만든 것이 모두 나 때문인 것 같은 것이여. 한 번은 고향집 저수지에 빠져 죽는 걸 친정 집 식구들이 살려낸 적이 있었당께. 왜 하필 고향집에 가서 죽으려고 했는지 몰라. 아무튼 며칠 만에 눈을 떴는디, 내 여동생이 오라버니 집에 맡겨 놓은 우리 아들을 데려 왔더라고. 월매나 이쁘게 자랐던지……, 근디 그 어린놈이 달구똥 같은 눈물을 뚝뚝 흘리면서 우는 것이여. 다른 아덜처럼 엉엉 울지 않고 소리도 못 내고서 말이여. 그라믄서 한다는 소리가, 어무이가 아픈 것도 아부지랑 떨어져서 사는 것도 몽땅 저 때문이라고……. 그 말에 정신이 후딱 들덩만. 내가 죽으면 내 아들놈도 나 같은 심정으로 살겠구나……. 그때까진 내 몸 괴로운 것만 생각했제 고것까지는 몰랐지라. 난중에 내 동생이 묻드만. 만일 내가 언니랑 똑같은 입장이라면, 그래서 칵 죽겠다고 한다믄 잘 생각했다고 할거냐고. 왜 남들보다 더 모질게 자기를 내모느냐고……."

반쯤 타 들어간 담배를 여자가 깊게 한 모금 빨았다. 연기 속에 얼굴이 잠깐 묻히는가 싶더니 윤곽이 되살아났다.

"며칠 동안 주저주저하다가 편지를 썼제. 아들 생각해서 마음을 단단히 먹기로 하고. 그런디 남편한티서는 아무 소식이 없는 것이여. 처음 삼 년 동안에는 딱 한 번 편지를 받았지라. 아까 낮에 들었제? 에이즈에 걸리려고 일부러 피를 냈다는 썩을 놈. 그 말을 듣는 순간 가슴이 철렁 내려앉덩만. 누구보다 내 남편이 그런 심정이란 걸 아니께. 난중에라도 그런 일이 안 일어나리란 법도 없응께. 간이 바싹바싹 마르고 부아통이 터지는 걸 억지로 참았당께."

여자가 담배를 비벼 끄고 내 잔에 술을 따랐다. 차마 입이 떨어지지 않아 나는 빈 잔에 담기는 술만 말없이 바라보았다. 투명한 술이 잔속에서 일렁거렸다.

"살다봉께 벗어날 수 없는 팔자가 있더라고. 그래도 나한테는 한 번밖에 없는 인생 아니요? 남편이랑 내 아들 인생도 남들처럼 똑같이 귀한 인생 아니냔 말이요? 내 말이 틀리요?"

주인 여자가 힘겹게 몸을 일으키더니 부엌 옆에 난 쪽방으로 들어갔다. 라면 박스 하나를 들고 나오는 그녀는 기운이 없어 보였다. 여자가 소인이 찍힌 편지 한 통을 내밀었다. 편지를 받아 든 나는 그녀가 라면 박스를 여는 순간 입을 떡 벌리고 말았다. 상자는 남편과 아들의 편지로 가득차 있었다.

"이것 말고도 두 상자가 더 있소. 그런디 왜 또 이렇게 마음이 약해지는지 모르겠네. 오늘밤에 다리 뻗고 잠자기는 틀려부렀구만."

먹물처럼 젖은 숲, 좁고 가파른 산길은 한 치 앞도 분간할 수 없는 내 심정과 같아 보였다. 그러나 나는 여자가 내민 편지를 머릿속에 펼치면서 이를 악물고 산봉우리를 향해 걸었다.

며칠 전에 동수한테서 편지가 왔어. 그 편지를 받고 눈이 통통 붓게 울었어. 그놈이 중학교에 댕기더니 어른이 다 된 것 같어.

오늘은 모처럼, 푹신한 이불 속에 누워서 텔레비전 보는 공상을 했어. 당신은 일하러 나가고 동수는 서울에서 공부 중이고…… 동수는 공부를 아주 잘해서 장학생으로 다니는 거여. 나는 사고가 나는 통에 몸을 좀 다쳤지만, 쳐복이 많아서 당분간은 이렇게 아무 걱정 없이 집안일이나 하며 누워 지내고…… 그랬더니 정말 욱신욱신 쑤시고 아프던 뼛골이 봄눈 녹듯이 풀립디다. 눈칫밥 먹으면서 공부하는 아들 놈 얼굴도 싱글벙글 웃고, 당신도 흥얼흥얼 콧노래를 부르고…… 참말로 그렇게 된 것같이 편안해졌어. 며칠간은 그런 대로 즐겁게 지낼 것 같어……

여자에게 보내온 남편의 편지는 지극히 사사로웠다. 주로 공상을 하면서 지내는 남편은 하루의 일과나 죄수들과 주고받은 이야기들을 두서없이 써 나갔다. 그러다가도 남편은 몸이 쪼그라들거나 한없이 바람이 들어차 터져 버릴 것 같다고, 차라리 미쳐버렸으면 좋겠다고, 내가 여기서 도대체 뭘 할 수 있는가, 당신이나 나나 이 세상에서 무엇을 더 기대하겠는가, 하며 절망스러운 목소리로 고통을 호소했다.

지지난 주에는 선생님한테 야단을 맞았어요. 생물 시간에 내준 숙제를 못 했거든요. 새 학기 때 학교 텃밭에 씨를 뿌리고 한 학기 동안 꽃나무를 잘 키워내는 숙제였어요. 매일 관찰일지도 써야 하구요. 그런데 제가 심은 나무가 그만 말라죽었지 뭐예요. 아침마다 읍내 아파트에 우유를 돌리고 학교에 가면 졸음이 쏟아져서 공부하기도 힘들 때가 많거든요. 수업이 끝나면 바로 외삼촌 가게로 가서 세차를 해야 하고……. 나무를 돌볼 시간도 없지만, 사실은 관찰일지 쓰는 게 정말 싫었어요. 눈에 띄게 자라지도 않고, 작은 이파리나 꽃수술을 세는 것도 지루했어요. 그런데 한번은 소낙비에 나뭇가지가 부러졌다며 친구가 기둥을 세워서 가지를 일으켜 살려냈더라구요. 그런데 결국 또……. 친구 얼굴 보기가 미안해서 한동안 피해 다녔는데, 선생님이 저를 부르시는 거예요.

선생님은 하기 싫은 일, 견디기 힘든 일도 하나의 과제라고 하시면서 올챙이 세 마리를 주셨어요. 이번엔 제대로 한번 키워보고 싶었어요. 그런데 정말 이상했어요. 어릴 때부터 늘 보던 올챙이들인데 뒷다리 앞다리가 나오면서 조금씩 자라는 걸 보니까 괜히 신이 나는 거예요. 올챙이 엄마가 된 것처럼요.

관찰일기는 썼냐구요? 그럼요, 한 권이 넘는 걸요. 당장이라도 하수구에 쏟아버리고 싶을 때가 많았는데, 해야 하는 일이다 생각하고 들여다보니까 저절로 숙제가 끝나더라구요. 뿌듯하고 가슴이 벅찼어요. 이제는 키우기 힘든 나무도 말려 죽이거나 비에 부러지게 내버려둘 것 같지 않아요.

어머니, 어머니랑 아버지한테는 제가 올챙이나 나무 같은 숙제가 될 테죠? 눈에 띄게 쑥쑥 자라지도 않고 관찰일지를 쓰는 것도 귀찮지만, 어머니 아버지가 꼭 해내야 하는 숙제 말이에요…….

떨어져 있는 아이와 여자와 남편은 보이지 않는 끈으로 연결돼 있었다.

"내가 나를 내버리지 않으면 다른 사람도 나를 버리지 않을 것이여."

자정을 지날 때쯤 몸도 가누지 못할 만큼 술에 취한 여자가 나를 보면서 힘주어 말했다.

"낮에 왔다 간 사내놈은 절대로 안 죽어. 죽고 싶다고 골백번 말하지만 이빨이 빠지도록 세상을 질근질근 씹으면서 악착같이 살 것이여. 그렇지만 아가씨 세상을 씹을 힘조차 없는 멍청이랑께. 속으로는 살고 싶으면서 죽지 못할 만큼 괴로워서라고 변명만 늘어놓는 맹물."

수풀 더미에 발이 미끄러져 나동그라졌다. 시커먼 갈퀴 손들이 쑥쑥 나타나 멱살을 잡고 뺨을 후려쳤다. 얼마간 정신을 잃고 구르다 굵은 소나무에 머리를 되게 부딪쳤다. 저릿한 고통이 엄습했지만 나는 가슴을 잡아 쥔 손아귀를 뿌리치기 위해 안간힘을 썼다. 틀어쥐는 힘이 세질수록 내 몸부림도 강해졌다. 이번에는 손아귀가 뒷덜미를 잡아챘다. 목덜미를 잡힌 나는 순식간에 떠올라 공중에 대롱대롱 매달린 꼴이 되었다. 키들키들 비웃는 소리 앞에서 나는 눈을 번쩍 떴다. 바들바들 떨리는 손으로 약병을 꺼내어 수면제 알약들을 흩뿌리듯 쏟아버렸다.

"앞으로 와. 얼마든지 받아주겠어!"

머리가 터질 만큼 기를 쓰며 소리치자 목덜미를 잡은 손이 스르륵 풀렸다. 간간이 별이 떠있는 하늘과 숲은 경계조차 가늠하기 힘들었고 불분명한 형체들이 우엉우엉 괴상한 소리를 내면서 천천히 돌기 시작했다. 나는 주먹을 불끈 쥐고 실체 없는 어둠을 맹렬히 쏘아보다가 발부리에 걸리는 돌을 집어 들었다. 무언가 분간할 수 없는 것들이 조금씩 다가오는 게 느껴졌다. 저벅저벅 발자국 소리가 뚜렷해지자 나는 벼락같은 악을 쓰며 있는 힘껏 돌을 던졌다. 우우우- 산이 조금씩 움직이는 것 같았다. 산사태야, 산이 무너지려고 해! 나는 갑자기 중심을 잃은 것처럼 허둥대기 시작했다. 심장 박동이 빨라지고 근육에 경련이 일었다. 눈동자가 제멋대로 굴러가는 것 같아 주저앉아 버리고 싶었다. 눈을 가리지 마. 그렇다고 무서운 광경이 사라지는 건 아니니까! 다시 힘주어 눈을 떴다. 두려움에 갈가리 찢겨 죽을 거라면 차라리 산사태가 나는 암벽 끝으로 가! 붕괴의 위험을 무릅쓰고 절벽 끝으로 가서 당당히 맞서란 말야! 언젠가 정우가 들려줬던 산악염소처럼 나는 산꼭대기를 향해 달리기 시작했다. 찬바람이 일고 있었다. 차가운 바람이 몸을 찢고 지나가는 것 같았다. 전신의 피가 순식간에 얼어붙어 손가락 하나 움직일 수 없었다. 꼬리를 세우고 귀를 눕혀. 있는 힘을 다해 뛰란 말야! 웅크려만 있던 또 하나의 숨결이 느껴졌다. 나는 심호흡하면서 흐르는 땀을 닦았다. 바람이 더욱 강해졌다. 후벼 파는 통증을 참으며 나는 앞니가 박히도록 아랫입술을 깨물었다.

정우야, 용서해. 높은 곳에 올라가면 여지없이 느끼는 두려움, 뛰어내리는 것을 자제하지 못할 것 같은 불안, 무너지는 빌딩, 아우성, 그대로 깔려버리는 무참함, 내 안에서

부터 들려오는 그 비명 소리들을 이젠 두 눈으로 똑바로 볼래. 정우, 네 앞에서…….

눈물이 솟구쳤다. 오직 살기 위해 덤벼드는 무모한 짐승처럼 나는 기어이 네 발로 기어서 산을 오르고 있었다. 가다가가다가 몸을 뒤틀면서 추악하게 울부짖었다. 팽팽하게 당겨진 핏대들이 툭툭 소리를 내면서 끊어지는 것도 같았다. 몸이 점점 느슨해지면서 허공으로 떠오르는 느낌도 들었다. 몸은 무감각한 상태로 시야조차 희뿌옇게 변해갔다.

어느덧 나는 잦아드는 내 울음소리를 들으며 가만히 눈을 떴다. 주위엔 미명의 푸른빛이 낯설게 감돌았다. 나는 피부에 닿는 싸늘함에 몸서리치며 고개를 들었다. 조소를 금치 못하던 수천 미터의 산봉우리들이 입을 다문 채 눈앞에 우뚝 서 있었다. 나는 연거푸 눈을 비볐다. 한층 더 높고 매혹적인 산이 나를 시험하듯 눈부시게 빛나고 있었다. 발아래 절벽 끝에 서 있는 나무들은 바람이 부는 방향으로 몸이 기울어져 있었다. ❧

달팽이의 노래

달팽이의 노래

나는 열 살 때부터 두통을 앓고 있다. 해가 거듭될수록 심해져서 삼사 일씩 계속되는 다발성 두통이 이어졌다. 고통이 심한 편두통은 대개 얼굴과 머리의 반쪽을 엄습하는 무서운 병이다. 눈알이 튀어나오고 펜치로 조이는 것 같은 통증이 왔다. 혈관 수축제 같은 특수한 약을 먹으면 가라앉기도 하지만 그것도 두통을 깨끗이 치료하지는 못했다. 전문의에게 수차례 정밀 검사를 받았지만 의사는 몸이나 신경에는 아무 이상이 없다고 했다. 최근에 만난 의사 역시 스트레스에 의한 증상이라고 말하며 정신과 치료를 권했다. 그러나 나는 십 년 넘게 두통에 시달리면서 터득한 명상 치료를 스스로에게 권할 뿐이었다.

'날이 갈수록 좋아지고 있어.'

나는 스스로에게 위안의 말을 하며 희미해지는 윤곽을 되살리기 위해 심호흡을 했다. 신경다발들은 보다 빠르게 엉키고 있었다.

아스팔트 골목이 끝나는 곳엔 흙먼지 길이 이어졌다. 소나무와 잣나무, 허리까지 자란 잡풀들로 우거진 변두리 산 아래엔 비바람이라도 불면 폭삭 내려앉을 것 같은 낡은 집들 몇 채가 모여 있었다. 집들 뒤에는 산 밑동이 움푹 패여 뿌리가 땅 밖으로 드러난 늙은 나무들이 위태로운 모습으로 비스듬히 서 있었다. 나는 아슬아슬하게 서 있는 보기 흉한 나무들을 지나쳐 산자락 가장 안쪽에 있는 파란 대문 집으로 들어갔다. 개 한 마리가 몸을 쭉 펴고 널브러져 있었다. 늙은 개는 한 쪽 귀를 쫑긋거릴 뿐 눈도 뜨지 않았다.

"숨 막히는 더위 때문이야."

나는 밧줄에 묶인 것처럼 갑갑한 이유를 더위 탓으로 돌리며 방으로 향했다.

주인 할머니는 마당 가운데에 텃밭을 만들어 상추, 고추, 아욱, 쑥갓을 길렀다. 밭을 사이에 두고 주인집과 대각선으로 뚝 떨어진 내 자취방은 마당보다 서너 계단 아래에 있었고 담벼락을 따라 서 있는 사철나무와 은행나무는 시커먼 그늘을 만들었다. 주인 할머니는 방이 습하고 어둡다며 미안한 얼굴로 말했지만 이곳으로 이사 올 결심을 한 이유는 다름 아닌 축축하고 습한 그늘 때문이었다.

좁은 방안은 눅눅하지만 바깥보다 시원한 공기로 가득 차 있다. 나는 문을 열고 들어가 방바닥에 납작 엎드렸다.

앉은뱅이책상 위에는 투명한 유리 상자가 놓여 있다. 온 달팽이 한 마리가 유리벽에 붙어서 나를 보고 있다. 나는 차가운 방바닥에 몸을 붙이고 달팽이 상자로 다가가 달팽이를 마주 보았다. 짧은 더듬이 밑으로 초승달 모양의 입이 유리 표면에 닿아 납작했다.

달팽이를 처음 보았을 때, 나는 달팽이가 노래를 하는 줄 알았다. 그 소리는 낮지만 달콤하게 들렸다. 바닷가에 앉아서 고둥을 불 때처럼 모든 것이 잔잔해졌다. 발을 간질이는 파도와 시원한 바람, 아련히 들리는 아이들의 웃음소리……. 뉘엿뉘엿 해가 지면 하늘에는 꽃물이 들고 사각사각 나뭇잎 흔들리는 소리가 났다. 흐릿하고 어렴풋하지만 누군가가 조용히 다가와 내 어깨를 어루만졌다. 달팽이의 작은 입에서 흘러나오는 노랫소리는 내 마음의 가장 아픈 곳을 가만가만 만져주었다.

나는 달팽이에게서 들었던 노랫소리를 떠올리며 천천히

명상의 세계로 들어갔다. 그러자 이마 밖으로 튀어나올 것
같던 핏줄의 팔딱거림이 조금씩 가라앉기 시작했다.

내가 명상을 하는 동안 세줄 달팽이는 배가 고픈지 나뭇
잎에 입을 밀어붙이면서 이파리를 먹고 있었다. 나는 몸을
일으켜 냉장고 안에서 얇게 썬 오이와 양배추 조각을 꺼냈
다. 망 뚜껑을 열고 상자 안에 야채를 넣어주자 기와 조각
밑에서 검은 색 큰달팽이가 짧은 더듬이 두 쌍을 내밀고 느
릿느릿 나타났다. 큰달팽이는 숨을 장소로 만들어준 깨진
기와 조각 아래에 머물기를 좋아했다.

나는 수분이 말라 가는 달팽이들에게 분무기로 물을 뿌려
주었다. 그러자 달팽이 세 마리가 몸을 움츠리면서 껍데기
속으로 몽땅 들어가 버렸다. 비가 와, 어서 나와. 달팽이들
은 비에 젖은 껍데기를 무겁게 짊어진 채 다시 나뭇가지를
기어오르거나 오이를 갉아먹었다.

대학기관 내 교육연구소에 마련된 청소년 상담소는 캠퍼
스의 전경이 한눈에 들어오는 흰색 건물 4층에 있다. 교육
학과의 정 교수와 박사과정에 있는 김미진 선생이 맡은 프
로젝트는 한 학기동안 정학을 네 번 이상 받아 학교에서도
구제책이 없는 일급 문제아 한 명을 맡아 12주간의 상담교

육과 청소년 선도 캠핑을 진행하는 일이었다. 김미진 선생
이 진행하는 상담은 논문을 위한 실험의 일환으로도 쓰이
게 되며, 나는 상담과정을 워드로 타이핑하는 보조 일을 하
고 있었다.

"피로를 풀어가며 밤새 즐기라……."

아이는 가는 눈초리를 추켜올리며 노랗게 염색한 머리
뒤로 손깍지를 끼면서 말했다.

"이태원 클럽은 역시 달라요. 홀 한 구석에 대형 인공폭
포가 있구요, 조명도 환상이라니까요. 화장실만 스무 평은
될걸요? 탈의장 겸용 시설로 개조해서 아예 거기서 씻고,
옷 갈아입고, 화장하고……. 요즘 남자애들도 화장은 필수
인 거 알죠?"

원형 테이블을 사이에 두고 마주 앉은 김 선생이 머리를
쓸어 넘겼다. 김 선생은 근황에 대한 아이의 대답이 불만스
러운지 왼쪽 다리로 오른쪽 종아리를 문지르다 발목을 단
단히 걸었다.

"걸핏하면 계집애들 때문에 난장판이 되요. 몰려든 택시
사이에서 토하며 쓰러지는 애들, 부킹해서 만난 파트너끼
리 비디오방 가자, 안가네, 실랑이 벌이는 애들……. 한남
동 사거리에서 말 안 듣고 도망치는 계집애 죽인다고 친구

놈이 벽돌을 집어 들고 고래고래 욕하면서 쫓아가잖아요. 유치해서 정말……."

아이가 왼쪽으로 꼰 다리를 아래위로 흔들면서 손깍지를 풀었다.

"중 3짜리가 스트레스를 풀기 위해 나이트클럽에 가는 것은 좋지 않아. 욕구 불만이 있을 때마다 명상을 해보라고 지난주에 가르쳐 준 것 같은데……, 해 본 적 있니?"

"집에 들어가기 싫어서 놀이터에서 담배 피우고 있었거든요?"

아이가 가슴 앞으로 팔짱을 끼며 딴 소리를 했다.

"비디오방이나 때려야겠다고 주머니를 터니까 삼천 오백 원 밖에 없는 거예요. 어떻게 했-게-요? 지나가는 애를 학교 뒷산으로 끌고가서 몇 대 패주고 돈 뺏었어요. 뺏은 돈은? 이천! 육! 백! 원!"

아이가 재밌어 죽겠다는 듯이 웃었다. 웃을 때마다 아이의 뾰족한 턱이 더욱 날카롭게 느껴졌다. 금테 안경을 벗는 김 선생의 미간에 살짝 주름이 갔다. 그러나 친근한 웃음을 잃지 않으려고 애를 쓰는 것 같았다.

교활한 아이는 '용돈은 학생들로부터 빼앗고, 여자를 폭행 할 때는 집단으로 한다'는 등의 행동 강령까지 실천해왔다. 두 달 전 경찰서에 넘겨진 고교생 조직 명단에는 없었지만 심심찮게 형들을 따라다니며 경찰서를 드나드는 녀석이었다. 이사장, 회장, 부회장, 서기, 회계, 행동대원 등 어른 폭력배의 회사조직을 모방한 폭력배 운영 방식은 비디오 영상물과 저질 만화책에서 본 것을 그대로 따온 것이었다.

"상담자와 신뢰감 형성이 안됐어. 주 일 회씩 놀이치료로 편안한 상황을 만들어야 겠어요."

15분의 휴식 동안 김 선생은 그림테스트와 지점토 준비를 내게 요구했다. 준비물 세팅을 위해 분주히 복도를 지나던 나는 화장실에서 막 나오는 아이와 눈이 마주쳤다. 조금 전과는 달리 아이의 눈은 먹지 조각을 붙여놓은 것처럼 생기가 없었다. 나는 얼른 눈을 피해 아이를 지나쳐 갔다. 아이에게서 씁쓸한 담배 냄새가 났다.

아이의 그림은 예상대로 공격성향이 강하게 드러났다. 네 컷의 그림에는 체구가 큰 험악한 사람들과 칼이나 권총 따위의 무기가 그려져 있었고 분노로 일그러진 아이 자신이 있었다. 슬쩍 그림을 엿본 나는 못 볼 것을 본 사람처럼 허둥댔다. 갑자기 방안에 있을 달팽이들 생각이 간절해졌다. 오늘은 달팽이들과 줄타기 놀이를 해야겠어. 벽에 걸어놓은 거울을 오르게 해야지. 나는 상담 후 자리 정리를 서

두르다가 아이가 사용한 색연필 통을 바닥에 쏟고 말았다.

온달팽이는 벽에 걸어 놓은 거울을 밟아 나갔다. 거울에 달라붙은 넓적한 발바닥은 줄무늬 결을 이루고 있다. 발바닥 결이 달팽이의 몸을 앞으로 밀어냈다. 포기하면 안 돼. 거울을 보고 똑바로 걸어 봐. 달팽이들이 거울을 오르는 동안에 나는 면실을 옷걸이에 묶어 수직으로 늘어뜨린 뒤 옷걸이를 천장에 매달았다. 곧이어 달팽이들은 껍데기를 등에 업고 저항 없이 줄타기를 시작했다. 달팽이들은 납작한 복족을 말아 양쪽에서 꽉 끼면 가느다란 실도 잡을 수 있다. 큰달팽이는 크고 무거운 껍데기 때문에 균형 잡기가 어려운지 좀처럼 발을 떼지 못했다. 너희들은 어떤 곳이라도 걸을 수 있어. 마치 나는 달팽이 발의 비밀을 알고 있는 사람처럼 큰달팽이를 보며 재촉했다. 달팽이는 사람의 손처럼 편리한 발을 천천히 움직이며 천장을 향해 줄타기를 했다.

그림의 크기가 전반적으로 작구나. 부서질 것 같은 집과 병든 사과나무, 울고 있는 소녀가 있네? 소녀가 왜 울고 있지?

어린 나는 겁을 집어먹고 묻는 말에 더듬더듬 대답했다.

사과나무는…… 감기에 걸렸어요. 그래서 여자아이가 울어요…….

천장에 매단 하얀 실이 공중에서 잠깐 흔들렸다. 진동에 민감한 달팽이들이 재빠르게 껍데기 속으로 숨어버렸다. 어룽어룽 시야가 흐려졌다. 나는 앉은뱅이책상 앞으로 다가가 앉았다. 책상 아래로 팔을 쑥 집어넣어 검은색 자동차 타이어를 끌어냈다.

차에 치여서 죽지 왜 살아 왔어! 아무도 모르게 널 죽일 수도 있다, 엄마는.

겨우 열 살이었던 나는 엄마의 살기 띤 눈에 질식당할 것 같았다. 어린 나는 무서워 집에도 못 들어가고 인근 공사장 건축물에서 밤을 지새우기도 했다. 캄캄한 건물 내부에 아무렇게나 누워있는 커다란 타이어는 웅크리고 자기에 안성맞춤이었다. 나는 책상 아래에서 꺼낸 타이어를 물끄러미 바라보다가 십여 년 전 그때처럼 타이어 홈 속으로 들어가 웅크리고 앉았다.

엄마는 술 취해 동네 정자에서 잠을 자고 동네 남자들에게 같이 살자면서 서슴없이 팔짱을 꼈다. 동네 여자들이 엄마한테 몰려와 얼굴을 쥐어뜯어 놓는 싸움을 벌인 건 내가 가출한 사이에 일어났다. 아버지는 전기배관 일을 했었고 지방공사가 있으면 기약 없이 장기출장을 갔다. 아버지는 온 몸에 부스럼이 나있어 치료를 받으러 다녔던 것 같다.

작고 깡마른 아버지를 보면서 엄마는 낮게 중얼거렸다. 혹부리, 병신하고 사는 내 신세……. 지금 생각해 보니 엄마는 아버지의 피부병에 대해 강한 거부감을 갖고 있었던 것 같다.

엄마는 집에서도 요란한 화장을 하고 있었고 일주일에 오일은 술에 취해 있었다. 신경질적인 성격 때문에 동네 사람들과의 마찰도 잦았다. 나는 엄마가 끼얹은 뜨거운 물벼락으로 화상 입은 팔을 감추느라 더운 여름에도 긴 상의를 입고 다녔다.

그러던 어느 날, 나는 마치 볼거리를 앓는 아이처럼 왼쪽 볼이 불룩 튀어나온 모습으로 낯선 사람을 만나게 되었다. 엄마가 밥그릇을 머리에 던졌어요. 손으로 등을 막 때리고 그 다음엔 빗자루로 다리를 때렸어요. 놀이터에 나타난 낯선 남자가 내 바지를 조심스럽게 걷어 올렸다. 매 맞은 자국이 선명하게 드러났다. 검붉게 멍이 든 종아리와 모기에 뜯긴 듯한 오래된 상처 자국들, 새까맣게 때가 낀 손과 발. 낯선 남자가 내 팔과 다리와 목을 꼼꼼히 살펴보기 시작했다. 그제야 덜컥 겁이 난 나는 남자를 힘껏 밀치고 욕을 하면서 달아났다.

나는 되살아난 기억에서 도망치듯 황급히 몸을 일으켜

부엌으로 갔다. 개수대 뒤 벽면 모서리에 쳐진 거미줄이 눈에 띄었다. 서너 가닥 너울대던 거미줄을 본 게 일주일 전이었나. 언제 실을 뽑아 저렇게 촘촘히 그물 침대를 만들었을까. 가로 세로로 엮은 바구니 모양의 거미줄을 유심히 보다 혹 입김을 불어 없애려던 참이었다. 암갈색을 띤 큰 거미가 개수대 아래에서 빠끔히 고개를 쳐들었다. 거미는 가늘지만 단단해 보이는 긴 다리를 벌려 거미줄로 이동해 왔다. 암컷 거미는 나무줄기나 움막 사이에 천여 개나 되는 빨간 알을 덩어리로 낳는다고 한다. 그리고 꽁무니에 있는 거미줄돌기로부터 실을 뽑아내 알 덩어리를 쌓아 추위와 적들로부터 알을 지킨다. 언젠가 TV에서 봤던, 부화된 수십 마리의 새끼거미들을 업고 다니는 어미거미의 모습이 떠올랐다. 어미 등에서 탈피를 마친 새끼거미들은 한꺼번에 어미거미를 덮쳤고, 어미거미는 기꺼이 새끼거미들의 먹이가 되어주는 비참한 일생이었다. 나는 개수대 뒤에서 나타난 암갈색 거미가 마치 그 위대한 어미거미라도 되는 양 선뜻 물리치지 못하고 우두커니 서 있었다. 부스러질 것처럼 마르고 탁한 엄마의 음성이 귓바퀴 속에서 소용돌이쳤다.

누가 신고했는지 가만두지 않겠어!

낯선 남자가 자신은 도움을 주러 온 사람이라고 설명했지만 엄마는 들으려 하지 않았다. 내가 병원엘 왜 가! 내가 미친 줄 알아? 남편이 칼로 찔러서 나를 이렇게 만들었어. 그리고 어디로 내뺐다구! 엄마는 손목에 난 5센티 정도의 상처를 보이면서 소리쳤다. 얘 애비는 온 몸에 혹이 난 병신이고, 난 그런 병신하고 혼인신고도 안 하고 살아. 엄마는 묻지도 않는 말들을 쏟아내다가 낯선 사람들이 이야기하는 틈을 타 맨발로 도망을 쳤다. 낯선 사람들은 이웃주민의 신고로 방문한 아동학대상담기관에서 온 상담자들이었다.

　태양은 오전부터 거리를 태우고 있다. 나는 상담소가 있는 흰 건물을 올려다보며 턱까지 찬 숨을 몰아쉬었다. 붉어진 눈 밑이 따끔거렸다. 캠퍼스의 오르막길엔 나뿐이었다. 태양은 오직 내 얼굴과 목과 팔과 다리를 태우기 위해 빛나고 있는 듯 했다.

　동작이 느린 작은 달팽이에게 강한 햇살은 위험해. 낮에는 으슥한 풀숲이나 축축한 나무뿌리가 있는 곳에서 움직이지 말고 가만히 놀아. 오늘은 분명히 비가 온다고 했으니까.

　나는 아침에 달팽이를 사철나무 아래에 풀어놓고 온 생각을 했다. 하지만 일기예보대로 비 올 기미는 보이지 않았다.

"혹시 별명이 있니?"

　김 선생과 아이는 몇 차례 거듭되던 신경전에서 조금은 자유로워진 듯했다. 아이는 김 선생의 질문에 저항이나 불안한 기미를 보이지 않고 쉽게 자신의 이야기를 떠들어댔다.

　"사마귀."

　그러고 보니 아이의 얼굴은 영락없이 사마귀의 형상이다. 삼각형의 머리를 가진 사마귀가 작은 앞다리를 쳐들고 나뭇가지를 행진하는 모습이 아이의 얼굴 위로 포개졌다.

　"사마귀는 움직이는 벌레만 노려요. 움직이지 않거나 죽은 벌레는 거들떠보지도 않는다구요. 생물시간에 비디오를 봤는데요, 풀숲에 숨어 있다가 사냥감을 발견하면 살짝 다가가요. 그리고 몸을 확 내밀어 앞다리로 내려치는 거예요. 살아있는 벌레를 순식간에 낚아채는 거죠. 멋지지 않아요? 난 내 별명이 맘에 들어요."

　아이가 만족스러운 표정으로 지그시 눈을 감았다 뜬다. 작은 파리나 진딧물, 메뚜기를 덥석 무는 녹색 사마귀. 낫 모양의 앞다리로 먹이를 들어 올린 후 날카로운 턱으로 씹어 먹는 사마귀. 사마귀가 메뚜기의 머리와 몸통을 차례로 씹어 삼키는 소리가 들리는 것 같아 나도 모르게 진저리를 쳤다.

"친구들 사이에서 인기가 좋은 것 같던데, 재밌었던 일이라든지, 기억나는 학교 얘기 있으면 들려주겠니?"

"한 번 찍히면 끝장인 게임이 유행이에요."

〈XY 노예 찍기〉. 그것은 중학생들 사이에서 유행하는 놀이였고 아이도 입학하자마자 몇몇 2학년 형들에게 일방적으로 찍혔다. 찍힌 후배들은 대개 두 명이 선배 한 명씩을 전담해서 깍듯이 모시게 되는데, 그래서 'X 후배', 'Y 후배'라 부른다. 이렇게 한 번 찍히면 선배가 졸업할 때까지 철저한 주종 관계가 맺어져 몸종 신세가 되었다. 선배의 생일이나 밸런타인데이, 크리스마스 같은 특별한 날에 선물을 바치는 것은 물론 평소에도 시도 때도 없이 옷가지나 학용품, 현금을 상납해야 했다. 선배를 모시는 데 조금이라도 정성이 모자란다 싶으면 가혹한 집단 폭행이 뒤따랐다. 놀이라기보다는 무서운 질병과도 같은 것이었다.

"계집애들이 더 심해요. 공사장이나 공원에서 애들 모아놓고 때리는 게 일이에요."

"선생님한테 이르는 애들은 없니?"

"그랬다간 열 배의 보복을 고스란히 당하게요? 선배들에게 밉보이기보다는 차라리 선생한테 따귀 몇 대 맞고 정학당하는 게 낫지. 학생 간부로 활동하는 범생들도 XY 노예 찍기를 얼마나 많이 하는데요."

아이야말로 중·상위권의 학급 성적을 가지고 있다. 아이의 눈썹이 가늘게 떨렸다.

"일 학년 때 친했던 애가 있었는데요, 담임한테 말했다가 맹장 터지고 갈비뼈가 부러졌어요. 수술하고 전학 간 줄 알았는데 호주로 이민 갔대요."

아이의 얼굴이 잠깐 어두워졌고, 나는 손마디가 저려 오타 투성이었다. 피가 한쪽으로 쏠리는 것처럼 오른쪽 머리가 무거웠다.

"컴퍼스로 손등 찍기, 여자 구두로 머리 때리기, 원산폭격, 천 원 주고 오천 원어치 심부름시키기 등등 52가지 수법을 알고 있어요."

"대단히 복잡하구나."

김 선생의 눈빛이 반짝거렸고 옆에 있는 나는 마치 그 많은 수법에 농락당하는 아이라도 된 것처럼 고통스러웠다.

엄마가 왼쪽 볼을 깨물었어. 술에 취해서 날 죽이겠다고…… 엄마가 나를 벽돌로 때렸어요…….

엄마는 상담자들을 정신 병원에서 나온 사람들이라 여겼고, 상담자들은 엄마와 나를 격리시켰다. 내 왼쪽 새끼손가락은 살이 으깨져 뼈가 노출될 정도였다. 의사는 살이 원상

회복된다면 괜찮지만 살성이 죽을 경우 뼈 보호를 위해 피부 이식을 할 수도 있는데 그 가능성이 50퍼센트라고 상담자에게 말했다. 가슴 속에서 쿵쿵 울리는 소리가 났다. 어린 나는 뿌연 시야 속에서 의사와 상담자가 나누는 이야기를 가만히 듣고 있었다.

원상회복된 손가락이 갑자기 자판 위에서 움직이지 않았다. 나는 돌처럼 굳어버린 두 손을 보며 망연히 앉아 있었다. 김 선생이 금테 안경을 추켜올리며 나를 보고 있다. 아이도 가는 눈을 동그랗게 모아 뜨고 나를 주시했다.

"오늘은 이만 하죠."

김 선생이 또각또각 구두 소리를 남기고 나갔다. 아이가 피식 웃으며 뒤따라갔다.

태양은 역시 정지해 있고 가파른 언덕길을 따라 서 있는 플라타너스가 노란 땀방울을 뚝뚝 흘리고 있었다. 침묵하고 있는 것인지 기억을 지우기 위해서인지 나무들은 죽은 듯이 서 있었다.

아무래도 해가 질 때까지 길을 나서지 않는 게 좋을 것 같아.

상담을 마친 후, 나는 층계참에 난 창가에 서서 땀에 젖은 머리칼을 쓸어 넘기며 명상의 첫 단계를 시도해 보았다. 그러나 좀처럼 명상의 세계로 빠져들지 못했다.

멍하니 서 있던 나는 건물 아래로 걸어가는 김 선생을 발견했다. 젊고 유능한 여자답게 당차고 여유로운 뒷모습이다. 검정 중형차 한 대가 미끄러지듯 내려가다 김 선생 앞에 멈췄다. 정 교수의 차다. 차는 김 선생을 태우고 시야에서 시원하게 빠져나갔다.

길었던 하루해가 지고 어둑한 저녁 공기가 깔리자 그제야 숨통이 트이는 것 같았다. 나는 서둘러 집에 와 달팽이세 마리를 찾기 위해 사철나무 아래에 다리를 구부리고 앉았다. 나무 틈에 붙어서 꼼짝 않고 있는 온달팽이를 찾았다. 축축이 젖은 땅 쪽을 유심히 보았다. 껍데기를 아래로 향한 채 풀잎에 매달려 있는 세줄 달팽이도 찾았다. 이번에는 큰달팽이를 찾을 차례다. 나는 큰달팽이가 있을 만한 돌멩이 틈과 가지 사이, 떨어진 나무 이파리를 들춰보았다. 큰달팽이는 보이지 않았다. 어디 있니, 비는 올 거야. 온다고 했어. 나는 심술이 나서 어딘가 숨어 있는 어린아이를 찾듯이 부드럽게 달래며 달팽이를 불렀다. 제발 나오렴. 머리가 깨질 지경이야. 그러나 달팽이는 쉽게 모습을 드러내지 않았다. 나는 냄새와 진동으로 먹이를 분별하고 움직이는 달팽이에게 괜한 소리를 하는구나 싶어 부르기를 그만

두었다. 유리 상자 안에 흠씬 물이나 뿌려줄 걸……. 큰달 팽이는 어디로 갔을까. 점점 불안한 기운이 몸 안으로 퍼졌 다. 주변은 어두워졌고 나는 고열증세로 휘청거려 달팽이 두 마리만 데리고 방으로 들어왔다.

- 영양실조로 바스러지던 머리카락과 균열이 심하던 손 톱에 윤기가 나며 보통 아이들과 잘 어울림. 감기를 자주 앓고 편도선염 때문에 고열로 밤을 새는 경우가 많았으나 사전에 조절을 잘 해주니 발병 횟수가 줄어듦. 작은 잘못에 도 먼저 눈물을 글썽거리고 자신감이 부족함. 우려했던 문 제들이 조금씩 나타나고 있음. 열등감을 없애는 종합적인 지지가 필요함.

나는 어두운 방에 누워 허공에 손을 모으고 내 어린 시절 의 기록을 타이핑했다. 큰달팽이는 어디로 갔을까…….

얼마 후 장마가 시작됐고, 달팽이 두 마리와 나는 장대처 럼 쏟아지는 비오는 풍경을 바라보았다. 굵은 빗줄기는 슬 레이트 지붕과 금이 간 벽면을 치고 튀어 올랐다. 위협하는 것처럼 앞발을 쳐들고 있는 뒷산 나무들이 바람에 심하게 흔들렸다. 빗줄기에 붉은 흙이 깎여 언젠가는 나무들이 집을 덮칠 것만 같았다.

집으로 돌아가기 싫었어.

큰달팽이는 내가 찾을 수 없도록 일부러 숨었는지 모른다. 나는 잃어버린 큰달팽이를 생각하며 팔뚝을 기어오르는 다른 달팽들을 바라보았다.

질질 오줌지리는 애들한테는 온달팽이가 특효약인데 왼쪽으로 감긴 달팽이는 백 마리에 한 마리란다. 그렇게 희귀한 걸 어디서 구한다니……. 모처럼 술병을 들지 않은 엄마가 오줌을 지린 내 속옷을 빨며 중얼거렸다.

어린 시절 초여름의 기억이 낡은 필름의 한 컷처럼 빗속에 짧게 나타났다 사라졌다. 나는 손바닥에 달팽이 두 마리를 올려놓고 창밖으로 상체를 내밀어 비를 맞았다. 건조한 피부가 촉촉이 젖어갔다. 나는 뒷산 나무가 뽑히고 집이 무너져도 이대로 비를 맞을 거라고 중얼거렸다.

"염색은 어디서 했니? 환상의 레몬에이드 빛이야."

상담시간에 5분 늦은 김 선생이 아이의 머리를 쓰다듬으며 서둘러 자리에 앉았다. 아이가 질경질경 씹던 껌을 종이에 싸서 버린다. 김 선생과 아이는 많이 가까워진 것 같았다.

"집에서 한 거예요, 여친이."

아이가 멋쩍은 듯, 그러나 조금은 으쓱해 하며 대답했다.

"자상한 여자친구로구나. 예쁘겠지?"

김 선생이 살짝 윙크를 하자 아이가 우쭐한 표정을 지었다.

"원래 힘센 사마귀는 큰 사냥감만 노리잖아요. 걔 공부도 짱이고 집도 짱으로 살아요. 목표물 설정, 접근, 공격개시! 그 다음엔 그냥 먹는 거죠, 뭐."

가지에 거꾸로 매달려 있다가 앞다리로 사냥감을 재빠르게 붙들어 씹어 먹는 사마귀. 공중에 매달리면 메뚜기라도 뛰어서 도망칠 수 없다.

"얌전한 범생인 줄 알았거든요? 나도 감쪽같이 속았는데, 쿡쿡……. 나보다 한 수 위예요. 하긴, 암내를 풍겼으니까 내가 덤볐지."

수컷 사마귀가 조심스럽게 다가가다 잽싸게 암컷 등에 올라탄다. 올라탄 사마귀는 암컷을 단단히 붙잡고 교미를 시작한다. 교미 도중에 암컷이 수컷을 먹어버리는 일도 있다는데…….

"당돌한 소녀로군. 나랑 비슷한데?"

김 선생이 야릇한 표정으로 입 꼬리를 올리며 웃었다.

"여자친구와의 관계는 어떠니? 별 문제는 없니?"

오늘 상담의 주요 내용은 아이의 이성문제에 관한 체크
였다.

"문제가 생기면 헤어져요, 난."

아이가 대수롭지 않게 말하고 난 뒤 잠깐 고심을 한다.

"내가 너무 아프게 빨아댄다구……. 여친 젖꼭지에서 피
가 난 적이 있거든요."

사람으로 태어나면 배운 일 없이 지니는 두 가지 능력이
있대. 그 중 하나가 무언가를 꼭 쥘 수 있는 손힘이고, 또
하나는 빠는 능력이야. 어미 캥거루처럼 새끼를 담아 뗄 수
있는 애기 주머니가 없기 때문에 엄마로부터 떨어지지 않
으려면 꽉 쥐는 힘이 필요했는지 몰라. 또 젖을 빨 줄 알아
야 성장하고 살아남을 수 있겠지. 그러니 빠는 힘이 강할
수밖에……. 나는 속으로 중얼거렸다.

"얘기가 재밌어지겠는데? 여자친구와의 이야기라면 뭐든
좋으니까 해보렴."

김 선생은 흥미로운 표정으로 동조하며 편안한 분위기를
연출해 나갔다. 아이의 말이 솔직하고 대담해질수록 자판
을 두드리는 내 손에는 축축이 땀이 배었다. 진지하게 아이
의 말을 듣고 난 김 선생은 잘못된 성생활을 지적하고 올바
른 성관계와 피임법에 대해 이야기했다.

"잠깐 쉬었다 할까?"

김 선생이 탁자 위에 안경을 벗어 놓고 걸어 나갔다. 타이트스커트 아래로 뻗은 다리가 요염했다. 아이도 뒤따라 나갔다.

휴식시간 동안 나는 비오는 바깥 풍경에 혼을 빼앗겼다. 회색 빛 거리는 빗줄기에 술렁거렸다. 빗줄기가 마찰을 일으킬 때마다 아스팔트는 생동적으로 움직였다. 장마구름 때문에 녹음이 짙어진 나무 이파리들이 버짐 꽃 피고 살 트인 얼굴들을 부비며 윙윙 소리를 냈다. 풍경은 수천 가닥으로 나뉘어졌다 다시 합쳐지기를 수없이 반복하고 있었다.

"어머! 오늘 서비스가 너무 좋은데?"

김 선생의 들뜬 목소리를 듣고 고개를 돌렸다. 커피 한 잔을 입에 물고 온 아이의 양손에 두 잔의 커피가 더 들려 있었다.

"결혼하셨어요?"

아이가 김 선생을 보며 물었다.

"올드미스."

아이와 눈이 마주친 나는 뜨거운 커피에 혀를 데고 말았다.

"좋아하는 이상형은?"

아이의 물음은 제법 당돌했다.

"글쎄, 따뜻하고 얘기가 잘 통하는 사람?"

혀가 따끔거렸다. 내가 막 용기를 내어 이야기를 하려는데, 아이가 벌떡 일어나 창가로 갔다.

"젠장, 비오는 건 질색이야."

아이는 비가 들이치는 창을 세차게 닫아 버렸다. 이렇게 내 것까지…… 커피, 고마워…….

말은 입안에서만 맴돌았다.

"남동생과는 사이가 좋으니?"

김 선생은 자연스러운 질문으로 가족의 내부 사항을 끌어내 문제의 원인을 찾고 있었다. 갑자기 아이의 얼굴이 어두워졌다. 무용담을 늘어놓듯이 떠들어대던 아이 주위로 싸늘한 침묵이 흘렀다.

"열 살 땐가 동생을 때렸는데, 하루 동안 밥을 못 먹게 했어요. 난 화가 났고, 여자가 없을 때 동생 귀를 물어 뜯었어요. 여자가 그걸 알고, 똑같이 내 귀를 물어뜯었어요. 살점이 쌀 톨만큼은 뜯겼을 걸요."

아이가 말하는 여자는 계모다. 기록카드에 의하면 아이의 가정은 사회로부터 고립되어 있었다. 주거 형태도 상가 건물 제일 위층이었고, 아이가 유아기 때 살았던 성남시에는 연고가 전혀 없어 매우 폐쇄적이었다. 부모 자신들도 의도적으로 사회관계를 피하고 있었는데 반대한 결혼으로 가족의 도움도 받을 수 없었던 것 같았다. 재혼한 것이 주변 사람들에게 알려지는 것이 두려워 이웃 사람들과도 친밀하지 않은 듯 했다.

"밖에도 못 나가게 하고 친구들하고 놀지도 못하게 했어요. 아무 것도 없는 옥상에 올라가서 소리도 지르고 혼자 중얼중얼 노래도 하고. 그렇게 놀았어요, 어릴 때는. 차라리 학교에 가는 게 나아요. 둘이 부둥켜안고 있는 꼴은 정말 보기 싫으니까."

아이는 계모에 대한 적대감을 노골적으로 드러냈다. 그렇다고 친 엄마에 대한 이야기를 하는 것도 아니었다. 아이처럼 내게도 엄마는 꺼내 보이고 싶지 않은 무서운 존재였다.

"그럼 아빠는?"

"아빠는 나 때문에 여자가 나갈까봐 꼼짝 못 해요. 아빠가 없을 때 여자가 나한테 욕을 했는데, 화나서 주먹으로 벽시계를 부쉈어요. 아빠한테는 지지만 열불 나면 모았다가 한방에 터뜨려요."

아이는 흥분한 것처럼 보였다.

"솔직하게 대답하면 상담 점수 높게 준다고 했죠? 결석

안하고 상담 잘 끝내면 퇴학처분은 안 한다는 거 맞죠?"

아이가 날카로운 턱을 쳐들고 김 선생을 노려보며 물었다. 금방이라도 분노와 슬픔이 한꺼번에 터질 것 같은 눈이었다.

그 날 오후, 태풍주의보가 내려 거리는 한산했다. 한꺼번에 터져 나온 물살이 소용돌이치면서 집과 나무와 자동차를 휩쓸고 지나갔다. 나는 타야 할 버스가 지나가도 아랑곳하지 않고 정류장에 우두커니 서 있었다. 아스팔트에 부딪히는 빗소리가 시원했다. 전자대리점에 진열된 텔레비전에서는 뉴스속보가 나오고 있었다. 화면 속에는 침수지역주민들이 허리까지 찬물을 퍼내며 울고 있었다. 흙탕물 강이 되어버린 길 위엔 노인과 어린이를 태운 구명보트가 떠다녔다. 텔레비전, 밥솥, 돼지저금통, 금발인형이 물 위에 둥둥 떠 다녔다. 물 위를 떠다니는 인형을 보자 갑자기 자궁 속에 머무는 아이의 모습이 떠올랐다. 엄마 뱃속에 있는 아이는 잠수부 같다. 깊은 물속에서 체온을 빼앗기면 아이는 죽게 된다. 뜨거운 물을 잠수복 속으로 계속 공급시켜줘야만 한다. 탯줄로 연결되어 있는 것이다. 이 탯줄이 끊기면 죽는다. 그러나 아이가 태어난다는 건 엄마와 연결된 탯줄을 잘라놓는 일이야. 그렇게 탯줄을 잘라버림으로써 엄마와 분리되는 거라고⋯⋯. 탯줄이 끊긴 잠수부가 심해 속을 떠다닌다. 탯줄이 끊긴 금발 인형이 흙탕물 위에 둥둥 떠다닌다. 아이에게 세줄 달팽이를 주어야 한다는 생각이 불현듯 났다. 아이는 달팽이가 부르는 노래를 들어야만 한다.

장마가 끝나자 무더위가 시작되었다. 몸이 작고 연한 껍데기를 가진 어린 달팽이에게는 더위와 메마름이 가장 무서운 적이다. 나는 싱싱한 먹이만을 골라 달팽이에게 듬뿍 주었다. 아이에게로 가서 더운 여름을 견뎌내려면 제대로 자라야만 했다. 아이에게 달팽이를 선물할 생각만 하면 기분이 들뜨기까지 했다.

그러나 그렇게 보살핀 달팽이가 죽고 말았다. 껍데기가 완전히 분리된 채 죽고 말았다.

세줄 달팽이의 알몸뚱이를 본 건 종결상담을 마친 직후였다. 세줄 달팽이의 빈껍데기는 의자 아래 뒤집혀 있었다. 상담을 끝마친 아이는 김 선생과 악수를 나눈 후 내게 찔끔 눈인사를 했다. 그리고 유쾌한 얼굴로 유유히 문을 빠져나갔다. 타이핑 자료를 마무리하고 탁상 정리를 하면서 나는 몇 번이나 시야의 이물질을 의심했다. 날카로운 펜 끝에 찍혀 뽑혀버린 세줄 달팽이의 속살덩어리는 처참했다. 한동안 나는 움직일 수 없었다. 얼마쯤 흘렀을까. 나는 분리된 달팽이와 세줄 무늬 껍데기를 손바닥에 올려놓고 밖으로 나왔다. 따가운 햇볕 속으로 파고들 듯 천천히 걸었다. 한 걸음 한 걸음 걸을 때마다 보폭의 크기만큼씩 세상이 하얘졌다. 나는 더욱 천천히 폭염 속을 걸었다. 그러고 보면, 견디기 힘든 여름에의 풍경은 참으로 어릴 즈음부터 내 안에 있었다.

전철 안은 시원하고 한산했다.

"글쎄, 한 시간 반 동안이나 비상구 계단에 끼여서 사람 살려달라고 애원하다 죽었대."

나는 창유리를 통해 소리가 나는 반대쪽을 살폈다. 십대 아이들 너 댓 명이 모여 있었다.

"나이트 갔다가 바비큐 된 얘기 좀 그만해. 그 계집애, 같이 간 깔따구랑 하늘에서 잘 살 거다."

흰색 민소매가 쏘아댔다. 도무지 알 수 없는 단어에다 길게 뽑았다 뚝뚝 끊어버리는 억양. 아이들이 연신 상체를 건들거리면서 이야기하고 있었다.

"껄렁한 얘기 집어치우고, 기분도 그런데 한판 땡기자. 어때, 사마귀?"

나는 뒤통수께로 촉수를 세우고 창유리에 비치는 뒷모습

의 아이들을 한 명 한 명 유심히 살펴보았다.

"대가리에 짱박았냐. 내일 중요한 일 있다고 그랬잖아."

앉아 있는 가죽 샌들이 다리를 꼬며 민소매의 배를 툭 쳤다. 우우- 아이들이 휘파람 소리를 냈다.

"늘씬한 여선생, 진짜 건드릴 거야? 하루도 안 빠지고 출근도장 찍을 때부터 알아봤다. 근데 먹잇감이 너무 큰 거 아냐?"

"목숨 걸고 먹이를 잡았을 때, 그만큼 목숨 이어가기가 쉬운 거야."

아이답지 않은 섬뜩한 목소리다. 온 몸이 화끈거렸다. 동대문역을 알리자 아이들이 우르르 출입문 앞으로 몰려왔다. 나는 가만히 고개를 돌려 가죽 샌들을 주시했다. 그리고 아주 천천히 시선을 상체로 끌어올렸다. 동대문역입니다. 여자의 목소리가 경쾌하게 들리는 순간 사마귀의 날카로운 눈과 마주쳤다. 뜻밖에 놀란 사마귀가 잠시 주춤거리더니 날카롭게 눈을 치켜뜬다. 싸우는 고양이가 털을 곤두세워 몸을 커 보이게 하는 것처럼 사마귀가 앞다리를 쳐들고 일어나 적을 위협한다. 짧은 순간, 위협적으로 날개를 펼치던 사마귀가 슬그머니 뒷걸음질 쳤다. 출입문이 닫혔다.

지하철역을 빠져 나오니 태양은 더욱 뜨겁게 타고 있었

다. 나는 휴대폰을 꺼내 김 선생의 전화번호를 눌렀다. 누구보다 그녀는 돌발 상황에 대해 잘 알고 있을 것이다. 나는 숨을 죽이다 전화를 끊었다. 모른 척하고 집으로 돌아가 청소를 하자. 오랜만에 검정 타이어 속에 앉아 온달팽이를 보면서 명상을 하는 거야. 그러나 뜨거운 거리를 빠져나가기란 쉽지 않다. 찔리고 뜯긴 상처 주위로 파란 잉크가 번져 있던 여린 살덩어리. 수분이 마를 때마다 들어가 웅크리고 쉬던 세줄 달팽이의 빈껍데기. 처참하게 죽어 있던 달팽이의 모습이 떠오르자 마음이 다급해졌다. 나는 급한 걸음으로 한낮을 가로질러 연구소로 향했다.

김미진 선생을 태운 검정색 중형차가 상담소 건물 앞에 나타났다. 김 선생이 좋지 않은 표정으로 차에서 내렸다. 희끗희끗 머리가 센 정 교수 또한 그런 김 선생을 거들떠보지 않고 차를 몰았다. 김 선생이 가까스로 화를 참으며 현관으로 들어서는 게 보였다. 김 선생은 갑자기 나타난 나를 보고 당황해 하는 것 같았다.

"내일…… 캠프 말인데요……. 아이가 아무래도 문제를……, 일을 저지를 것 같아서요."

김 선생은 길을 막고 서 있는 나를 의아하게 쳐다보았다.

"고맙군요. 일이 많아서."

그녀가 싸늘한 표정으로 나를 비껴갔다.

"그러다 큰 코 다쳐요!"

나는 휙 몸을 틀어 김 선생을 향해 소리쳤다. 잠시 숨을 고르던 김 선생이 못 들은 척 계단을 올라갔다. 김 선생을 쫓아 상담실로 황급히 올라갔지만 나는 한 마디도 더하지 못했다.

"개구리 새끼는 개구리야. 호박 넝쿨에 수박 달릴 수 없다는 옛말 하나도 안 틀려. 다음엔 문제없는 사람으로 보내 줘요."

신경질적으로 전화를 끊는 김 선생의 모습이 반쯤 열린 문으로 보였다.

"주제넘게 어디서⋯⋯."

그 날 밤, 무더위는 밤중까지 기승을 부렸고 나는 오른쪽 뇌를 때리는 쇠망치 소리에 잠을 설쳤다. 홀로 남은 온달팽이는 마르는 수분 때문에 견디기가 힘든지 껍데기 속에 숨어 꼼짝하지 않았다. 밤공기를 쐬는 게 낫겠어. 잠들기를 포기한 나는 온달팽이를 손등에 올려놓고 나뭇가지가 시커멓게 어룽진 사철나무 아래로 나갔다. 공기는 시원했다. 오랜만에 밤이슬을 맞아보렴. 나는 큰달팽이를 잃어버린 뒤 줄곧 유리 상자에 가두어 수돗물만 뿌려준 온달팽이에게 미안한 마음이 들었다.

다음날 나는, 온달팽이를 사철나무 잎에 올려놓고 온 사실을 까맣게 잊고 있었다. 아침까지 두통에 시달리다가 상담소 건물 앞으로 헐레벌떡 뛰어갔다. 캠핑장으로 동행하기 위해서였다.

각 상담소에서 상담교육을 마친 스무 명의 십대 아이들과 상담교사들은 프로그램에 따라 분주히 움직였다. 저녁을 먹고 나서야 자유시간이 주어졌다. 그제야 한숨을 돌린 나는 캠핑장 숲 주변으로 산책을 나갔다. 해는 녹음이 짙은 유원지를 등지고 조금씩 기울었다. 편한 슈트차림의 김 선생이 통나무 벤치에 앉아 통화를 하는 게 보였다. 김 선생은 하루 종일 안색이 좋지 않았지만 이 주 만에 만난 아이에게 줄곧 친근한 관심을 보였다. 전화로 조용조용 이야기하던 김 선생이 갑자기 벌떡 일어나 큰 소리를 냈다. 김 선생은 신경질적으로 머리를 넘기며 주변을 살핀 뒤, 숲 안쪽으로 성큼성큼 걸어갔다. 나는 무심코 나무 뒤에 서서 그녀를 지켜보았다. 그때였다. 뭔가 어두운 그림자 하나가 재빠르게 숲 속으로 사라졌다. 불길한 예감이 들어 나는 김 선생의 뒤를 밟기 시작했다. 매미 울음소리가 귀청을 찢을 것처럼 한꺼번에 몰아쳤다. 허둥지둥 숲 속으로 뒤따라갔지만 김 선생은 보이지 않았다. 나는 갑자기 시력을 잃은 사람처럼 어둠이 깔린 울창한 수풀 속에 우두커니 서버렸다. 온달팽이를 밤새 나뭇잎에 두고 왔어…….

　잃어버린 큰달팽이와 죽은 세줄 달팽이, 게다가 온달팽이를 버려두고 오다니. 나는 달팽이 하나 제대로 보살피지 못한 스스로에게 화가 났다. 온달팽이는 무사할거야. 내가 돌아갈 때까지 아무 일도 없을 거야. 그러나 잠든 달팽이에게 날카로운 턱을 가진 곤봉딱정벌레가 다가간다. 딱정벌레가 달팽이를 덮치고 단단한 집게로 껍데기를 부순다. 온달팽이의 약한 살을 갈기갈기 찢는다. 상처투성이 달팽이가 껍데기 속으로 숨어 들어가도 곤봉딱정벌레는 가늘고 긴 머리를 껍데기 속에 깊숙이 넣어 달팽이의 연한 살을 파먹어 버린다. 환영은 점점 선명해지고 나는 미친 듯이 숲 속을 달렸다. 손바닥에 축축하게 땀이 뱄다. 온달팽이는 없고 텅 빈 껍데기만 흙더미 위를 뒹굴고 있다. 잔가지에 팔뚝이 긁혔다. 곧게 뻗은 나무들 사이로 저녁노을이 번졌다. 수천 개의 푸른 이파리들이 빙글빙글 머리 위에서 춤을 춘다. 매미 소리 때문에 정신을 차릴 수가 없다. 무슨 일이 있었니? 엄마가 커다란 돌로 내 손가락을 찧었어……. 어린 내가 울고 있다. 어머머머……, 저런 엄마가 어디 있어……, 무슨 엄마가 딸을 저렇게 만들어……. 동네 사람들이 발을 동동 굴렀다. 아빠, 몸이 뜨거워요. 어지럽고, 여기가 어딘지 모르겠고, 만화 영화도 보고 싶어요. 아빠가 나를 보고 울었다. 아빠, 왜 울어요…….

별안간 나타난 아이가 나를 덮쳤다. 아이는 날카로운 이빨로 단번에 내 목덜미를 물었다. 나는 소리도 못 지르고 아이가 이끄는 대로 끌려갔다.

"서바이벌게임이 따로 없군."

아이가 눈초리를 치켜뜨고 웃었다. 그리고 짜증이 가득한 얼굴로 거칠게 침을 뱉었다.

"원래 너 같은 죽은 벌레는 먹지 않아. 죽은 듯이 있다가 꿈틀대는 게 영락없는 달팽이야. 젠장, 방해물은 질색인데!"

아이가 살기 띤 얼굴로 위협하다가 다시 해죽해죽 웃었다.

"큰 먹잇감은 일단 보류, 목표물 이동, 조준 수정, 공격 개시! 그 다음엔 먹는 거지, 뭐."

아이가 나뭇등걸에 나를 밀어붙이고 목을 핥는다. 천천히 하얀 피부를 빨아 당긴다. 붉은 하늘이 어지럽게 돌고 아이는 온 몸의 피를 빨아먹는 흡혈귀처럼 내 몸의 혈관 모두를 잡아챈다. 날카로운 이빨로 물어뜯는다. 팽팽히 당겨진 핏줄이 뚝뚝 끊어질 것만 같다. 맞을 때 기분이 어땠니? 상담자가 어린 내 얼굴을 쓰다듬으며 물었다. 아팠어요. 이르면 엄마가 또 때릴까 봐 말 안 했는데…… 아빠가, 엄마 짓이구나…… 엄마가 벽돌로 손가락을 또 찧으려고 해…… 엄마도 손목에 상처가 났어.…….

　동네 사람들의 신고로 경찰이 왔다. 형사 두 명이 집 앞에 출입금지 푯말을 달고 사람들을 통제했다. 위험하니까 며칠만 다른 곳에 있다 오자. 아동 보호소에서 돌아와 보니 엄마는 집에 없었다. 엄마는 병원에서 머리 치료를 받는다고 했다. 엄마가 손을 이렇게 만들었는데, 그래도 보고 싶니? 나는 상담원의 눈을 바로 보지 못한 채 작은 목소리로 말했다. 설거지도 해 주고, 반찬도 해 주고, 실내화도 빨아 주셨어. 아빠가 준 돈으로 내가 파스랑 머리 안 아픈 약이랑 사다드렸어. 엄마가 울면서 오줌 싼 내 바지도 빨아주셨어.…….

　가느다란 풀잎처럼 산뜻한 녹색 사마귀는 믿기지 않는 강한 힘으로 먹잇감의 숨통을 조인다. 낫처럼 생긴 앞다리로 몸을 짓누르고, 날카로운 턱으로 딱딱한 달팽이 껍질을 씹어서 으깬다.

어지럽게 돌던 풍경이 정지했다. 나는 어둠이 내린 잡풀 더미 속에서 가만히 눈을 떴다. 오래된 나무의 굵은 밑동이 보였다. 단단히 내리고 섰을 뿌리와 몸통, 자유롭게 뻗은 가지와 무성한 잎들. 나는 새우처럼 웅크리고 누워 다시 눈을 감았다 떴다. 나무 구멍 속에 기어 들어가 여름동안 활동을 멈춘 달팽이 한 마리가 눈에 들어왔다. 달팽이는 속이 마르지 않도록 점액을 내어 껍데기의 입구에 얇은 막을 친 상태였다.

큰달팽이야……

나는 반가운 마음에 작은 소리로 달팽이를 불렀다.

언제 여기까지 온 거니.

달팽이는 아무 소리도 듣지 못한다.

나랑 집에 안 갈래?

달팽이는 아무 것도 보지 못한다. 나는 뜨거운 화살촉을 삼킨 사람처럼 내부로부터 퍼지는 통증을 느끼기 시작했다. 희미하게 남은 의식으로 있는 힘을 다해 귀를 기울였지만, 밤이 될 때까지 막을 친 달팽이에게서는 어떤 노랫소리도 흘러나오지 않았다. 🐌

사진

사진

여자가 탁자 위에 사진 뭉치와 열쇠를 올려놓았다. 여자의 입으로 에스프레소 한 모금이 흘러 들어갔다.

"한번은 꼭 만나고 싶었어요."

여자가 담담하게 말을 꺼냈다. 나는 의아한 눈빛으로 여자와 사진 뭉치를 보았다.

"나도 그곳을 사랑했어요. 문을 두드릴 필요가 없는 당신 집을요."

여자는 금빛 열쇠를 내 앞으로 밀어 놓았다. 낯익은 열쇠였다.

- 옛날에 이탈리아에서는 열쇠가 돌림병을 막아준다고 여겼다잖아. 독일인들은 임신한 아내의 순산을 위해서 손

사진 205

수 열쇠를 만들어 주었고…….

아파트를 마련한 날, 그는 순금으로 만든 열쇠를 내게 선물했다. 다른 쇠가 섞이지 않은 또 하나의 정금 열쇠는 의식을 치르듯이 내 손을 통해 다시 그에게 전달되었다. 성인 성녀를 통하여 천국의 주인에게 자신의 기원을 말하듯이 둘만의 의식은 자못 진지했었다.

"결혼을 해도 문득문득 옛 애인이 떠오르곤 해요. 당신이 내 남편과 만나온 사실, 이해할 수 있어요."

안경을 벗은 여자가 집게손으로 콧잔등을 주물렀다.

"그렇지만 당신이 좀 억울한 것 같아서요. 몰랐다면 알아두세요. 당신이 사랑하는 그 남자, 처자식이 있는 사람입니다."

여자는 그의 아내였다. 그와 대학 동기였던 여자는 그가 나와 만나 사귀고 헤어지는 동안 나에 대한 이야기를 들어왔다고 했다. 그러니까 여자에게 나는 남편의 옛 연인이자 재회 후 불륜을 저지른 내연녀였다.

여자는 다시 안경을 끼고 차분한 어조로 말을 이었다.

"대학 때 처음 사진을 배웠어요. 난 늘 카메라를 가지고 다녔고 사진을 많이 찍었어요. 조리개나 렌즈도 그렇지만 정지된 순간에서 흘러나오는 묘한 느낌의 이야기들, 뭐 그런 저런 매력에 끌렸던 것 같아요. 초보자들이 그렇듯이 난 뭔가 중요한 것을 찾고 있고 대단한 일을 하고 있다는 자만심이 가득했어요. 졸업하는 해였을 거예요. 동아리 사진전을 준비했었는데 내 사진의 테마는 어둠상자였어요. 한 곳으로만 빛을 들어오게 만든, 사진기의 렌즈와 감광판이 붙은 상자 말이에요. 그 당시 지하도에서 구걸하는 거지를 늘 마음에 두고 있었는데 설득해서 몇 컷 찍을 수 있었어요. 거지는 중년쯤 되는 여자였고 장님이었어요. 그런데 사진이 마음에 들지 않았어요. 그래서 난 거지 여인을 따라다니면서 몰래 사진을 찍었어요. 날이 어둑해지면 거지는 어김없이 시장 골목으로 가더군요. 사람들과 자주 부딪혀 넘어졌어요. 그때마다 거지는 자신을 일으켜주는 사람들의 지갑을 훔쳤어요. 어떤 사람은 거지를 밀쳐내면서 침을 뱉기도 했어요. 거지는 뒷골목 쓰레기통에 빈지갑을 버리면서 웃곤 했어요. 거지는 짐승처럼 코를 벌름거리면서 쓰레기통을 뒤질 때도 있었어요. 어느 날은 보물이라도 찾은 듯이 비닐봉지를 들고 좋아하더군요. 먹다 버린 닭 조각들이었어요. 거지는 닭 뼈에 붙어 있는 남은 살점을 발라먹기 시작했어요. 때가 낀 검은 손에 더러운 양념이 묻고 여자는 손가락을 빨면서 만족해하더군요. 난 온몸이 바들바들 떨

사진 207

렸지만 놓치지 않고 모두 카메라에 담았어요. 그때 내가 뭔가를 건드려서 소리가 났고, 순간 여자가 정물처럼 멈췄어요. 난 도둑질하다 들킨 사람처럼 내빼듯이 도망을 쳤는데 미로 속에 갇힌 사람처럼 시장통을 빠져 나오지 못하고 왔던 길을 헤맸어요. 인적이 드문 골목에 들어서서 찬 숨을 돌리는데 거지 여인이 골목 어귀에 쭈그리고 앉아서 나를 부르더군요. '너는 눈먼 거지를 제대로 찍었다고 좋아하고 있을 게야. 푸후훗! 네가 본 눈먼 거지가 밤에는 섹스를 한다는 사실을 알고 있니? 찍고 싶으면 얼마든지 보여주마!' 장님 여자가 동공 없는 눈을 시퍼렇게 뜬 채 가래 끓는 소리를 내면서 한참 동안 웃었어요."

여자의 얼굴에 잠깐 긴장된 빛이 서렸다.

"그 후로 사진을 찍지 않았어요. 그리고 십여 년 만에, 다시 사진을 찍기 시작했어요. 남편이 숨겨놓은 열쇠로 당신 집을 열고 들어가서."

나는 마른침을 삼키며 사진 뭉치를 주시했다.

"당신이 집을 비운 사이에 들어가 카메라를 설치했어요. 얼마 후 당신이 또 집을 비우면 들어가서 다시 카메라를 교체하고……. 사진을 현상하면서 난 시각적으로 나를 흥분시키는 것들과 맞서서 싸우기 시작했어요. 필름과 사진에 살갗을 베이기도 했지만, 난 곧 냉정을 되찾아 갔어요. 당신들의 비밀을 알고 있다는 것으로 위안을 삼았어요. 시간이 지날수록 나도 당신 집에서 당신들과 함께 살고 있는 착각마저 들더군요. 나중에는 내가 사진을 찍는 이유조차 모호해지면서……."

여자가 가늘게 숨을 내쉬었다.

"난 남편과 당신에게 따질 생각도 없고, 당신들의 은밀한 방을 엿보는 재미를 그만두고 싶지도 않았어요. 그런데 굳이 이렇게 당신을 만나 이야기하는 건, 어느 날 갑자기 거지의 말이 떠올랐기 때문이에요. 너는 여기서 눈먼 거지를 찍었지만, 나는 밤에 섹스를 한다는 사실이야……."

여자의 에스프레소 잔은 비워져 있었다.

"그 후로 이 사진들을 볼 때마다 깊은 우물 속으로 빠져드는 것 같았어요. 사진을 보지만 섹스는 볼 수 없다, 난 섹스를 보고 있지만 당신들을 볼 수 없다……. 사진에 나타난 것들이 너무나 단순하게 느껴지더군요. 난 사진을 찍고 사진 속에는 무언가가 있지만 난 그 무언가를 느끼지 못 한다……. 명확하게 내 감정을 말하기 힘들군요. 어쨌든 난 이런 내 심정을 이야기하고 싶었고, 당신도 모르고 있는 사실에 대해서는 알아야 할 것 같았어요."

사진 209

여자가 긴 이야기를 마치고 먼저 자리에서 일어났다. 그의 아내로부터 열쇠를 돌려받은 나는 사진 뭉치를 들고 카페를 나왔다.

거리로 나오자 매서운 바람이 한꺼번에 몰아쳤다. 되게 뺨을 맞은 여자처럼 앞머리가 흩어졌다. 열쇠의 촉감을 기억하기 위해 외투 주머니 속에 손을 넣었다. 열쇠는 차가웠다. 나는 황황한 거리에 서서 느닷없이 불어 닥친 폭풍우 속에 힘없이 휩쓸려 가는 작은 집 한 채를 바라보았다.

아파트 주변에 떠돌이 개가 늘고 있다. 택지 개발이 이루어지면서 이주하는 사람들이 함께 데려가지 못해 두고 간 개들이었다. 얼어 죽을 것에 대비해 방석이나 옷가지로 몸을 감싸준 개들도 더러 있었다. 그러나 버려진 개들은 몇날 며칠 주인 없는 빈집을 어슬렁거렸고 그러다 집이 아주 헐리면 자리를 잃고 산과 들로 떠돌아다녔다.

야산 중턱에 우뚝 서 있는 세 동짜리 아파트는 허허벌판 같은 인근에 처음으로 들어선 아파트였다. 아파트 주민들은 신도시 개발이라는 반가운 소식에도 불구하고 택지 개발 사업으로 어수선한 환경과 갑자기 늘어난 개들 때문에 불평불만이 많았다.

"우리 쫑이도 아예 불임수술 시켜야 할까 봐. 한창때라 그런지 툭하면 집 밖으로 나가려고 하잖아. 8층 여자 있지? 글쎄 미용실에서 머리 하는 동안에 개가 쪼르르 나갔다가 거지꼴이 따로 없는 잡종 개랑 홀래 붙어서는……! 말도 마. 파마 말다가 쫓아 나와서 대성통곡 하는데도 개들이 떨어질 생각을 안 하는 거야. 그 후로 부쩍 그이 얼굴이 안 좋더니, 결국 엊그제 낙태수술 시켰대나 봐."

아파트 정문 앞에서 마을버스를 기다리는 여자 둘이 이야기를 하고 있다. 한 여자가 품에 안은 강아지 머리에 제 얼굴을 비빈다. 옆에 서 있던 나는 털이 고운 강아지를 물끄러미 바라본다. 갈색 코트 깃 사이로 얼굴을 내민 흰 강아지는 솜털이 보송보송한 아기 같다.

"반장 말이 버려진 개들이 스무 마리는 더 될 거래. 그렇게 아무 데서나 짝짓기를 하니 앞으로 새끼들까지 얼마야? 나도 어제 저녁에 쓰레기 버리러 나왔다가 얼마나 놀랐다고. 시커먼 개들이 펄쩍 뛰어서 달려드는데, 물려는 줄 알고 기절초풍을 했다니까! 데려가지 못하면 개장수한테 팔고나 갈 일이지, 요즘엔 애들도 밖에 못 내보내겠어."

아파트 주민들은 떠돌이 개와 고양이한테 물려 전염병에 걸릴까 봐 우려하고 있었다.

사진 211

노란 보호색 소형차가 크락션을 울리면서 버스 정류장에 멈춘다. 강사가 내게 눈인사를 하고 조수석으로 바꿔 앉는다. 운전면허를 따고 중고차도 마련했지만 좀처럼 차를 몰지 못하는 나는 하루 두 시간씩 5일 동안 받는 도로 주행을 네 번째 받고 있는 중이다.

　"오늘은 시내로 크게 한 바퀴 돌아오죠."

　50대 중반의 여자 강사가 부드럽게 웃으면서 말한다. 친근한 인상을 주는 강사는 말할 때 간혹 혀 짧은 소리가 나 발음이 부자연스럽다.

　나는 운전석에 앉아 시동키를 돌린다. 이미 시동이 걸려 있는 차는 불발상태로 괴이한 소음만 터져 나온다. 정류장에 서 있던 사람들이 일제히 차 안의 나를 본다.

　"긴장할 것 없어요. 숨을 크게 내쉬고 다시 핸들을 잡아요. 잡념은 버리고 아무 생각 없이 편안하게. 차는 둔해 보여도 아주 예민하거든요. 자기를 만지는 사람의 감정을 다 읽으니까요."

　강사가 내 기분을 읽기라도 한 것처럼 말한다. 나는 숨을 크게 내쉰 후 기어를 넣으면서 차를 몰기 시작한다. 조곤조곤 건네는 강사의 말은 주문처럼 나를 편안하게 만들어 서서히 운전에 몰두하게 한다.

그러나 시내로 들어선 차는 별안간 대로에서 급정차 하고 만다. P턴으로 돌아 나와 좌회전하려던 차는 신호를 놓쳐 허둥대다가 직진으로 달려오는 차들을 피하려고 방향을 틀면서 멈춰 섰다. 급정차 하는 순간 터져 나온 마찰음은 소름끼쳤다. 대로 한복판을 가로막고 있는 차를 향해 누가 먼저랄 것도 없이 크락션을 울려댄다. 나는 퍼붓듯이 쏟아지는 공격적인 소리에 놀라 두 귀를 막아버린다. 괜찮으니까 비상등 켜요. 핸들 잡고, 천천히, 천천히 움직여 봐요! 강사는 침착하게 말하려 하지만 목소리가 점점 격앙된다. 그러나 나는 눈을 질끈 감은 채 몸을 떨 뿐이다. 다급해진 강사가 팔을 뻗어 핸들을 움직인다. 교통순경이 호루라기를 불면서 뛰어와 뒤엉킨 차들을 정리한다. 강사가 손을 들어 사과하지만 운전자들은 창문을 열고 욕지거리를 내뱉는다. 차들은 더욱 신경질적으로 경적을 울려댄다. 그러면서도 비상등을 켠 채 불안하게 서 있는 초보 차량을 위해 조금씩 길을 터준다. 강사가 보조석에 설치돼 있는 브레이크를 밟으면서 핸들을 조작한다. 차는 무사히 대로를 빠져 나오고 나로 인해 잠시 위험에 빠졌던 통행 불능의 거리는 다시 원활해진다.

　　아찔한 순간을 벗어나 한적한 동네로 돌아오기까지 어떻

사진　213

게 운전을 했는지 정신이 까마득하다. 몇 번이나 갓 길에 차를 세웠고 그 때마다 강사에게 차를 몰아달라고 부탁했다. 강사는 번번이 고개를 저었고 내 등을 토닥거리거나 팔을 쓸어내리는 것으로 대신했다. 차에서 내린 나는 당분간 쉬고 싶다고 말한다. 강사가 뭐라 말하려다가 그만두고 고개를 끄덕인다.

그의 아내를 만난 뒤 꼭 열흘 만에 그가 찾아왔다. 나는 작은 의자에 오롯이 앉아 있다. 슬리퍼 코만 무심히 바라보면서 나는 그의 말을 듣는다.

처음부터 속일 생각은 없었다고, 그가 말한다. 그도 내가 신고 있는 하늘색 슬리퍼를 바라본다. 결혼한 사실을 알았다면 내가 자신을 만나주지 않았을 거라고, 그가 다시 말한다. 나는 가지런히 모은 발을 끌어당긴다. 그의 시선도 수축되는 나를 따라온다. 단단하게 모은 종아리와 무릎을 타고 올라온 그의 시선은 결국 내 눈 아래에서 머뭇거린다. 이번에는 내가 그의 눈을 맞춘다.

나에게 있어 그는 아버지가 죽은 후 처음으로 마음을 연 상대였다. 스무 살 때 만나 3년을 사귀었지만 당시 그는 이렇다 할 말도 없이 연락을 끊고 자취를 감췄었다. 그가 다시 찾아오기까지 나는 어디에도 없었다. 우습게도 나는 4년 만에 나타난 그에게 고요하고 쓸쓸한 공간을 먼지처럼 떠도느라 그 앞에 내가 이제 온 거라고, 모양과 빛이 없는 적막한 곳이었지만 나 자신은 가늘고 보드라운 티끌이었던 것 같다고, 알 수 없는 말들을 슬픈 웃음에 담으며 그를 맞았었다.

"달라지는 건 없어. 너에 대한 내 마음은 앞으로도……."

그의 말을 잘라내듯 밤 숲에서 컹컹 개가 짖는다. 나는 자리에서 일어나 베란다로 간다. 커튼을 치지 않은 창밖에는 검은 산이 성큼 다가와 있다. 산은 첩첩이 겹친 산 속을 펼쳐내 집을 잠식하려는 것 같다. 을씨년스러운 어둠 속에서 개들이 연이어 짖어댄다. 속이 텅 빈 것처럼 숲이 울린다. 개들이 공모한 일을 벌이려는 듯이 이번에는 한꺼번에 악을 쓰며 운다. 개들은 당장 배경을 찢고 튀어나올 기세다.

- 어서 가요.

나는 수화手話로 그에게 말한다. 침묵 속에서 시간은 흐무러지듯 흘러가고 그는 침통한 얼굴로 다시 오겠다는 말을 남긴다.

그가 떠난 뒤 나는 아주 오랫동안 그가 앉았던 자리를 본다. 그는 그림자를 두고 갔지만 나와 그림자 사이에는 여전

사진 215

히 슬픈 모양의 배만 너울댈 뿐이다. 그리고 자정 넘어 그의 아내로부터 전화가 걸려온다. 여자의 음성에서 축축하게 술기운이 퍼져온다.

"널 보면서 무슨 생각을 한 줄 아니? 마른 입술을 꼭 다물고 있는 네 입을 보면서 어이없게도……, 저 입에 손가락을 쑤셔 넣고 양 옆으로 가르면 어떨까……. 물고기의 배를 가르듯이 말이야……."

어지러운 증세가 나타나려고 한다.

"너한테서 어떤 말도 들을 수 없다는 걸 알아. 그래서 사진을 찍었어. 사진에서라도 네 말을 들을 수 있을까 봐……."

여자가 울먹거리는 것 같다. 나는 속에서 비릿하고 물컹한 덩어리가 치밀어 올라 울꺽거린다. 마른 입술을 뚫고 구토가 쏟아진다.

바닥에 주저앉아 속을 게워낸 후 나는 욕실로 들어가 수도꼭지를 비튼다. 입을 헹군 뒤 뻗치는 물줄기를 손에 받아 연거푸 얼굴에 끼얹는다. 솟구쳐 튀어 오른 물줄기로 직사각형 거울은 금이 간 것처럼 분할된다. 세면대 양 옆을 짚고 서서 거울을 본다. 향 좋은 원두커피로 물을 들인 것 같던 그녀의 안경 알, 카메라의 깨진 렌즈 조각으로 물고기의 배를 가르듯이 내 입을 가르는 환상. 문득 입이 찢어진 요괴 이야기가 떠오른다.

어릴 때, 한동안 학교를 떠들썩하게 만들었던 '입 찢어진 요괴' 이야기는 내가 중학교에 다닐 때까지도 심심찮게 나돌았다.

마스크로 얼굴을 가린 여자 요괴는 초등학교 아이들이 집으로 돌아갈 때를 기다렸다가 나타나곤 했다. 흰 마스크를 한 요괴는 혼자 다니는 아이들만 뒤따르다가 한적하고 조용한 시골길 어귀에 이르면 아이 곁에 바짝 다가갔다. 여자가 웃는 얼굴로, "애야, 나 예쁘니?" 하고 물어서, 아이가 "네, 예뻐요."라고 대답하면 여자는 마스크에 손을 대고, "이래도?"라고 말하고는 마스크를 확 떼낸다. 마스크 아래 나타난 것은 놀랍게도 양쪽 귀까지 찢어져서 검붉은 피가 덕지덕지 굳어 있는 흉측한 입이다. 기겁한 아이가 울면서 달아나면 요괴는 숨겨두었던 칼을 치켜들고 뒤쫓아 온다. 입 찢어진 요괴는 빠르게 도망치는 아이일수록 더 빨리 죽이는데, "포마드, 포마드, 포마드."라고 세 번 복창하면 위험에서 벗어날 수 있다는 이야기였다.

초등학교 시절에 요괴는 학교 화장실 맨 뒷칸에 숨어 산다, 신발장에 입 찢어진 여자의 핏자국이 묻어 있다는 둥

사진 217

풍문이 자자했다. 아이들은 항상 짝을 지어 다녔고 혼자 남는 아이들은 떼를 써서 엄마나 할머니, 할아버지가 마을 어귀로 마중을 나오게 했다. 친구도 마중 나올 식구도 없는 아이들은 눈에 힘을 잔뜩 주고 포마드를 수백 번씩 중얼거리면서 달음질쳤다.

요괴가 나타났다는 얘기만큼 요괴의 입이 찢어진 이유에 대해서도 말들이 많았다. 뜨거운 커피를 단숨에 마셨다가 화상을 입어 수술을 했는데 실패해서 그렇게 되었다는 소리도 있었고, 예쁜 언니를 시기하는 못생긴 동생이 매일같이 우는소리를 해서 듣다 못한 엄마가 예쁜 딸의 입을 가위로 귀까지 잘라버렸다는 소리도 있었다. 하루는 우리 반 반장이 교실로 뛰어 들어와 속보를 전했는데, 입 찢어진 여자한테 "마늘, 마늘, 마늘, 마늘" 이라고 네 번 외치면 요괴가 질겁하고 도망을 친다는 것이었다.

- 포마드, 포마드, 포마드.

나는 거울을 보면서 키들키들 웃다가 턱 밑으로 뚝뚝 떨어지는 물방울을 손등으로 쓰윽 닦는다. 욕실을 빠져나온 나는 다시 거실을 둘러본다. 탁자 위에는 며칠째 같은 신문과 사진들이 놓여 있다. 그리고 바닥에는, 아랫도리로 긁어낸 태아의 시체 도막 같은 토사물이 쏟아져 있다.

바람의 기세가 조금 누그러진 날, 그에게 휴대폰 메시지를 보낸다. 오랜만에 산에 오르고 있으며, 해질 녘 숲은 낮보다 덜 앙상해 보인다, 그리고 당신을 만나고 싶다고 연이어 문자를 띄운다. 바로 전화가 걸려온다. 그는 기쁨에 들뜬 나머지 당장 오겠다고 말한다. 그러나 나는 산봉우리까지 오르겠다며 만날 시간을 늦춘다.

　산그늘을 뒤덮는 밤의 시간은 생각보다 더디다. 산기슭에서 찬찬히 숲을 보다가 차가운 산길을 뚜벅뚜벅 걸어 오르고 지금은 없지만 무성했을 산나물 자리도 한번쯤 살펴보고 산속에서만 느낄 수 있는 특유의 공기도 맡아보고 그리 높지 않지만 꼭대기에 올라서서 산의 저쪽도 한번 바라보고. 그러나 쉬 내려오지 않고 길을 잃기 위해 밤을 기다리는 기이한 동물처럼 나는 산 밖에서 산을 타고 있다.

　내가 좀처럼 전화를 받지 않자 그가 불안한 음성으로 메시지를 보낸다. 진작 산 입구에 도착한 그는 산 중턱까지 오르고 있다고 한다. 나는 한참 만에 연락을 한다.

　- 창고 같은 집이 있는데, 몇 번째 같은 자리야. 길을 잃은 것 같아…….

　그가 나를 찾겠다며 한 곳에 있으라고 말한다. 다급해진 목소리 뒤로 개 짖는 소리가 들린다. 나는 전화를 끊은 후

사진　219

휴대폰 배터리를 뽑는다. 분리된 배터리가 베란다 타일 바닥 위로 떨어진다. 불 꺼진 실내에서 줄곧 창 밖 야산을 지켜보고 있던 나는 바닥에 주저앉는다. 어쩌면 산 속에 있을지도 모를 병에 걸린 개들이 그를 기다리고 있을지 모른다. 야산으로 그를 유인한 뒤 숲이 어두워지기만을 기다리는 짐승 같은 나는 기어이 일을 마쳤지만 조금씩 숨이 차오른다.

광견병으로 인한 사망 사고. 파주시 능금동에 사는 46세의 김 모씨는 인근 산에 올랐다가 광견병에 전염된 개에게 물린 것으로 밝혀졌다. 택지 개발로 버려진 개들이 늘어나고 있어 광견병 발생의 위험은 더 늘어날 것으로 보인다…….

떠돌이 개한테 물릴까 봐 비상인 아파트 주민들처럼 며칠 전 오려 둔 신문 기사는 멈추지 않는 열차처럼 내 몸속을 헤집고 다닌다. 나는 점점 크게 울리는 이명을 견디기 위해 무릎을 세워 바짝 끌어안는다. 얼굴을 묻고 공처럼 몸을 오므려도 기차는 부서지지 않는다. 가늘어진 기차는 실뱀처럼 더 빠르게 몸 안을 훑고 지나간다.

성질이 유순하던 흰둥이 개가 밤늦도록 집에 돌아오지 않던 그 때, 중학생이었던 나와 아버지는 예고 없이 떠난 엄마와 아내를 기다릴 때처럼 몸이 떨려 잠을 이루지 못했

다. 작정하고 떠난 것인지 누구에게 붙들려 간 것인지 이유
도 결과도 모르는 채 언제까지고 남겨져 대문간을 서성거
리는 일. 몽유병에 걸린 소녀처럼 한밤중에 일어나 동구 밖
느티나무 아래로 가서 잠이 드는 일. 손전등과 낫을 들고
미친 사람처럼 산 속을 뛰어 다니는 일. 우거진 수풀 속, 발
길이 닿지 않는 벼랑 아래 바위틈을 뒤지고, 뒤집힌 눈으로
붉은 흙더미를 파내어 아무도 몰래 남의 시체를 확인하기
까지……. 나와 아버지는 잔인하고 질긴 기억의 끈에 포박
당해 옴짝달싹 하지 못하고 불 꺼진 방안에서 흰둥이만 생
각했다. 크크크르르륵 컹컹! 방문을 박차고 먼저 뛰어나간
사람은 아버지였다. 그러나 어둠 속에 흰둥이는 없었다. 아
버지는 마루 기둥에 걸려있는 손전등을 들고 집 안팎을 살
피다가 툇마루 아래 깊숙한 곳에서 그릉그릉 힘겹게 숨을
쉬고 있는 흰둥이를 찾아냈다. 아버지는 반가움에 벅찬 얼
굴로 땅에 무릎을 대고 허리를 숙여 흰둥이를 불렀다. 땅바
닥에 엎드리다시피 구부리고 앉아 손전등을 비춘 아버지가
비명을 지르면서 나동그라진 것은 순식간의 일이었다. 흰
둥이는 깊이 함몰된 눈동자로 침을 흘리면서 무서운 광기
로 마당을 달렸다. 맹렬히 내달리던 흰둥이는 담벼락에 부
딪혀서 발작하듯 몸을 떨었다. 피로 얼룩진 흰둥이는 막힌

사진 221

숨을 괴롭게 토하며 허덕거리다가 턱과 근육이 서서히 굳어갔다. 잘 따르던 개에게 오른쪽 눈과 윗머리를 물어뜯긴 아버지는 광견병에 걸려 하루 만에 죽었다.

나는 베란다 타일 바닥에 길게 누워 있다. 열 기운이 퍼진 몸은 점점 뜨거워져 경련이 인다. 아버지의 눈과 머리에서 솟구쳐 흐르던 피처럼 닫힌 입에서 소리가 터져 나온다.

- 아버지, 병원에 다녀왔어요. 물어뜯지 않고서는 억울해서 살 수가 없는 저 개들처럼 될까 봐 뱃속의 아이를 묻고 왔어요…….

나의 소리들은 해괴망측하다. 나의 외침은 말이 되지 못한 채 낱낱이 흩어지고 만다.

겨울비는 한동안 계속되었다. 개들은 아파트의 주변을 맴돌다가 인적이 드물 때면 어김없이 낮은 담장을 뛰어 넘어 쓰레기통을 뒤졌다.

저녁 무렵, 나는 베란다 간이 의자에 몸을 기댄 채 먹이를 찾는 개들을 보고 있다. 젖은 개들은 위협적이기 보다 초췌하다. 어깨에 걸친 털 스웨터가 비에 젖은 것처럼 무겁게 느껴진다. 그곳에 없는 나를 찾기 위해 어둡고 음산한 산속을 뒤졌을 테지만 나는 이제 그의 심정이 궁금하지 않다. 배를 곯는 허기증에 시달려도 그에게는 더 이상 열쇠가 없다는 사실을 떠올린다. 하염없이 문밖에서 서성거리다가 까부라지듯 잠이 들어도, 버려져서 떠도는 개에게 광기 서린 이빨로 팔 다리를 물어 뜯겨도, 그가 오지 않는 이유는 그에게 열쇠가 없기 때문이라고 나는 생각한다.

거세진 빗줄기가 수천 수만 갈래로 눈앞의 정경을 분할하고 또 분할한다. 넋을 빼고 앉아 있던 나는 그간 곱씹어오던 생각을 배신하듯 황급히 휴대폰을 받는다.

"기다리는 전화가 있었나 봐. 어쩌나 난데……, 주행하자고 전화한 거 아니니까 귀찮아 말아요. 그거야 뭐, 하고 싶을 때 하면 되지……."

뜻밖에도 운전 강사가 칼칼한 목소리로 안부를 묻는다.

"찌개 끓여서 밥을 먹는다는 게 어쩌다 이렇게 술배만 채우고 있네……. 그러다 말이 하고 싶어져서. 마땅히 털어놓을 데도 들어줄 사람도 없네……."

마르고 푸석한 음성이 예전과 달리 부스러지기 쉬운 모양새다. 나도 모르게 입이 벌어진다. 괴상한 소리가 터져나올까 봐 얼른 입을 막는다.

"……운전 교습하면 다들 나한테 물어요. 혹시 상처했느냐, 자식들 키우려면 집에만 있기도 힘든 세상이다……. 곱

사진 223

게 늙었다는 말을 들으면 웃음이 나와요. 룸미러로 얼굴을 쓱 비춰보면 또 웃음이 나고. 내가 아주 폭폭하게 살아온 사람이거든……."

술잔 들이키는 소리가 들려온다.

"어릴 때부터 친 삼촌처럼 따랐던 동네 총각이 있었어요. 그런데 그 사람한테 오 년간을 당해왔어, 내가……. 열일곱 살 때였어. 학교 다녀오는 길에 또 끌려가서……, 모두 말해버리고 죽어버리겠다고 악을 쓰니까 짐승처럼 달려들어서 내 입을 틀어막고 혀를 물더군. 덜렁덜렁 잘린 혀를 쑤셔 넣듯이 입에 담고 실성한 사람처럼 병원으로 뛰어 갔어요. 동네가 발칵 뒤집혔지. 수술 뒤에 난 학교도 그만뒀고, 결국 얼마 못 있어 집을 나왔어요. 서울로 와서 용케 결혼도 하고 자식도 낳고……. 남편은 내가 말할 때 발음이 좀 이상한 게 오히려 귀엽게 들린다고 했어요. 퍽 금슬이 좋았는데 결국 이혼 당했어요. 십 년 전에. 한동안 아무 소리도 안 들리고 멍하더라고. 그러다 문득 생각이 나는 거예요. 백 번 죽여도 모자랄 그 인간이……. 열일곱 살 내 혀를 씹어 먹듯 잘랐던 그 사람을 만나려고 삼십 년 넘게 발도 안 딛었던 고향 부근을 서성거리기 시작했지. 어렵지 않게 찾았어, 그 사람. 고향에서 그리 멀지 않은 곳에서 가구점을 하더군요. 나처럼 아주 많이 늙었더라구. 그 사람을 먼발치에서 보고 있는데 나를 한 눈에 알아보고 걸어오는 거 있지. 푸후, 올 줄 알았다는 듯이, 기다리고 있었다는 듯이 말이야. 대폿집으로 가서 술을 마셨어요. 소주 몇 병을 다 비울 때까지 두 사람 다 아무 말도 하지 않았어, 아무 말도……. 그리고…… 그 사람이랑 나, 함께 살았어요. 몇 년간을……. 이해 못하겠지만 사람 사는 거, 정말 지독해……."

강사가 긴 한숨을 내쉰다. 나도 목이 따끔거리는 것 같다.

"전 남편한테서 낳은 아들이 하나 있는데 그 놈이 커서 벌써 결혼을 한다네요. 처를 데리고 인사 오겠다는데 속이 또 왜이런지……."

강사는 잇지 못하는 말 대신 술잔만 들이킨다.

새벽녘이 될 때까지, 나는 작은 의자에 앉아 사진을 보고 있다. 사진 속의 나는 타인처럼 낯설다. 그림자로 실물을 묘사하는 듯한 음영 화법처럼 특징이 없는 몸의 형상은 색정을 띤 아름다움이 드러나 있다. 여덟 장, 아홉 장, 열 장……. 사진 속의 나도 사진을 보는 나도 감각을 잃어간

사진 225

다. 그러나 가늘게 떨리는 나의 손가락은 섬세하게, 너무나 섬세하게 무릎 위의 사진들을 만지고 있다.

　그러다 문득 탁자 위에 펼쳐진 사진들을 내려다본다. 짙은 회색 빛 속에서 들여다보는 사진은 형체조차 흐려 흉흉한 물결에 불과하다. 내게 사진 찍는 일은 여전히 쉽지가 않아요. 카메라를 따라 다니는 눈먼 거지 때문에……. 그의 아내가 했던 말들이 떠오른다. 나는 사진을 더 가까이 들여다본다. 갖가지 표정과 말들을 담아내던 사진들은 거짓말처럼 침묵하고 있다. 열아홉, 스물일곱, 서른여덟……. 마흔아홉 장째 사진도 나를 외면하기는 마찬가지이다. 베란다 밖 야산에서 컹컹 개 짖는 소리가 들려온다. 나는 정돈된 방안을 점을 찍듯이 둘러본다. 마흔아홉 장의 사진 속에 담긴 고아하고 담박한 실내는 딴 세계처럼 차갑고 섬뜩하다. 실내는 황량하기까지 하다. 나는 방안 구석에서, 털이 빠지고 누추한 가죽만 남은 채 죽은 듯이 버려져 있는 개 한 마리를 발견한다.

　이제 나의 맨발은 섬뜩하게 차가운 베란다 타일 바닥 위에 서 있다. 활짝 연 창 사이로 칼날 같은 바람이 불어 닥친다. 입을 가린 흰 마스크가 센바람에 벗겨져 창밖으로 날아간다. 혹독한 관계들이 내 살갗을 스쳐 지나가고 나는 내

삶에 닿았던 사람들을 생각하며 반복적으로 낮게 중얼거린다. 마늘, 마늘, 마늘, 마늘……. 입 안에서만 맴돌던 소리들이 엉킨 실지렁이들처럼 몸을 틀다가 입술을 뚫고 기어 나온다.

오한에 몸서리친 나는 갑자기 소리치고 싶어진다. 마늘, 마늘, 마늘! 기계의 마찰음처럼 청각을 후벼 파는 괴이한 소리가 밤의 적막을 깨뜨린다. 정작 언어가 되지 못하는 나의 소리를 듣고 멀리서 개들이 짖어댄다. 눈물이 날 것 같다. 숨을 크게 내쉰 후 다시 숲을 향해 소리친다. 어둠 속 개들도 더 크게 짖어댄다. 아래층 베란다에 불이 켜진다. 그러나 나는 이야기가 닿을 때까지 멈추지 않는다. 위층 창에도 불이 켜진다. 두렵지만 나의 이야기들은 걷잡을 수 없이 터져 나온다.

털이 빠지고 가죽만 남은 채 죽은 듯이 버려져 있던 개 한 마리는 핏대 불거진 목을 길게 빼고 숲을 향해 짖고 있다. 그리고 방 안 벽에는, 달력과 함께 걸려 있는 순금 열쇠가 그가 오지 않는 날들을 가리키고 있다. 🐾

사진   227

네버랜드를 찾아서

네버랜드를 찾아서

도로에 죽은 개 한 마리가 있다. 개는 방치된 채 차가 지날 때마다 깔려 바싹 말린 육포처럼 아주 납작해져 있다. 여중생 두 명이 짜증스러운 얼굴로 길가에 침을 뱉는다.

옆에서 마을버스를 기다리던 나는 거죽만 남은 시체를 유심히 바라본다. 납작하게 굳은 개는 바닥에서 떼어낸다 해도 금방 부스러질 것 같다. 머릿속에 태엽을 감아놓은 것처럼 재생되는 장면 때문에 나도 머리가 부서질 것 같다.

"불어 할 줄 압니까?"

"못합니다."

"원본이나 번역본을 본 적이 없다는 거죠?"

원고측에 따르면 나는 생면부지의 프랑스 번역 소설을

베낀 표절 동화작가였다.

"문제의 책을 발간한 시기에 여러 권의 책이 출간되었는데, 맞습니까?"

"네."

"당시 피고는 학위 논문을 쓰고 있었으며 다음 해 2월에 학위를 받았습니다. 논문을 쓰면서 여러 권의 책을 집필할 수 있다는 게 좀 납득이 되지 않는군요."

신규 전임 교원 채용이나 강사 역임을 앞두고 연구실적물 업적을 위해 황급히 책 한 권을 만들어 낸 것이 아니냐는 질문이었다.

"연구실적물을 위해 책을 만들었다면 그림동화책을 썼겠지요. 저학년 장편동화 분량이면 유아 그림책 스무 권도 만들 수 있습니다."

머리가 희끗한 부장 판사가 코끝에 걸친 안경 너머로 나를 빤히 쳐다보았다.

"피고는 프랑스 번역본과 피고의 동화가 매우 비슷하다는 것을 인정합니까?"

"인물의 행동이 비슷할 뿐입니다. 두려움에 떠는 아이들은 대체로 비슷한 행동을 보이니까요."

결심 전에 피고 심문을 요청한 원고측 변호사는 나를 자극하여 흔들어놓을 심산이었다.

"피고는, 창작성이란 무엇이라고 생각합니까? 피고가 쓴 동화의 독창성에 대해 말해보세요."

나는 대답 대신 방청석에 앉아 있는 원고를 쳐다봤다. 작정하고 구경을 나선 민 사장은 입꼬리를 올리면서 내게 묘한 눈짓을 했다. 뿌리치는 내 팔목을 붙잡고 다급하게 매달리던 일 년 전과는 확실히 대조적인 표정이었다. 그녀는 누명 쓴 자에게서 터져 나올 답답함과 분노와 원망의 호소를 고대하고 있었다.

"밤에는 개보다 고양이가 더 많이 깔려 죽는 거 알아? 왜 그렇게?"

인상을 찌푸린 여중생이 친구와 껌을 나누어 씹는다.

"잠 안자고 나다니다가. 아니면 차보다 빠른 줄 알고 날뛰다가?"

다른 여학생이 껌을 질근질근 씹으면서 버스 오는 길목을 내다본다.

"어떻게 알았어? 고양이는 야행성에다가 겁대가리 상실해서 지가 깔려죽을 줄 모른대. 결정적으로 고양이는 갑자기 쏴붙이는 헤드라이트만 보면 순간적으로 몸이 굳는다나? 아무리 날렵해도 움찔하는 찰나에 치어 죽는 거지."

'트렁크 안에 널빤지와 꽃삽이 있다.'

그제야 카센터에 맡겨 놓은 중고차 생각이 난다. 내일은 일 교시 강의가 있는 날이어서 오늘 중으로 차를 가져 와야 한다.

어둑한 길가에 불빛이 쏟아진다. 마주 오는 버스를 보자 눈이 따갑다. 여중생들이 후다닥 뛰어나가 인도 아래 선다. 버스가 멈추자 둘은 또다시 침을 뱉고 버스에 올라탄다. 불빛은 좁은 오르막길로 사라져가고 나는 인적이 드문 길가에 서서 시린 눈으로 개의 송장을 바라본다.

여러 번 벨을 눌렀지만 문은 한참 뒤에 열린다. 오빠가 충혈된 눈으로 잠깐 나를 쳐다본다. 회색 추리닝 바지 위로 속옷이 비어져 나와 있다. 나는 못 본 척 실내로 들어간다.

"밥 안 먹었지. 내가 차릴게."

문을 잠그고 엉거주춤 뒤따르던 오빠가 싱크대 쪽으로 간다. 오빠는 수저통을 들고 이인용 식탁 앞에 앉는다. 그러나 내가 옷을 갈아입고 나올 때까지 오빠는 정물처럼 의자에 앉아 있다. 사소한 일에도 흥분하며 긴장돼 보이던 오빠가 오늘따라 깊이를 모르고 가라앉는 배처럼 몽롱해 보인다.

"왜 이렇게 매일 늦어. 무슨 일, 꾸미고 있는 거야?"

"일은 무슨."

나는 냉장고에서 야채 몇 가지를 꺼낸다. 오빠는 가슴이 답답한 듯 연거푸 숨을 몰아쉰다. 그리고는 자기만의 생각에 골몰하면서 알아들을 수 없는 말들을 중얼거린다. 짧게 끊어지는 말들과 낮은 음성에 배어있는 울림을 듣고 있으려니 동굴 안에 머물고 있는 듯하다. 나는 야채를 썰다 말고 잠시 싱크대 선반을 짚고서 눈을 감는다.

'등 뒤로 들려오는 나지막한 소리들은 먼 강가에서 들려오는 피리 소리 같다……'

국물이 바짝 졸아든 먹다 만 찌개 냄비에 야채를 넣고 물 한 컵을 붓는다.

'피리 소리는 잔잔한 수면에 이는 물결무늬처럼 파문을 그려나간다.'

가스렌즈 불길 위에서 서서히 동요하는 붉은 국물을 보면서 속으로 읊조린다. 점점 요란하게 끓어오르는 찌개를 보고 있자니 분화가 진행되고 있는 화산이 떠오른다. 사태를 인식하지 못하고 둥둥 저 혼자 떠다니는 배 한 척과 그 속에 누워 있는 오빠.

피고측 서면에 의하면, 피고는 실제 아동을 모델로 집필

했으며 문제 아동의 상담 사례, 기사 등을 참고했다고 했습니다. 맞습니까? 네. 그렇게 자료를 수집했다면 같은 소재를 다룬 다른 작가의 창작품도 살펴봤으리라 생각되는데요. 나는 아랫입술을 깨물었다. 원고측 변호사의 질문은 처음부터 답변할 가치가 없는 것들이었다. 읽어 본 적 없는 책을 기어이 읽었다고 억지를 부리고 있었다.

일 년 전, 나는 지금의 원고인 민 사장을 저작권 침해로 고소한 적이 있었다. 출판사에 넘긴 원고는 곳곳이 잘리고 덧대어진 데다 작가의 약력마저 부풀려져 있었다.

그림과 판형에 맞지 않는 부분이 있어서 좀 고쳤습니다. 출고 날짜까지 워낙 쫓겨서 미리 말을 못했구요. 내용이 훨씬 좋아졌다고들 하니까 그렇게 기분 나쁘게 생각지 마세요. 그리고 약력은, 어차피 곧 학위 받을 거잖아요. 정 내키지 않으면 재판 때 고치죠 뭐. 알다시피 유아용 그림책은 단가가 센데다 전집 판매하잖아요. 이제 와서 초판 삼천 질을 다시 찍을 수도 없고, 이렇게 된 김에 좋은 게 좋다고…….

민 사장은 한마디 상의 없이 원고를 난도질하고 약력까지 허위로 기재한 것에 대해 대수롭지 않게 말했다. 그녀는 단발머리를 그러모아 헤어핀을 꽂으면서 한 마디 덧붙였다. 되지도 않는 원고 가지고 버젓한 책 만드느라 머리가 다 빠졌다구요. 꼭 맞던 핀이 이렇게 헐렁하네……

나는 그녀의 말을 다 듣고 나서 책을 폐기해달라고 말했다. 민 사장이 한바탕 웃음을 터뜨렸다.

"이제 막 시작한 사람이 너무 당돌한 거 아닌가? 나도 계약금 날리기 싫어서 여기까지 온 거예요. 의외로 웃기는 구석이 있네."

고소까지 할 줄 몰랐던 그녀는 위법 판결문과 벌금 선고를 받고 난 다음에야 손이 발이 되게 빌면서 내게 합의 제안을 했었다. 그리고 지금, 민 사장은 자신의 출판사에서 번역 출간한 책과 다른 출판사에서 출간한 내 동화를 놓고 저작권 침해 고소를 해왔다. 번역자에게 위임을 받은 민 사장은 인물의 행동 표현이 유사하다는 것을 문제 삼아 번역자의 글을 표절했다며 민·형사 고소를 한 것이었다. 어이없는 복수극이었다.

어쨌든 그녀의 목적대로 나는 골탕을 먹을 대로 먹은 셈이었다. 법정과 경찰서를 들락거리면서 곤욕을 치렀고 사람들 입에 오르내렸다. 시비에 휘말린 사실만으로 도덕성을 의심받았고 두 차례 소송을 벌인 신인 작가는 건방지고 당돌한 사람으로 낙인찍혔다. 몇몇 출판사에서는 가계약한 일을 보류해야겠다며 넌지시 계약 파기 의사를 내비치기도 했다. 피고 심문이 끝난 뒤 민사법정을 나가는 민 사장의 걸음은 제법 가벼워 보였다.

"요즘엔 무슨 일 해?"

오빠가 턱과 오른쪽 어깨를 움찔거리면서 내게 묻는다.

"얼굴 보기 힘들다?"

오빠는 화상 입은 목 언저리를 긁으면서 생뚱맞은 질문을 한다.

"강의하고 글 쓰지 뭐. 이번 학기엔 지방대학 강의가 많다고 했잖아. 오빠는 요즘 어때?"

태연한 척 말을 건네지만 오빠는 며칠째 같은 말을 묻고 있다. 내가 한 말에는 관심을 두지 않고 오빠가 다시 혼잣말을 한다. 머리가 아픈지 간간이 이마를 짚으면서 미간을 찌푸린다.

"약은 잘 먹고 있는 거지?"

묻지 않으려고 했지만 기어이 말이 터져 나온다.

"네가 뭔데 날 감시해? 저의가 뭐야?"

정신과 치료를 받고 있는 오빠는 약 이야기에 민감하다.

"뭔가가 있어. 내가 밝혀낼 거야."

오빠는 불쾌한 낯빛으로 숟가락을 던지듯이 내려놓고 방

으로 들어간다. 나는 식탁 옆에 있는 서랍장을 열어본다. 낱 포장된 약들이 수북하다. 반은 줄었어야 할 약들이 온전한 채로 이어져 나온다. 주저앉고 싶다. 약봉지들은 길게 풀어진 붕대처럼 보인다. 흰 붕대는 뱀처럼 몸을 타고 기어와 목을 휘감더니 서서히 목을 조여 온다. 오빠에게서 들려오던 나지막한 피리 소리, 둥둥 떠다니던 배 한 척이 순식간에 급류에 휩쓸려 간다.

새벽에 달리는 고속도로는 삼차원의 세계로 빠지는 길처럼 기묘한 느낌을 불러일으켰다. 싹둑싹둑 잘려나간 풍경은 나를 흥분시켰고, 잘리고 갈라진 배경들은 다시 내 뒤에서 합쳐져 차체를 강하게 밀어붙였다. 어두운 도로에 빛을 쏘며 달리다 보면 물속이나 진공 상태를 유영하는 것처럼 속도감을 느낄 수 없었다. 그렇게 몽롱한 기분으로 달리다가 사위에 푸른빛이 감돌면 어둠은 재빠른 도마뱀처럼 꼬리를 흔들면서 달아났다.

'오늘은 몇 마리나 죽어 있을까.'

일 교시 수업을 위해 서둘러 나선 길은 음산한 공동묘지를 연상케 했고 밤사이 고속도로에서 깔려 죽은 개나 고양이들은 새벽에 가장 많이 발견되었다.

용인에 있는 대학까지 가는 동안 한두 마리 정도는 볼 수 있을 것 같다. 어둑한 시간이나 오늘처럼 안개가 짙은 날이면 죽은 개나 고양이를 미처 피하지 못하고 밟고 가는 일도 더러 있었다. 그런 날이면 께름칙한 기분이 온몸에 들러붙어 하루 종일 일이 손에 안 잡혔다.

새벽녘, 방문 앞에서 나를 기다리고 있던 오빠의 모습은 죽은 자의 위령처럼 끔찍했다. 이제 병원 안 다닌다. 약을 너무 오래 먹었어. 머리도 몸도 제멋대로야. 오빠는 밤새 한 잠도 못자고 시달린 얼굴로 그간 결심한 사실을 내게 통고했다. 푹 꺼진 퀭한 눈과 핏기 없이 검어진 얼굴은 죽은 나무 같았다. 돌아서서 방으로 들어가는 마르고 굽은 등도 부피감이나 물기 따위가 느껴지지 않았다. 딸깍 문 잠그는 소리가 났고 잠긴 방안에서 곧바로 흐느끼는 소리가 들렸다. 벽에 머리를 찧다가 주먹으로 쳐대는 소리도 들렸다. 오빠는 이불을 뒤집어쓰고 괴성을 지르기도 했다. 나는 오빠의 방문 앞에서 걸음을 떼지 못하다가 책이 잔뜩 든 가방을 들고 말없이 현관문을 나섰다.

"제일 많이 본 게 몇 마리였더라? 강원도까지 다섯 마리였나⋯⋯."

나는 혼잣말로 중얼거리면서 조금씩 속력을 낸다.

"아니지, 폭우가 쏟아진 날. 한꺼번에 고속도로로 나온 두꺼비들을 엉겁결에 타닥타닥 터뜨렸었잖아."

두꺼비들이 차에 치어 죽는 소리는 폭죽 터지는 소리 같았다.

그때, 오빠는 죽었어야 했다. 엄마 아빠를 그렇게 보내고 살아남지 말았어야 했다. 차에 치어 도로에 납작하게 붙어버린 개 한 마리가 아직 숨이 남아 길게 혓바닥을 내밀고 헐떡대고 있는 꼴이라니. 오빠는 교통사고 현장에서 이미 죽어버린 자신의 혼령까지 합해 세 구의 망혼을 머리에 이고 살 만한 사람이 못되었다.

'잠을 자야 해. 그동안 통 잠을 못 잤어……'

나는 또다시 치밀어오는 화를 누르기 위해 속으로 중얼거린다.

'오랫동안 문막에 들르지 못 했지.'

라디오 볼륨을 높이면서 나는 수업이 끝나는 대로 그에게 다녀와야겠다고 마음먹는다.

차가 마성 터널로 진입하자 라디오 전파가 닿지 않는다. 부드럽게 흘러나오던 음악 소리가 흐릿해지다가 소음으로 바뀐다. 긴 터널을 지나는 동안 그의 집에서 무심코 보았던 편지가 떠오른다.

그가 없는 동안 그의 물건들을 만지는 일은 편안하고 즐거웠다. 그날도 나는 그가 벗어놓은 카디건을 걸치고 그의 책상에 앉아 그의 컴퓨터 전원을 켰다. 인터넷을 하는 동안 메일 한 통이 도착했고 나는 아주 잠깐 머뭇거렸다. 답장 아래 그가 상대에게 먼저 보낸 글귀들도 딸려와 있었다.

  - 님이 아직도 여자친구를 사랑하는지 묻고 싶군요. 권태기는 누구에게나 옵니다. 아예 무관심과 무반응 상태가 되기도 하죠. 그럴 때마다 헤어지면 남아나는 커플이 얼마나 되겠습니까. 하지만 그렇게 진절머리가 난다면 과감하게 헤어지라고 말하겠어요. 연애 기간을 무슨 명예로 착각하지만 시간은 그렇게 중요하지 않아요. 마음이 떠났다고 확신하면 액션을 취하세요. 님처럼 어영부영하다가는 영영 끌려 다니기 십상입니다. 느슨한 관계는 서로를 질리게 만들 뿐이죠. 또 다른 방법은, 좀 치사하긴 하지만 새로운 만남을 가져보세요. 기분전환도 되고 생각할 시간을 갖게 되니까 꽤 괜찮다구요…….

  오전 강의를 서둘러 마치고 원주 방향으로 고속도로를 탄다. 문막까지 다녀온다면 죽은 개나 고양이 한두 마리쯤은 볼 수 있을 것이다. 나는 문막까지 다녀와야 하는 이유에 대해 곰곰이 생각한다. 그리고 오랫동안 그에게 하지 못했던 말들을 하겠노라 다짐한다.

이런저런 생각들로 골몰해 있을 무렵 3, 4미터 앞에 쓰러져 있는 고양이 송장을 발견한다. 나는 죽은 고양이를 피하려고 다급히 핸들을 튼다. 1차선에서 달려오던 차가 놀라 경적을 울렸고 나는 당황한 나머지 급브레이크를 밟고 만다. 뒤차는 재빠르게 2차선으로 빠져 충돌을 피했다. 옆 차선으로 옮겨간 차 운전자가 창문을 내리고 신경질적으로 크락션을 눌러댄다. 차는 상향등까지 깜빡이며 내 옆에 바짝 붙어 욕을 퍼붓는다. 정신이 번쩍 든다. 황급히 비상등을 켜고 미안하다는 표시를 하지만 운전자는 창밖으로 팔까지 휘두르면서 욕을 퍼붓다가 나를 앞질러 간다.

정신이 내둘린 듯 여전히 눈앞이 아찔하다. 나는 팔다리에 힘이 풀려 여주 근방 갓길에 차를 세우고 이마에 맺힌 땀을 닦는다. 고양이 주변에 낭자하던 검붉은 피. 차에 치인지 얼마 되지 않은 것 같았다.

'나를 피해간 뒤차가 고양이 머리를 밟았을까?'

나는 고양이 머리를 박살내고 간 자동차 바퀴와 깨부숴진 고양이 머리뼈들을 상상한다.

그는 직장 때문에 강원도의 소도시로 거처를 옮겼다. 만나는 횟수는 줄었지만 내게는 그의 아파트 열쇠가 있었다.

한 달 전에도 나는 강의를 마치고 그의 빈 집으로 들어갔었다. 그가 벗어놓은 옷가지와 물건들을 대강 치우고 그가 빠져나간 흔적을 훑으며 침대 속으로 들어갔다. 조용하고 따뜻했다. 머릿속에서 웅얼거리는 소음과 균열도 모처럼 잦아드는 것 같았다.

"꼼짝 않고 자는데, 죽은 줄 알았다. 언제부터 잔거야?"

서너 시간이면 충분할 것 같던 잠은 저녁 일곱 시가 되어서야 깼다. 막 샤워를 마치고 나온 그가 수건으로 머리를 털면서 말했다. 잠의 깊이에서 헤어나지 못하고 멍하니 그를 올려다봤다.

"오늘 내일 올 줄 알았지. 내가 오기 전에 슬그머니 떠날 줄도 알고."

그가 서둘러 침대 속으로 들어왔다. 촉감이 차가웠다.

"숨바꼭질 그만하고 싶어서 오늘은 다 팽개치고 먼저 퇴근했어."

그가 블라우스 위로 가슴을 만졌다. 귓불을 간질이는 숨결이 싫지 않았다. 손이 움직이는 길을 따라 내 몸에서 여울물 흐르는 소리가 들렸다. 물빛 알갱이들이 허공에 유유히 흘러가는 것도 보였다. 그가 입을 맞추면서 블라우스 단추를 풀기 시작했다. 갑자기 조바심이 나서 견딜 수가 없었다. 나는 그가 내 블라우스의 마지막 단추를 풀기도 전에 그의 성기를 움켜잡았다. 그가 짧게 탄성을 질렀고 나의 몸짓은 과감해졌다. 거칠게 그의 몸을 훑고 지날 때마다 그는 잠깐씩 저항하기도 했지만 나는 못 박혀 있는 무엇을 뽑아내려는 듯이 그의 몸 구석구석을 깊이 빨아들였다. 순간 그가 외마디 비명을 지르면서 내 뺨을 때렸다.

나는 신들린 사람처럼 그의 성기를 입에 문채 울부짖고 있었다. 참다못한 그가 나를 밀쳤고 잠깐 정신을 잃은 것도 같았다. 침대 아래로 내동댕이쳐진 후에야 나는 울음을 멈췄다.

그는 침대 위에서 새우처럼 몸을 구부린 채 신음했다. 분노로 일그러진 얼굴에는 화를 참으려고 안간힘 쓰는 또 하나의 서글픈 얼굴이 있었다. 사태를 인식한 나는 몸을 떨며 웅크렸다. 대형 트럭에 받혀 전복된 차가 별안간 눈앞에 나타났다. 치솟는 불길 속에서 까맣게 타버린 엄마와 아빠도 보였다. 가까스로 살아난 오빠도 있었다. 불에 덴 상처로 흉측한 두 다리, 오빠의 신음 으으…… 으으으……. 오빠는 이지러진 성기를 붙잡고 밤마다 흐느꼈다.

그가 내 등 뒤로 다가와 나를 끌어안았다. 나는 흐느낌을 멈출 수가 없었다. 그가 내 상체를 일으켜 안고 머리와 등을 쓸어내렸다. 애써 쓰다듬는 손길은 전처럼 따뜻하지 않았다. 내 울음이 잦아들 무렵 그가 나를 안아 침대에 눕혔다. 그리고 탄식하듯 말했다.

"너, 건강하지 못해……."

나는 눈을 감고 벽을 향해 천천히 돌아누웠다.

'그래서 난 떠나려는 거고, 넌 버리려는 거겠지.'

그가 방문을 열었고 나는 이불을 머리끝까지 끌어당겼다.

갓길에 정차한 나는 핸들 위에 엎드리듯 머리를 숙인 채 눈을 감고 있다. 여러 차례 전화 벨이 울린다.

"○○경찰서입니다. ○○○씨 보호자 되시죠? 빨리 오셔야겠습니다!"

무참히 당한 개죽음의 현장을 보겠다고 달린 건 핑계였는지 모른다. 그의 집에서 잠을 자려는 것도 숨어들기 위한 핑계였는지 모른다.

나는 갓길에서 숨을 돌리다가 오히려 기억에 포박당한 차를 몰기 위해 힘겹게 시동을 건다. 그리고 차도로 진입하기 위해 방향등을 켠다. 먼 곳을 향해 나는 다시 고속도로를 질주해야 한다.

　오빠는 창백한 낯빛으로 경찰서 한쪽 벽에 머리를 기대고 앉아 있다. 집에 있던 차림 그대로다.

　"사거리 한복판에서 허둥대고 있는 거예요. 큰일 날 뻔했습니다. 인도로 데리고 나왔는데 갈피를 못 잡고 중얼거리면서 또 눈을 감고 서성대는 거예요. 아무래도 정신이 온전치 않은 것 같습니다."

　밤늦게 오빠를 데리고 집으로 온다. 잘생기고 훤칠했던 오빠는 반 넋이 나간 얼굴로 내 손에 이끌려 온다. 백치 인형 같다. 얼음장처럼 차가운 손을 잡고 오면서 우리 남매는 처음부터 얼음 인형이 아니었을까, 하는 생각을 한다.

　"나 처넣을 생각 하지 마. 이번엔 가만 안 둬."

　현관으로 들어오자 오빠가 먼저 내 손을 풀면서 말한다. 신발장 옆에 쇠로 된 야구방망이가 세워져 있다. 식탁 옆에도 있다. 오빠가 제 방에서 또 하나를 들고 나온다.

　"이거 사러 갔었어. 또 사러 갈 거야. 너도 한 번 휘둘러 봐."

　오빠가 야구 방망이 휘두르는 포즈를 취한다.

　"가두는 일 없을 거야. 홍차 마시자."

나는 물을 끓이기 위해 가스 렌즈에 불을 켠다. 오빠는 몇 번 더 방망이를 휘두르다가 제 방으로 들어간다. 물 끓는 소리를 들으면서 며칠간의 스케줄을 확인한다.

홍차 두 잔을 들고 오빠 방으로 간다. 문은 잠겨 있다. 피곤이 몰려와 깜박 잠이 들었는지 노크를 해도 인기척이 없다.

자정 무렵이 되자 빗방울 떨어지는 소리가 난다. 나는 방 안 구석에 무릎을 세우고 앉아 전화를 기다린다.

수송 대원으로부터 전화가 온다. 나는 현관문을 열어놓고 조용히 밖으로 나간다.

"방문키에요. 난폭해질지도 몰라요. 집 안 곳곳에 야구방망이가 있어요."

나는 덩치 큰 세 명의 구조대원들을 데리고 집으로 들어온다. 대원 한 명이 잠긴 오빠의 방문을 민첩하게 연다. 자다 깬 오빠가 겁에 질린 얼굴로 몸을 웅크린다.

침입자에게 방망이 한 번 휘두르지 못하고 오빠는 팔이 묶인다. 낯선 자들에게 붙잡혀 거실로 끌려 나온다. 오빠는 불안한 눈빛으로 자꾸 뒤를 돌아본다. 나는 오빠 옆으로 걸어 나와 단호한 얼굴로 오빠를 바라본다. 오빠는 입을 벌린 채 목과 어깨를 심하게 움찔거릴 뿐 내게 욕 한 마디 뱉지 못한다. 오빠의 눈에 서서히 원망의 눈물이 차오른다.

오빠가 빠져나간 현관에 낡은 슬리퍼 한 짝이 뒤집혀 있다.

"독하게 살지 못할 바엔 차라리 죽어 버려."

나는 신발을 쏘아보며 나지막이 내뱉는다. 소나 돼지처럼 밧줄에 묶여 끌려가는 모습을 다시는 보고 싶지 않다.

문막으로 향하는 고속도로는 한가하다. 산중을 가로질러 난 이차선 도로는 가을 볕 속으로 빠르게 지나가는 거대한 뱀 같다. 나는 뱀의 표면에 납작 붙어 따르는 작은 점이나 조각 무늬쯤 될까.

"생각보다 담담해."

어제 밤 오빠를 강제 입원시킨 나는 강의마저 휴강하고 그가 사는 문막으로 가고 있다. 그동안 나는 일부러 그가 없는 시간에 그의 집에 들렀다 가곤 했다. 이렇게 이른 아침에 찾아가긴 처음이다. 출근하는 그의 모습을 꼭 한 번 보고 싶다.

5년을 사귀었지만 멀찍이서 바라보는 그는 처음 보는 사람처럼 낯설다. 그의 차가 아파트 입구를 빠져나갈 때까지 나는 그 앞에 나타나지 못하고 결국엔 그가 없는 빈집을 향해 걸고 있다.

아파트 현관문에 키를 꽂는다. 열쇠가 잘 맞지 않는다. 열쇠를 뺀 뒤 다시 꽂고 천천히 돌려보지만 문은 열리지 않는다. 그가 막 빠져나간 곳을 나는 이제 더 이상 드나들 수 없다. 망연해진 나는 아파트 계단 한쪽에 쭈그려 앉는다. 잠깐이면 될 거라 생각했는데 한 시간이 훌쩍 지나 있다. 나는 그가 말없이 열쇠를 바꾼 사실을 받아들이기로 한다. 자리를 털고 일어났지만 경련이 일어난 다리로는 계단을 딛지 못한다.

빈 집에 이르지 못하고 돌아오는 길.

나는 룸미러를 통해 톨게이트를 바라본다. 점점 멀어지는 곳, 소리 없이 나를 밀어낸 강원도의 작은 도시는 여전히 조용하고 평화로워 보인다.

"바람이라도 마셔볼까."

창문을 활짝 열자 한꺼번에 들이닥친 바람에 숨이 턱 막힌다. 차는 바람에 전복되거나 바람 찬 풍선처럼 공중으로 떠올라 어디로든 사라져버릴 것 같다.

창문을 닫고 헝클어진 머리를 쓸어 넘기는데 도로 앞에 뭔가가 쓰러져 있다. 머리카락에 어룽진 그림자였거나 누군가가 창밖에 쏟아버린 음식물, 옷가지였을지도 모른다.

그러나 나는 갓길에 차를 세우고 지나쳐온 도로 아래로 걸어 내려간다.

2차선 도로에 쓰러져 있는 것은 역시 죽은 개다. 배를 밟고 지나간 모양이다. 터져 나온 선홍색 내장과 검붉은 피가 길바닥에 흩뿌려져 있고 뒷다리 뼈는 으스러진 것 같다. 개의 머리만이 온전한 형체로 남아 있다. 나는 갓길에서 죽은 개를 지켜보다가 주머니에서 휴대폰을 꺼낸다.

"일일구죠? 여긴 영동 고속도로에요. 개가 죽었어요. 저러다 또 죽겠어요. 여보세요? 죽은 개 옆에 다른 개 한 마리가 있다구요. 계속 짖고 있는데, 듣고 있나요?"

전화는 이미 끊어져 있다. 나는 발신이 닿지 않는 핸드폰과 죽은 개를 번갈아 보다가 머리 위 하늘을 빙 둘러본다. "빠져들 것처럼 맑고 투명한 푸른빛 하늘과 황금빛 태양의 반사. 울긋불긋하게 색을 전환하는 산중의 빛깔들이 지금은 한가로운 가을 오후라구요"라고 일러주는 것 같다. 바람은 서늘하지만 햇볕은 따갑다. 아름다운 풍경 속에 치어 죽은 개 한 마리라니. 멋진 구도의 그림이다.

'재미있을 거야.'

나는 눈부신 가을 햇살을 보다가 죽은 개가 다시 밟히는 장면을 목격하기로 한다. 두 세 걸음 뒤로 물러나 갓길 벽면에 되도록 몸을 바짝 붙이고 쭈그려 앉는다.

뜸하게 지나는 몇몇 차들은 용케도 죽은 개를 발견하고 차선을 바꿔 피해갔다. 나는 다시 청명한 하늘과 먼 숲과 죽은 개와 이를 지켜보는 여자의 구도를 머릿속에 그려본다.

멀리서 트럭 한 대가 오고 있다. 수하물을 잔뜩 실은 대형 트럭은 보기에도 위태롭다. 2차선으로 달려오는 덩치 큰 트럭은 에스 자 모양으로 굽이진 도로를 지나다가 죽은 개를 본다 해도 애써 피하지는 않을 것이다. 운전석에서는 아래가 잘 보이지 않을지도 모른다.

나를 비웃듯이 트럭은 일찌감치 차선을 바꿔 지나쳐간다. 나는 트럭 꽁무니를 쫓다가 비상등을 깜빡이며 갓길에 서있는 낡은 차를 본다.

'세 대의 차가 지날 때까지만.'

나는 개의 나머지 형체까지 깡그리 으스러지길 바란다. 얼굴만 알아볼 수 있는 형체로 세상을 살기에는 터무니없이 부족하다. 그렇다고 온전한 유령도 될 수 없잖은가.

어찌됐건 간간이 달려오는 차들은 내 기대를 저버리고 죽은 개를 피해 갔다. 용케도 개의 머리는 박살나지 않았다. 셋의 기대를 저버리지 않았으니 이대로 도로에서 분해되지 않을 운명인가 보다.

나는 천천히 일어나 트렁크 안에 있는 상자를 꺼내들고 도로 아래쪽으로 다시 내려간다. 삼각대 하나를 죽은 개로부터 후방 10미터 쯤 되는 지점에 세워놓고 죽은 개의 곁에 선다. 나는 이미 흙과 피로 더러워진 목장갑을 끼고 상자 속에서 널빤지를 꺼낸다. 먼저 개의 머리를 들어 널빤지에 올려놓고 꽃삽으로 납작하게 붙어버린 개의 몸체를 떼어낸다. 터진 내장도 주워 모아 널빤지에 올려놓는다.

'쏟아진 피의 흔적까지 지울 수는 없지.'

개의 송장을 상자 안에 담고 보니 얼핏 요람 안에 담긴 갓 태어난 핏덩이 같다. 나는 차 뒷좌석에 상자를 놓고 삼각대를 치우기 위해 다시 도로 아래쪽으로 걸어간다. 어느 곳에 묻을까. 잠깐 주변을 둘러보다가 장소를 옮기기로 한다.

'죽은 개라지만 달리면서 바람도 쐬고 생각도 정리하면 좋잖아.'

나는 차가 없는 도로를 아주 천천히 달린다. 너무 먼 곳으로 가버리면 유령조차 낯설어 제가 살았던 곳을 찾지 못할지도 모르니까.

"걱정 마. 묻힐 곳은 얼마든지 있어."

차는 여주를 지나 이천으로 빠져나온다.

"조용하다. 살기에는 힘들지 몰라도 묻히기에는 적당한

곳이야."

나는 앞이 훤히 트인 들녘 언덕에 자리를 잡고 앉는다. 죽은 개가 담긴 박스를 옆에 놓고 산과 마을을 내려다본다. 산내음과 바람과 새소리가 좀 새롭게 들리는 것도 같다. 나는 죽은 개에게 노래를 불러줄까 하다가 괴상한 소리가 터져나올까봐 그만두기로 한다.

꽃삽으로 작은 소나무 아래 땅을 파면서 옆에 있는 무명의 개를 쳐다본다. 오늘은 송장을 쉽게 묻지 못할 것 같은 예감이 든다. 털썩 주저앉아 먼 산을 바라보고 있으려니 나지막이 오빠를 불러보고 싶다.

내가 동화를 들려준 게 언제였더라? 오빠를 주인공으로 썼던 동화들……. 그래 일 년도 더 됐네. 무서워서 이불 속에 숨고 다락방 속에 숨던 아이가 점점 작아져서 마침내 잠자는 친구의 콧구멍 속으로 숨어든 이야기였지. 푸홋, 콧구멍 속의 비밀이라니.

세상엔 오빠 같은 아이들이 많은 모양이야. 불도 안 켠 방에서 혼자 울고 변덕스럽게 큰 소리로 웃다가 아무 때나 오줌을 지리는 아이들 말이야. 프랑스 작가가 쓴 소설에는 중학생 소년이 나오는데, 유일한 친구마저 교통사고로 죽게 되자 정말로 정신병 환자가 되고 말더라. 기억이 여러 개로 갈라지고 조각나서 눈앞에 둥둥 떠다니는 거야. 그렇게 머릿속이 깨진 채로 병원에서 죽어가는 소년의 이야기였어.

오빠와 죽은 개와 그를 생각하는 동안 잠깐씩 눈물이 떨어졌다.

"휠체어를 탄 고양이 얘기는 어떨까?"

저녁별이 떴다. 별은 불티처럼 개의 눈에 담겨있던 빛처럼 보인다. 나는 먼 하늘에 뜬 별을 신호라고 여기면서 더 늦기 전에 죽은 개를 묻는다.

그리고 지금, 나는 칠흑 같은 밤을 가로지르며 고속도로를 달리고 있다.

밤바람은 차갑지만 목이 마르다. 라디오에서는 쉬지 않고 사람들의 이야기가 음악에 실려 나온다. 침을 삼킬 때마다 목이 따끔거린다. 멀리 휴게소 푯말이 보인다.

길을 찾으려면 부족한 기름부터 채워야 한다. 나는 휴게소 편의점에 들러 생수 한 병을 산 뒤 출구 쪽에 있는 주유소로 차를 몬다.

"어서 오세요! 주유구 여시구요!"

주유하는 동안 나는 싸늘한 밤바람 소리를 들으면서 쿨컥쿨컥 생수를 마신다.

'고양이가 휠체어를 타고 재미난 곳을 찾아가는 중이라구!' 🐱

클리닉(clinic)

클리닉(clinic)

"일 초에 백만 번 이상의 진동으로 세포를 흔들어 주니까 신진대사는 물론 피부 탄력이 눈에 띄게 좋아져요. 손님처럼 여드름과 뾰루지가 잘 나는 피부 타입에는 초음파가 피부 표면에 전달 될 때 강한 압력과 진동이 발생되거든요. 이 때 피부 표면과 모공의 노폐물이 제거되는 거예요. 초음파가 피부에 전달되면 피지가 진동으로 쉽게 빠져 나오니까 일부러 짜서 덧날 일도 없어요."

나는 피부·비만 클리닉센터에서 일하는 피부 관리사다. 그리고 지금은 옆 건물 피아노 학원 선생들과 피부 상담을 하는 중이다.

수분과 유분이 부족해서 피부 결이 거칠고 건조한 거예

요. 눈가와 입가에 잔주름이 좀 잡혀있네요. 이목구비가 뚜렷한 서구형 미인이신데……. 지금부터라도 지속적인 관리를 하셔야 돼요. 자외선에 노출될 때마다 멜라닌 색소 침착으로 기미가 더 넓게 퍼지거든요."

여선생들이 거울에 눈가를 비춰보면서 걱정스러워한다.

"피부는 화초 같아서 늘 관심을 쏟아야 돼요. 조금만 게으름을 피워도 금방 시들어 버리니까요. 세월은 백옥 같은 피부라도 그냥 놔두지 않아요. 메마른 논바닥에 금이 가듯 하나 둘 잔주름이 생겨나죠. 여드름에 기미, 검버섯……, 세상의 노폐물이 흔적처럼 얼굴에 쌓여가는 거예요. 두 분은 젊으시니까 너무 걱정 마세요. 일단 피부테스트부터 받아보시죠. 그래야 세안부터 화장품 타입, 마사지 관리, 체지방 연소 관리 일정까지 모두 체크할 수 있으니까요. 지금부터는 저와 함께 나이를 거꾸로 먹어 보는 거예요."

피아노 학원 여선생 둘이 출근길에 60만원 상당의 마사지 쿠폰을 끊고 간다.

"정 실장 몇 마디에 그냥 손님을 낚네 그려."

모닝커피를 마시던 황 여사가 원장보다 더 신이 난 얼굴로 이야기한다.

"정 실장이 얼마나 야무지다구요. 대강 배워서 가정방문이다 사우나 찜질방이다 그런데 돌아다니면서 핸드 마사지하는 야매꾼이랑은 질이 달라요. 대학에서 피부미용과 정식으로 졸업하고 자격증까지 딴, 본사에서 파견한 전문가란 말씀이에요. 빈말에 입 바른 소리 해가면서 영업하는 삼류 미용실 같은 데 아니에요, 황 여사님."

나는 삼류 운운하는 원장을 물끄러미 본다.

"인물은 또 얼마나 좋아? 뉘 집이고 시집가면 며느리 복하나는 끝내주는거."

황 여사의 투박한 목소리에 정신이 든다.

샵은 아파트 단지 입주를 마친 변두리 동네에 최신 기계 설비를 갖춘 피부·비만 클리닉센터로 부근에서 유일했고 황 여사는 개업 첫 손님으로 석 달째 드나들고 있다. 엄밀히 말해 황 여사는 백 번지 산동네가 재개발되면서 돈방석에 앉게 된 졸부의 아내다. 그녀는 아침상만 물리면 줄달음질로 피부 관리실을 찾는다. 그리고 달갑지 않은 호의의 눈빛으로 언제나 나를 뜯어본다. 서툴게 바른 매니큐어 때문에 나무껍질처럼 거친 손이 더욱 처량해 보이는 그녀는 순박한 사람임에 분명하다. 그러나 그녀의 발뒤꿈치에 깡치박인 굳은살과 하얗게 새가 튼 손과 발은 볼 때마다 속이 느글거려 참기 힘들었다.

"이중 세안하시고 1호실로 오세요."

고급 제품을 걸쳐도 남의 옷 빌려 입은 것처럼 어색하고 우스꽝스럽기만 한 황 여사가 무릎까지 오는 분홍색 가운을 입고 침대 위에 눕는다. 누렇게 변색되어 갈라진 엄지발톱이 황 여사처럼 나를 빤히 쳐다본다. 시트 위에 놓인 그녀의 발은 하얀 실지렁이들이 엉겨 붙어 꾸물꾸물 기어 다니는 것만 같다. 나는 검버섯과 기미로 가득한 그녀의 얼굴에 마사지크림을 펴 바르고 이마 아래에서 위쪽 방향으로 초음파 기구를 돌리며 마사지를 시작한다. 그녀는 지극 정성으로 마사지에 관심을 쏟아 처음 이곳을 찾던 때 보다 피부가 한결 좋아졌다. 그러나 그녀는 여전히 손이나 목, 발 같은 보이지 않는 부분에는 관심이 없다. 그래서 그녀는 품격 높은 우아한 사모님이 되고 싶어도 시궁창 흐르는 시장 바닥에서 악다구니치며 잔뼈가 굵은 세월을 감추지 못한다. 처음부터 그녀의 발뒤꿈치는 굳이 듣고 싶지 않은 그녀의 지난날들을 고스란히 내게 들려주고 있었다.

내가 황 여사의 콧등을 위에서 아래로 쓸어내리자 기다렸다는 듯이 황 여사가 운을 뗀다.

"기막힌 혼처 자리가 있는데, 내가 다리 한번 놔줄까? 집이 억대 재벌이야. 딸 없는 집이라서 이쁜 처녀만 보면 시

부모 될 사람들이 눈을 못 뗀다네. 요새 같은 어려운 때에 직장 떨어질 염려도 없고, 심성은 또 얼매나 좋은지 몰라. 그런 끔찍한 자리가 어디 있대? 한번 봐봐, 정 실장."

나는 헛웃음이 나오려는 걸 가까스로 참는다. 억대 재벌인 당신 아들은 이미 늘어질 대로 늘어져 버겁게 출렁거리는 뱃살을 추스르지도 못하는 심각한 비만에다 머리까지 훌렁 벗겨져 그야말로 처참하기 그지없는 중늙은이라고요. 자기 몸뚱이 하나 책임지지 못하는 사람을 내가 얼마나 경멸하는지 당신은 모르는군요.

"목둘레랑 앞가슴에 쥐젖 매달린 거 보셨어요? 오톨도톨한 살색 혹이 이렇게 여러 개 생겼는데, 전신 마사지를 받으시는 게 어때요? 갈수록 표피층이 얇아져서 주름이 쉽게 잡히는 거예요. 팥알만큼 커지는 경우도 있으니까 노화 방지하시려면 목이랑 겨드랑이만이라도 추가 마사지를……."

나는 못들은 척 딴 이야기를 꺼낸다.

"지금 마사지 받는 것도 우리 영감한테는 눈에 가신데 그려……."

선 애기는 쏙 들어가고 질겁한 황 여사가 손사래를 친다.

"오늘은 특별히 삼백초 팩을 해드릴게요. 모세혈관을 건강하게 하는 데는 삼백초가 최고예요."

성의껏 웃어주고 1호실을 나오는데 PD 부인 일행이 샵 안으로 들어온다.

짙은 화장에 미니스커트를 즐겨 입는 30대 중반의 여자는 원장과 여고 동창으로 근처 아파트에 살고 있다. 남편이 방송국 PD라는 말을 입에 달고 사는 그녀는 여우같은 연예인들한테 잘난 남편 도둑 안 맞으려고 자나 깨나 가꾸고 꾸민다는 여자였다. 나는 팩 준비를 보조 관리사 미스 김에게 맡기고 상담을 위해 소파에 앉는다.

"이쪽은 이번에 대학 들어간 내 조카고, 여기는 우리 아파트 위층에 사는 아줌마. 초음파 전신 마사지로 지방도 태우고, 아무튼 자기 이번엔 기필코 살 빼야 돼."

PD 부인의 비장한 목소리와는 달리 비곗살이 옷 밖으로 터져 나올 것 같은 거구의 여자는 무기력한 눈빛이다. 얼핏 병든 코끼리의 형상이 떠오른다.

귀여운 인상의 여대생이 궁금한 점들을 연이어 묻고 나는 성의껏 대답한다. 생기발랄한 여대생한테 기가 질려서인지 거구의 여자는 계속 말이 없다. 나는 그녀를 위해 배와 허벅지의 지방분해를 통해 체중감량에 성공한 실례를 들며 친절하게 설명한다. 그러나 거구의 여자는 줄곧 딴 생각을 하고 있는지 멍한 표정이다.

전신 마사지는 몸 구석구석의 체지방을 연소시켜야 하기 때문에 부분 마사지의 몇 십 배 이상 시간과 노력을 쏟아야 한다. 게다가 한 달 비용 또한 웬만한 월급쟁이 봉투를 탈탈 쏟아 부을 만큼 만만치 않아 변두리 서민들은 시작할 엄두도 내지 못했다. 그런데 그녀가, 주의 깊게 듣지도 않던 그녀가 탁자 위에 조용히 신용카드를 올려놓는다.

"할게요. 매일 4시간씩, 육 개월 동안."

여자는 희고 두툼한 손으로 카드를 내민다. 나는 조금 놀란다. 작게 끊어 말하는 여자의 목소리가 여리고 가늘다. 선뜻 카드를 받지 못하고 머뭇거리는 사이, 조바심 난 원장이 카드를 집어 든다. 그녀가 인쇄된 카드 용지에 서명을 한다. 상한 두부처럼 푸른빛이 도는 그녀의 손을 보고 있으려니, 문득 급체한 사람의 가슴을 때려 치명적인 상처를 주는 것은 아닌가 하는 불길한 생각이 스친다.

- 네 몸 전체가 가녀리긴 해도 날씬하게 뻗은 목선만큼은 아닐 거야.

나는 가늘고 흰 목이 드러나게 긴 머리를 틀어 올렸다. 침대에 비스듬히 누워 신문을 넘기던 남자가 잠깐 내 뒷목을 바라봤다.

  - 길고 가늘다고 해서 모두 아름다운 목은 아니지. 이렇게 목선의 흐름이 물처럼 유연하게 흘러넘칠 때 비로소 예쁜 목선을 가진 여자라고 할 수 있어.

  남자는 거울 앞에 앉아 있는 내게 다가와 목을 간질였다. 남자도 과거가 돼버린 감정이 흐릿하게나마 떠오르는 모양이었다. 나는 기쁜 나머지 눈물이 날 것 같았다. 간지럼을 많이 타는 편은 아니지만 목이 나타내는 반응은 솔직했고 어느새 나는 고개를 뒤로 젖힌 채 눈을 감고 있었다.

  "향이 독하군."

  남자가 반쯤 벌어진 나의 입과 봉긋해진 가슴을 건조한 표정으로 내려다보았다. 얼굴이 확 달아올랐다. 남자가 미간을 문지르며 다시 침대 쪽으로 걸어갔다. 남자가 침대 위에 펼쳐진 신문을 들어 올리자 컬러 광고지 한 장이 미끄러지듯 바닥에 떨어졌다. 속옷만 걸친 모델이 매혹적인 포즈를 하고 있다. 남자가 광고지를 주워 들고 들여다보면서 말했다.

  "사람의 눈이란 참 이상해. 충격적인 것도 여러 번 보면 무감각해 지거든."

  가늘게 속눈썹이 떨렸다. 신문을 펼칠 때마다 나는 마찰음이 귀에 거슬렸다.

"감춘 것이 조금씩 드러날 때 매력이 있는 거야. 삼류업소 쇼걸들도 처음부터 벗고 나오진 않아. 지루하잖아."

불에 덴 것 같던 몸이 점점 차가워졌다.

남자가 마지막으로 했던 말들이 머릿속에 남아 퇴근 후지친 심신을 더욱 무겁게 한다. 기분 탓인지 텅 빈 원룸마저 잠시 들른 모텔 방처럼 낯설고 쓸쓸해 보인다. 자동응답기 버튼을 누르자 지푸라기처럼 마르고 푸석한 음성이 새어나온다.

- 열무랑 나박김치 새로 담갔다. 너 좋아하는 조개젓도 싸놨으니 시간 내서 다녀가거라.

엄마는 항상 빈 집으로 전화를 걸어 메시지를 남겨놓곤했다.

목소리가 탁하고 갈라져 작은 소리내기가 더 힘들고 갑갑하다는 엄마는 거리 행상으로 평생을 살았다. 엄마는 기분 좋게 흥정을 하고 물건을 팔 때보다 팔 걷어 부치고 남정네 여편네 할 것 없이 멱살 잡고 머리 뜯기며 비린 생선물이 시커멓게 고인 길바닥을 나뒹굴 때가 더 많았다. 핏발선 목으로 고래고래 악을 쓰고 추잡한 욕을 먹었지만 조금도 축남 없이 뱉어내기 일쑤였다. 험상궂은 남자의 면상에

피 섞인 가래침을 뱉었을 때 나는 다리가 후들거려 주저앉고 말았다. 남자가 엄마의 뺨을 후려쳤고 생선 좌판이 뒤집혔다. 엄마는 머리채를 잡힌 채 박살 난 나무 궤짝 위에 처참하게 나동그라졌지만 눈이 뒤집혀 벌떡 일어났다. 엄마는 생선을 토막 내는 팔뚝만한 칼을 휘두르면서 덩치 큰 남자에게 달려들었다. 주변은 아수라장이 되고 시장 사람들이 싸움을 뜯어말렸다. 머리가 헝클어지고 만신창이가 된 엄마는 눈 하나 깜짝 않고 손발톱을 세워 끝장을 보겠다는 심산으로 으르렁거렸다. 얼굴을 쥐어뜯긴 덩치 큰 남자와 시장 사람들은 기가 질리고 말았다. 모두들 고개를 내둘렀다. 그때 아버지는 시장 뒷골목에 숨어서 싸움판을 지켜보고 있었다. 아버지는 싸움이 끝날 때쯤에야 물고 있던 담배꽁초를 내던지고는 골목 끝으로 사라졌다.

나는 딱딱해진 뒷목 근육을 풀며 목욕 준비를 한다. 재스민 향 허브를 우려 따뜻한 목욕물에 넣고 같은 향의 에센셜 오일을 몇 방울 떨어뜨린다. 그리고는 물속에 들어가 욕조에서 올라오는 허브 향을 맘껏 즐긴다. 고단한 몸이 한결 편안해진다.

어느 정도 피로가 풀린 나는 욕조에서 나와 좌우 손가락으로 허리 주변과 등뼈 양쪽을 가볍게 누른다. 다음에는 중지로 명치에서부터 갈비뼈를 따라 지압 마사지를 한다. 거울에 비친 몸은 군살 하나 없다. 건강한 빛깔이 돈다. 나는 체크하듯 몸의 앞뒤를 살핀다.

- 늘 드러나 있으면 신선함을 잃게 돼.

남자의 말이 떠오르자 목 근육이 다시 빳빳해진다.

- 천만 원이 들어도 좋으니 살 빼라고, 이혼 당하기 전에 주는 마지막 기회라고 남편이 선언을 했대. 우스갯소리로 들리겠지만 고작 은행 대리 주제에 카드 한 장 던져놓고 집을 나갔으니 여간 심각한 게 아냐.

거구의 여자가 돌아가고 PD 부인이 하던 말이 천천히 되살아난다.

- 자기 부인이랑 어딜 나서려고도 안 하니 그이 속은 또 오죽 하겠어? 모르긴 몰라도 운동에 사우나에 효소에 약에 별의별 걸 다했을 거야. 한번 포기한 몸뚱이가 제자리 찾아오는 게 그리 쉽나?

뿌연 수증기 너머 열의도 기대도 없는 거구의 여자가 목을 쑥 뺀 채 앉아 있다. 자포자기 상태로 끌려 온 여자는 속이 텅 빈 항아리 같다.

- 절구통 같은 여편네. 사시사철 땟국물이 절절 밴 몸뻬바지만 보면 벌떡 서던 것도 고개를 내두른 당께. 억세기

는 또 얼마나 억센지, 저것이 참말로 여잔지 남잔지 나무토막인지 분간이 안 갈 때가 한 두 번이 아니여. 남들은 돈 벌어다주는 여편네 둬서 신간 편한 소리 말라고 해쌌는디, 다 모르는 소리여. 남자로서 내 인생은 이미 종친 거.

말쑥하게 차려입은 아버지는 대폿집 젊은 과부를 앉혀놓고 신세타령 하는 게 일이었다.

- 니 애비가 사람이냐? 개보다 못한 인간이다.

아버지는 엄마가 7년 간 부은 적금을 들고 대폿집 과부와 야반도주했다.

이른 새벽, 엄마는 고쟁이 차림으로 대문밖에 뛰어나가 들을 수조차 없는 욕설을 뱉으며 동네가 떠나가게 울었다. 고등학생이었던 나는 통곡하는 엄마를 일으켜 세울 생각조차 하지 못했다. 그저 우두커니 서서 굳은살 박이고 새까맣게 때가 낀 엄마의 발뒤꿈치만 바라보았다. 상황은 갑자기 들이닥쳐 있었고 나는 어금니를 물고 돌아섰다. 긴 골목을 지나쳐 대문을 밀고 들어설 때쯤 울컥 구역질이 났다. 나는 입을 틀어막고 변소로 뛰어 들어갔다. 똥구정물이 훤히 보이는 재래식 화장실에 쭈그려 앉아 치욕스러움과 배신감에 치를 떨며 내장이 뒤틀릴 때까지 빈속을 게워냈다.

미용기 본체에 전용 어댑터를 연결하고 전원을 켰다. 황금빛 프로브에서 초음파와 함께 기계적인 진동이 울렸다. 미스 김이 에센스 젤과 콜라겐을 5 대 1의 비율로 섞어 알몸으로 누운 거구의 전신에 골고루 펴 바르면 원장과 내가 거구의 몸에 매달렸다. 미스 김은 복부를, 원장은 양팔을, 나는 나무통만한 그녀의 허벅지에 매달려 셀 수도 없는 타원형을 그리며 마사지했다. 주먹크기만 한 지름의 기계를 양손에 쥐고 이마에서 발바닥까지 문지르고 누르는 작업은 꼬박 4시간이 걸렸다. 원장과 나, 미스 김은 일부러 점심까지 앞당겨 먹고 손님이 가장 적은 시간에 맞춰 한 달째 거구와의 전쟁을 치르고 있었다.

처음 전자파 침대에 누운 여자는 음부까지 처진 뱃살과 살 터진 자국을 보이는 게 죽기보다 싫은지 눈을 감아버렸다. 세 사람이 매달려 처진 유방과 팔다리, 겹겹이 흘러내린 복부의 살들을 구석구석 만지고 주무르는 동안에도 여자는 고통스러운 얼굴로 고개를 돌린 채 두 눈을 꼭 감고 있었다. 그런 그녀를 볼 때마다 푸줏간 도마 위에 놓인 죽은 고기 생각이 났다. 그녀는 철창에 갇혀 구경꾼의 시선에 옴짝달싹 하지 못하는 덩치만 큰 나약한 코끼리와 다름없었다.

"5킬로그램 감량이에요!"

체중 검사를 하던 미스 김이 호들갑스럽게 소리쳤다. 잠깐 티타임을 갖던 원장과 나도 벌떡 일어났다. 그녀는 지각 한 번 없이 피부 관리실을 찾았지만 적극적으로 호응하는 편이 아니어서 한 달 사이 5킬로그램 감량은 기대하지 못한 놀라운 사실이었다. 그녀가 흰 이를 드러낸 채 어색하게 웃었다. 그런데 한동안 저울 위에 서 있던 여자의 얼굴이 급기야 괴상한 표정으로 일그러졌다. 우는 것인지 웃는 것인지 분간할 수 없는 표정과 괴이한 소리는 낯설고 생경스러웠다. 죽은 줄만 알았던 동물의 몸뚱이에서 터져 나오는 환희의 소리처럼 들리기도 했다. 나는 비만으로 인해 멸시와 따돌림을 받으면서도 푸념만 늘어놓는 사람들을 숱하게 봐왔고, 감량의 기쁨도 잠시 더 큰 좌절이 닥치는 경우가 허다하다는 걸 잘 알고 있었다. 그렇지만 그녀에게만큼은 왠지 이번만큼은 모든 것을 걸고 싶어졌다.

우리가 한 마음으로 쾌재를 부른 후부터 여자의 생활은 조금씩 활력을 되찾아 가는 것 같았다. 그녀는 피부 관리실에서의 지방 분해뿐만 아니라 저칼로리 식단표를 성실하게 이행했으며 운동에도 과감한 투자를 했다. 우선 크게 달라진 것은 그녀의 밝아진 표정이었다. 그녀는 자신에게 열성으로 매달리는 나와 원장, 미스 김에게 진심으로 감사해 하는 것 같았고 내심 용기를 얻어 다이어트에 박차를 가했다.

그렇게 꾸준히 건강을 되찾고 있던 그녀가 처음으로 제시간에 나타나지 않고 있다. 이상한 일이다. 전화를 걸었지만 발신음만 계속 될 뿐이다.

"요새 왜 이렇게 뜸했어? 긴장하고 살아야 남편 도둑 안 맞는다면서?"

모처럼 한가해진 사이 PD 부인이 기운 없는 얼굴로 들어온다. 몇 주 만에 온 그녀는 몰라보게 야위었다.

"얼굴 팔아먹고 사는 계집애들, 몸뚱이 한 번 내둘리는 게 뭐가 어렵겠어. 서방 도둑질하는 년들이나 마누라 눈 속이고 놀다 와서 큰소리치는 놈이나 다 똑같아."

PD 부인이 그동안 끓인 속을 털어놓는다. 원장이 따뜻한 차 한 잔을 건넨다. 나는 위층에 산다는 거구의 여자에 대해 물으려다 그만둔다.

"그래도 제자리 찾아오잖아. 내 남편은 출장이다 뭐다 일 핑계로 얼굴 본지도 까마득하다. 몸뚱이는 고사하고 맘이라도 나한테 두고 사는지 그게 다 의문이야."

나는 잡지를 뒤적거리다가 못 들은 척 일어난다. 마사지를 받은 황 여사가 헤어 밴드를 벗으며 1호실에서 나온다.

황 여사는 나를 붙잡고 한동안 안 하던 선 이야기를 또다시 꺼낸다. 나는 기분상하지 않도록 조심스럽게 거절한다. 그러나 황 여사는 하소연하는 PD 부인의 말까지 자르면서 원장에게 도움을 요청한다. 보다 못한 원장이 억지웃음을 지으면서 말한다.

"황 여사님, 실은 정 실장 애인 있어요. 대기업에서 초고속 승진 중이라고 그랬나? 미용관련 사업가라고 했던가? 아무튼, 정 실장 눈이 얼마나 높은데요? 저렇게 젊고 당찬 아가씨가 애인이 어디 한 둘이겠어요? 그만하면 눈치로 아셔야죠, 황 여사님은."

비밀을 전하는 사람처럼 귀엣말까지 섞으며 황 여사를 따돌리는 원장을 보자 코웃음이 난다. 황 여사는 입을 다문 채 눈만 끔뻑거린다.

"죄송해요. 대신 특별히 핸드 마사지 해드릴게요. 한 번에 5만원 하는 석고 팩도 공짜로 해드리고요. 미스 김, 황 여사님 손톱 관리 해드려요."

나는 원장과 상의도 없이 십 만원 돈 하는 서비스를 흔쾌히 제안한다. 나와 원장 사이에서 알게 모르게 비웃음거리가 된 황 여사는 공짜라는 말에 기분이 좋아지는 모양이다. 원장이 기가 막힌다는 표정으로 나를 쏘아본다.

피아노 학원 여선생들이 들이닥치고 오후 시간은 다시 바빠진다. 여선생 둘은 주말에 있을 결혼식 피로연을 인생 최대 전환점으로 잡고 연신 수다를 떤다.

"같은 학원 선생님이 결혼하는데요, 신랑이 회계사예요. 요즘 변호사, 의사보다 더 인기 있는 직업이 회계사, 변리사인 거 알아요? 걸리기만 해봐, 당장 학원 때려치우고 마나님으로 들어앉을 거니까."

"너나 나나 허리 일 인치는 더 줄여야 될 걸?"

결혼식 날짜가 가까워올수록 한층 들뜨는 모양이다. 나는 적당히 동조하며 여선생들과 황 여사에게 석고 팩을 한다. 팩이 굳는 동안 다시 거구의 여자에게 전화를 건다. 여전히 받지 않는다. 생각해 보니 남자와 통화한지도 벌써 한 달이 다 되어 간다. 나는 전화기를 내려놓으려다가 남자의 핸드폰으로 전화를 건다. 남자도 전화를 받지 않는다. 원장이 눈에 들어온다. 코가 작아 얼굴이 평면적으로 보이지만 얌전하고 깔끔한 용모다. 남자가 전화를 받지 않을수록 화가 치민다. 원장은 오후 내내 못마땅한 얼굴로 내게 말 한마디 건네지 않았다. 나는 다시 재다이얼 버튼을 누른다. 또다시 공허한 울림뿐이다. 날카로워진 신경의 돌기들이 빠른 속도로 돋아난다. 나는 신경질적으로 전화를 끊는다.

때마침 거구의 여자가 문을 박차고 들어온다. 붉게 상기된 그녀가 턱까지 찬 숨을 몰아쉰다. 그녀는 이미 숨차게 뛰어오면서 마셨을 손에 들린 음료를 벌컥벌컥 들이킨다. 탄산음료라니! 화가 치밀어 오른다.

"어디서 뭘 하다 이제야 나타났는지, 내가 알게 뭐야. 돌아가요. 가서 잊혀진 과거나 떠올리며 추레하게 살아요. 움직일 수 없을 만큼 살이 찔 때까지 기다릴 필요도 없어. 봐요, 지금 당신 곁엔 사랑하는 남편조차 없잖아? 버림받는 게 당연해."

남자와 동행하던 째즈 바에서 익숙한 음악이 흘러나온다. 나는 어둡고 한산한 바의 내부를 천천히 둘러보다가 남자가 즐겨 앉던 옆자리를 본다. 남자는 전화 한 통 없이 일본 출장을 갔고 의도적으로 나를 피하고 있다. 그리고 나는, 알면서도 과감히 돌아서지 못하고 있다.

다시 빈 의자를 본다. 자리엔 남자 대신 공기주머니처럼 풀썩 주저앉아버리던 거구의 여자가 환영처럼 앉아 있다.

그녀는 피부 관리실 바닥에 주저앉아 퀭한 두 눈을 동그랗게 뜨고 숨만 허덕거렸다. 거구는 당장이라도 거품을 쏟으며 뒤로 넘어갈 것 같았다. 예기치 못한 상황에 다급해진 원장이 미스 김과 함께 거구를 일으켜 소파에 눕히고 팔 다리를 주물렀다. 손님들이 몰려들었다. 그때서야 내가 그녀에게 무슨 짓을 한 건지 알 수 있었다.

"누구 망하는 꼴보고 싶어서 그래? 어쭙잖은 자존심가지고 잘난 척 좀 그만해. 더는 못 봐주겠어!"

원장이 흥분을 가라앉히며 내 귀에 바짝 대고 힘주어 말했다.

그 후로 거구의 여자는 피부 관리실에 나오지 않았다. 원장은 이 사실을 본사에 알렸고 손님들은 내게 냉담했다.

제목을 알 수 없는 색소폰 연주가 어두운 조명 아래 분위기를 고조시킨다. 남자와 내가 물이나 안개처럼 섞여 물처럼 안개처럼 흘러온 시간들이 눈앞에서 출렁거린다. 숨기려고 해도 고스란히 다 말해주던 남자의 맑은 눈은 이제 미움이나 욕망, 잔인함까지 드러내고 있다. 나는 한꺼번에 잔을 털어 넣는다.

거구는 그녀의 남편에게 버림받을지 모른다. PD 부인은 거구의 네 살짜리 아들이 화상을 입었다고 말했다. 거구는 아이까지 팽개쳐 두고 하루의 반나절 이상을 살 빼러 다닌 정신 나간, 어미 자격 없는 한심한 인간이 되어 자책했을 것이다. 그러나 그녀는 불에 덴 아이를 병원에 입원시키고 피부 관리실로 달려왔다. 자신 때문에 불에 덴 아들을 보면서 더 꿋꿋이 살아야 한다는, 악착같이 살을 빼야 한다는 마음이 솟구쳤던 것일까. 미처 울지도 못하고 타는 목을 축이며 달려온 그녀였다. 받힌 숨을 제대로 쏟아내지도 못하고 허덕대는 그녀는 치닫는 설움과 죄의식에 목을 죄이는 처참한 모습 자체였다. 어디서 뭘 하다 이제 왔는지 내가 알게 뭐야. 지금 당신 옆엔 사랑하는 남편조차 없잖아? 버림받는 게 당연해……! 그 날의 일을 잊고만 싶다.

술에 취해 돌아온 원룸 실내는 황량한 벌판 같아 선뜻 발 들여놓기가 두렵다. 문을 열면 어둠이 깔려 있고 어둠을 걸어내기가 무섭게 따가운 모래바람이 휘몰아칠 것 같았다. 나는 모래알들이 눈에 박힐 것만 같아 방어적으로 눈을 감는다. 다리에 힘을 모아 버티어 보지만 몸이 흔들린다. 나는 손바닥만한 방안에서 불어 닥치는, 그것도 있을 리 없는 모래 바람 따위에 휘청거린다는 사실을 인정하고 싶지 않다.

또다시 술을 마신다. 몸이 점점 둔감해진다. 그러나 나를 괴롭히는 불분명한 세포들의 움직임은 여전히 어수선하게 계속되고 있다. 나는 자동응답기 버튼을 누르고 다시 술잔을 기울인다.

- 아들이……, 팔을 데었어요…….

가늘고 여린 목소리다. 일시에 정신이 든다.

- 식단표는 잘 지키고 있어요. 가르쳐준 대로 집에서 운동도 하고요…….

거구의 여자가 잠시 말을 끊고 새는 울음을 틀어막는다. 아들 수술만 끝나면…… 저, 꼭 다시 갈 거예요. 실장님, 저 꼭 간다구요, 실장님……. 여자가 나를 부른다. 계속해서 나를 부르는 그녀의 목소리가 심하게 떨린다. 나는 허물어지듯 바닥에 쓰러지고 만다. 그리고 그녀처럼 웃는다. 새우처럼 몸을 구부리고 옆으로 누운 채 흰 이를 드러내놓고 키들키들 웃고 있다. 당신과 나는 어디서부터 비틀려져버린 걸까. 비대해질 대로 비대해진 자신의 몸을 끌어안고 오열하는 여자가 눈앞에 나타난다. 내가 당신을, 잃어버린 당신을 정말로 찾게 할 수 있을까. 멈추고 싶지만 괴상하기 짝이 없는 웃음소리는 계속된다. 눈물을 쏟다가 마침내 산산이 부서져버릴 것 같은 그녀 앞에서 나는 속 시원히 울 수조차 없다.

피부 관리실 손님들은 여전히 냉담했으며 내게 비난의 말을 노골적으로 퍼붓기도 했다. 그때마다 원장은 서비스 정신이 제대로 박힌 인간적인 사람이 새로 올 것이니 조금만 참아달라고 했다. 그러면서 자신도 피부 관리실 경영과 이미지 관리 차원에서 손해를 본 피해자라는 것을 잊지 않고 덧붙였다.

　나는 본사의 피부 관리사 사업 팀장을 비롯해 피부정신 상담원에게 불려가 인격과 소양 운운하는 쓴 소리를 들어야 했다. 극도의 비만 콤플렉스로 찾아온 사람에게 도움이 되기는커녕 비수 같은 상처를 주어 궁지로 내몬다는 게 말이나 됩니까? 비만관리에 있어서 관리자의 어려움은 알고 있지만, 자칫 일이라도 내면 어쩌려고 그런 망발을 했습니까? 후임자를 보낼 생각이니 이 달 말에 인수인계하고 들어와서 재교육 받으세요.

　오늘도 나는 지옥처럼 느껴지는 피부 관리실 문 앞에서 잠시 걸음을 멈춘다. 나는 왜 선뜻 이곳을 떠나지 못할까.

　그동안의 심정을 떠올리니 또다시 헛웃음이 나온다. 나는 조용히 문을 밀고 들어간다.

　탈의실에서 옷을 갈아입는 내내 엄마와의 전화 통화 생각이 난다. 저녁엔 잠깐 들렀다 가거라. 생일 상 차려 놓으마. 엄마는 잔뜩 화가 나 있었다. 됐어요. 엄마는 욕지거리를 퍼부으려다 말고 뚝배기 깨지는 소리로 알았다, 라는 토막말로 전화를 끊었다.

나는 생각을 떨치기 위해 서둘러 탈의실에서 나온다. 2인실 룸 안에는 PD 부인이 원장에게 마사지를 받고 있다. 나는 간단히 목례만 한다. PD 부인은 곁눈으로 보는 둥 마는 둥 하더니 하던 말을 잇는다. 남편 쪽에서 정식으로 이혼 소송을 했대. 애를 그 모양으로 만들었으니 위자료 한푼 못 받고 애까지 뺏기게 생겼어. 차라리 그때 모른 척 할걸 그랬어. 싫다는 사람 억지로 끌고 와서 없는 돈 쓰게 하고, 괜히 가슴에 대못만 박았으니 말이야. 안 그래도 죽고 싶다는 말을 달고 살던 그 여자, 아이까지 뺏기면 정말로 죽으려 들지 몰라. 18층 베란다에서 멍하니 서 있는 거 볼 때마다 내 가슴이 철렁 내려앉는다니까……. 누워 있던 황 여사가 고개를 틀고 끼어들려 한다. 천장 보세요. 나는 침착한 어조로 황 여사의 고개를 바로 한다. 그 여자 그리 됐다니까 나까지 께름칙하다. 개업한 지 일 년도 못 돼서 동네 소문만 나빠지고, 이게 무슨 꼴이니? 나는 손끝이 떨려 초음파 미용기로 황 여사의 감은 눈까풀을 자꾸만 건드린다. 그건 그렇고 니 신랑, 일본에서 왔다면서? 지금도 그렇게 시큰둥하니? 아니……. 한참 만에 봐서 그런지 좀 나아진 것도 같고. 출장길에 애들 선물이랑 내 진주 목걸일 다 사왔더라구. 목걸이를 걸어주면서 날 빤히 쳐다보길래, "나 많이 늙었죠" 하니까 처녀 때보다 더 아름답다는 거야. 우습게도 그 한 마디에 눈물이 쏟아지더라. 아주 남 될 생각까지 했었는데, 부부란 게 이런 건가 싶기도 하고. 오늘 저녁엔 애들 데리고 외식하자고……. 진주 목걸이 구경 좀 시켜 줘 봐. 황 여사가 기어이 고개를 틀고 끼어든다. 이쁘면 나도 하나 차게. 원장이 웃으면서 그러겠다고 한다. 갑자기 속이 울렁거린다.

여자가 중년이 되면 화장으로도 감출 수 없는 깊은 속살이 드러나기 마련이야. 몸은 살아 온 인생을 버리지도 덜어내지도 못하고 고스란히 담는 커다랗고 신기한 그릇이지. 남자는 말했었다. 이처럼 아름다운 네 몸에는 어떤 인생이 담겨질까. 귀하고 아름다운 것들로만 내가 채워줄게…….

불빛이 어지럽게 돈다. 당신이 아니라도 할 수 있어. 늙고 추한 그릇이 되지 않을 자신.

바람이 심하게 부는 저녁, 나는 퇴근길에 케이크 하나를 사들고 왔다.

자동응답기 버튼을 누르자 여지없이 엄마가 욕을 퍼붓는다. 나는 엄마가 뱉어내는 욕설을 다 듣고 샤워를 한다. 그리고 케이크와 샴페인 한 잔으로 자축한다.

음악이 흐르는 어두운 실내에는 작은 케이크과 그 위에서 위태롭게 불꽃을 틔우는 초 몇 개가 있다. 남자가 내게 선물했던 와인색 란제리를 입고 불꽃 앞에 앉는다. 남자가 촉감을 즐기던 실크 란제리 자락을 가만히 만져본다.

- 내가 잠시 로맨티스트였던 게 아니라면 당신이 청순하면서도 관능적인, 뛰어나게 아름다운 여자이기 때문일 거야.

남자가 내게 반한 이유는 딱 그만큼만의 진실을 갖고 있었다.

가는 촛대 끝에서 타오르는 불꽃을 본다. 남자는 일본에서 돌아왔고, 진주 목걸이를 한 원장은 회생한 불꽃처럼 뜨겁게 타오르고 있다. 내 생일을 찾아 달력에 동그라미를 그리던 남자는 그의 아내인 원장과 아이들과 둘러앉아 저녁을 먹고 있다.

나는 와인 한 모금을 마신다. 한 모금 더 마신다. 그리고 검지로 탁자 위에 작은 원을 그려본다. 부러움과 호기심 가득한 얼굴로 진주 목걸이 값을 묻던 우매한 황 여사가 문득 손가락 끝에 달려온다. 늙어서라도 여자로 머물고 싶은 황 여사. 그리고 그녀의 발뒤꿈치. 같은 발을 가진 엄마가 천천히 걸어온다. 아버지에게 버림받은 엄마가 원의 행렬로 들어서자 차갑고 야멸친 여고생도 엄마 뒤를 따라 돈다. 결혼식 피로연에서 그들은 정말 멋진 남자 하나씩을 꿰찼을까. 피아노 학원 여선생들이 떠오른다. 남편 도둑맞지 않으려고 긴장을 늦추지 않는 PD 부인이 어느새 나타나 있고, 권태기를 넘긴 원장과 그의 아이들도 따라 돈다. 18층 베란다에 서서 공허한 눈으로 어둑한 하늘을 바라보고 있을 거구의 여자. 그리고 돌아오지 않는 남자와 그를 기다리는 나. 꼬리에 꼬리를 물고 나타난 사람들로 원의 지름이 조금씩 커진다. 검지는 더 큰 원을 그리고 어느 정도 모양을 갖춘 원은 탄력 있는 바퀴처럼 저절로 구르기까지 한다. 황여사와 엄마와 어린 나, 여선생들과 PD 부인과 원장, 거구의 여자와 나, 그리고 남자의 얼굴이 쳇바퀴처럼 굴러간다. 재미난 광경이다. 생전 처음 보는 우스꽝스러운 서커스 같아 웃음이 나온다. 그런데 이상한 소리가 들려온다. 그것은 내게 비웃음이나 사던 사람들이 나를 조롱하는 소리임에 분명하다. 나는 원을 그리던 손가락의 속력을 늦추고 좀 더 가까이 귀를 기울인다. 나를 조롱하는 환청 속에는 분명히 또 다른 목소리가 숨겨져 있다. 나는 탁자 위에 귀를 댄다. 눈이 휘둥그레진다. 탁자 위에는 병들어 걸을 수조차 없는 코끼리 한 마리가 넘어져 있다. 거대한 회색 코끼리는 몸집이 줄어들고 있다. 작아진 코끼리는 겁에 질려 떨고 있다. 점점 더 몸이 줄어 손톱만큼 작아진 코끼리가 누워 버둥거리면서 나를 부른다. 내가 믿었던 사람들, 그러나 오지 않는 사람들…….

나는 탁자 위에 귀를 바싹 붙이고 사라져 가는 코끼리의 울음소리를 듣고 있다. 어두운 실내에는 음악이 흐르고 케이크 위로 뚝뚝 촛농이 떨어진다. 🐘

11시에 만난 사람

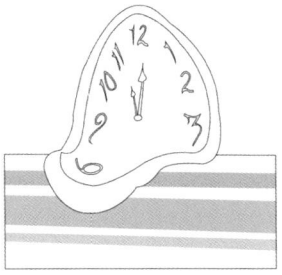

11시에 만난 사람

아버지의 팔을 잡고 서서 방송국 빌딩을 올려다본다. 아버지는 발바닥을 바닥에 붙이고 거의 끌다시피 하며 계단을 오른다. 엘리베이터가 있네요. 거기까지 계단은 없으니 안심하세요. 아버지와 나의 구두 소리가 이른 아침 방송국 로비에 공허하게 울린다.

엘리베이터는 15층에 멈춘다. 어두침침한 복도는 한산하다. 약속 장소인 스튜디오 녹음실은 굳게 잠겨 있다. 너무 일찍 온 모양이에요. 나는 간이 의자에 아버지를 앉히고 주위를 둘러본다. 한 남자가 부스스한 머리를 털며 녹음실에서 나온다.

"김진아 선생님을 뵈러 왔는데요."

"김 피디님 아직 출근을 안 한 모양인데요. 아홉 시에 녹음이니까 곧 올 겁니다."

남자가 쏟아지는 하품을 가까스로 참으며 말한다.

복도 끝으로 걸어가던 남자가 벽면 스위치를 켜자 어둑한 복도가 대낮처럼 환해진다. 아버지는 긴장이 되는지 다리를 곧게 모으고 앉아 있다. 담배 태우세요. 나는 뻣뻣하게 앉아있는 아버지의 무릎에 손을 올리면서 말한다. 다시 밖으로 나가야 하지 않니……. 담배 피울 수 있는 휴게실이 어디 있을 거예요. 잠시만 앉아 계세요.

"자, 이쪽을 보세요."

가늘고 긴 하얀 봉이 시력 검사판 중앙에 멈췄다. 다시 윗줄로 옮겨진 봉은 굵고 커다란 글씨를 톡톡 치며 가리켰다. 망설임 없이 다시 맨 윗줄로 자리를 옮긴 봉은 그대로 하강하듯 내려와 간호사의 허리춤에 꽂혔다.

금테 안경을 살짝 올리며 콧등을 주무르던 간호사가 등을 구부리고 초라하게 앉아 있는 아버지 앞으로 성큼성큼 걸어갔다. 그녀는 무의미하게 한 쪽 눈을 가리고 있는 아버지의 오른 손을 치우고 눈 위로 처진 아버지의 눈꺼풀을 무참히 까뒤집었다. 아버지의 놀란 눈이 흉측한 모양으로 불거져 나왔다.

"많이 안 좋으시군요."

그녀의 목소리는 기계음 같았다. 젊은 간호사는 차트에 간단히 메모를 한 뒤 꼿꼿이 허리를 세우고 걸어 나갔다. 익숙한 듯 앉아있지만 두려움과 수치심이 아버지의 얼굴에서 잔물결처럼 퍼졌다. 나는 환자의 상태를 먼저 감지하지도, 그렇다고 환자를 배려하지도 않는 간호사에게 불쾌감과 굴욕감을 느꼈다. 나는 감정을 억누르며 일어나 아버지를 부축했다. 손길을 느낀 아버지가 애써 고개를 돌렸다.

"힘들게 살던 곳을 뒷걸음질 치며 떠나는 것 같구나. 새로운 마을로 들어가는 기분이야. 뭔가 두렵고, 자꾸 뒤를 돌아보게 돼."

약물 투입과 정밀검사를 마치고 나온 아버지는 눈가에 흥건히 고인 투명한 액체를 닦으며 이야기했다.

전문의의 진단을 받기 위해 병원 복도에 앉아 있던 아버지와 나는 아무 말도 하지 않았다. 복잡하게 떠올라 얽히는 기억들은 씨실과 날실처럼 단단히 교차했다.

"이젠 세금도 반절, 집세도 반만 내면 되겠네요. 수재 제대하면 중고차라도 한 대 뽑아줍시다. 차 값도 반만 내면 된다믄서요? 귀재 대학 등록금도 반값이려나?"

내내 아버지 눈치를 살피던 엄마가 집을 나서는 아버지

등 뒤에 대고 속이 후련하다는 듯이 말했다.

'섭섭하실 거예요. 홀가분하다 하시지만 안간힘쓰며 붙잡고 있던 끈을 놓아버린 것처럼 한동안 휘청대실 걸 알아요. 여태 참아내신 걸 왜 무너뜨려요, 아버지……'

안과 전문병원을 나서는 아버지는 쓸쓸해 보였다. '1급 장애 판정' 진단서를 주머니 속에 넣고 돌아가는 아버지는 이승을 등지고 저승으로 향하는 사람처럼 무력해 보였다.

"죄송합니다! 기다리게 해서."

또랑또랑한 여자 목소리가 복도 끝에서 들려온다. 서둘러 나타난 여자는 라디오 프로그램의 PD이다. 안녕! 좋은 아침! 뒤따라 휠체어를 탄 뚱뚱한 여자가 우리 쪽을 보면 인사한다. 수차례 전화를 걸어 아버지를 섭외한 작가인 듯하다. 50대 중반으로 보이는 여자 MC도 인사를 건넨다. MC는 장애인 사회사업 단체에서 일하고 있다면서 아버지와 내게 악수를 청한다.

아버지와 나는 인사를 나눈 뒤 팀원들을 따라 스튜디오 안으로 들어간다. 휠체어를 탄 작가가 대본을 펼치며 꼼꼼하게 프로그램 진행을 설명한다. 젊은 PD는 준비된 녹화 테잎과 CD를 콘티에 맞춰 순서대로 재배치시키고 빠른 손놀림으로 기계를 만진다. 회색 모자를 쓴 아버지의 얼굴에 식은땀이 흐른다.

"방송 시작하면 좀 더울 거예요. 외투를 벗으시는 게……."

"아, 아니요. 괜찮습니다."

아버지의 베이지색 바바리코트는 소매가 짧아 더욱 낡아 보인다. 아버지는 오므린 무릎 위에 깍지 낀 두 손을 올려놓고 벌서는 아이처럼 작가의 설명을 듣고 있다.

"라디오 녹화니까 그리 불편하진 않을 거예요. 그런데 장애인문인협회에는 왜 가입을 안 하셨어요? 설마 저희랑 활동하기 싫어서 그런 건 아니죠?"

휠체어를 탄 작가가 가방 안에서 캔 음료 서너 개를 탁자 위에 꺼내 놓으며 익살스럽게 말한다.

"제가 뭐 문인인가요……."

주눅 든 사람처럼 내내 움츠려 있던 아버지가 쑥스럽게 웃으며 대답한다. 아버지와 작가가 어둑한 녹음실에서 음료를 마시는 동안 실내에 불이 켜진다. 아버지와 MC가 유리 너머에 나란히 앉아 대본 연습을 한다. MC의 농담에 스튜디오 분위기가 좀 편안해진 것 같다. 고개를 끄덕거리면서 유쾌하게 웃던 아버지가 마이크에 이마를 부딪치고 만

다. 순간 아버지는 안절부절 못한다. 스튜디오 밖에서 지켜
보던 나는 반사적으로 일어난다. MC가 아무렇지도 않게 웃
으면서 다시 마이크 거리를 조정해주고 아버지는 삐뚤어진
모자를 고쳐 쓴다. 아버지는 절절매는 표정으로 어색하게
나마 고마움을 전한다. 누구든 처음 만나면 불안과 긴장으
로 몸이 경직되고 작은 관심이라도 받게 되면 고마워 몸 둘
바를 모른다. 그러다 상대가 무심해지면 괜한 우울에 빠지
는 아버지. 어느덧 녹화방송이 시작되고 있다.

"고기 먹으러 가자."

불판 위에서 비곗살이 지글지글 구워지면 시장기가 싹 가
시곤 했다. 철철 넘게 소주를 따르고 첫 잔은 단숨에 비우
길 강요하던 그 앞에서 언제나 나는 술꾼 흉내를 내야 했다.
고기가 구릿빛으로 바싹 타 들어가면 나는 그때서야 몇 점
을 집어먹고 다시 술을 받았다. 맥주로 했으면 좋겠어. 나
는 화장실에서 속을 게워내고 쓰린 뱃속을 쓸면서 작은 소
리로 말했다. 무슨 소릴? 삼겹살엔 소주지! 그는 부딪힌 잔
을 단숨에 들이켰다. 주말엔 낚시나 가자! 서점일 도와야
해. 식구들 있잖아. 가기 싫음 관둬. 그는 상추쌈을 입에 넣
고 우적우적 씹으면서 따분한 표정으로 주위를 둘러보았다.

주중엔 유치원에서 아이들을 돌보고 일요일이 되면 결국 그를 따라 낚시 여행을 갔다. 주말마다 서점에 나와 들여온 새 책과 주문해야 할 책들, 반품해야 할 책들을 꼼꼼히 정리해주던 큰 딸 대신에 아버지는 삼일을 밤새워 하루치의 서점일을 했다. 군 입대 후 수재도 없고 입시학원과 독서실을 전전하는 삼수생 귀재도 좀처럼 서점에 들르지 않았다. 책제목과 책장의 위치를 밤새 외워야 그나마 손님에게 책 한 권을 뽑아 줄 수 있는 아버지에 비해 그의 사고방식은 시원스럽고 편해 보였다. 거칠면서도 단호한 그의 생활은 자신이 있어 보였고 아등바등 몸부림칠 필요가 없어 보였다. 그래서 그를 보는 것이 즐거웠다.

로그송에 이어 스타트 음악이 흐른다.

"〈11시에 만난 사람〉입니다. 금요일에 찾아 온 손님, 따뜻한 사람, 다정한 이웃은 1급 시각 장애인으로 5년 전 저희 방송국에서 주최한 수기공모에 당선하시고 꾸준히 집필 활동을 하고 계신 분입니다. 20년 간 한 곳에서 '작은 서점'을 운영하고 계시는데요, 안녕하세요? 서점을 운영하며 글을 쓰신다니, 잘 어울리는 것 같죠? 어린 시절, 선생님의 꿈이 무엇이었는지 궁금한데요?"

어린 시절부터 아버지는 책을 눈에 바짝 붙이고서야 글

자를 읽을 수 있었다.

"힘들어도 공부하는 걸 좋아했었지. 남들이 세 시간 공부하면 난 열 시간을 해야 따라갈 수 있었어. 삐걱거리는 걸상에 앉아 책상에 코를 박듯이 얼굴을 대고 책을 보면 등 뒤에서 머리를 때리고 도망가는 녀석들이 있었어. 책상에 이마를 부딪치면 아이들이 손뼉을 치면서 웃었지. 그런 날이면 난 기분이 망쳐서 종일 아무 일도 못했단다. 그러다 저녁 무렵이 되면 한 장도 못 넘긴 책을 집어던졌어. 개 같은 놈들, 네 놈들 눈알이나 어서 멀어라……."

아버지는 소설가가 되고 싶었다고 했다. 뒷산 언덕에 올라 독설을 내뱉으며 화를 풀던 유약한 소년의 모습이 그려졌다.

스튜디오 안에서 인터뷰를 하는 아버지 옆에 족발 뼈다귀를 물어뜯으며 비웃던 그의 얼굴이 떠올랐다. 족발집 텔레비전에는 양손이 없는 불구의 화가가 집중 취재되고 있었다. 소매 없는 셔츠 아래로 뭉뚝하게 손이 잘린 흰 팔이 클로즈업 되었다. 긴 생머리의 여류 화가는 붓을 입에 물고 구슬땀을 흘리고 있었다. 취재팀과 모여든 주변 사람들에 동요되지 않고 붓 놀리기에 열의를 다하는 모습은 족발을 뜯으며 술잔을 기울이던 사람들까지도 경악케 했다. 붓을

놓고 인터뷰하는 그녀의 얼굴은 붉게 상기되어 있었다. 그녀가 환하게 웃자 화면이 정지되었다. 그녀의 얼굴은 만개하는 커다란 꽃처럼 경이로운 생명력으로 가득 차 있었다.

"다 개폼이야."

나는 젓가락을 내려놓고 그의 입 속으로 쉴 새 없이 들어가는 고깃덩어리를 보았다. 그가 고기 한 점을 집어서 내게 주었다. 나는 속이 메스꺼워서 소주잔만 비웠다.

"다 개폼이라구! 매스컴은 저런 사람들 내세워 자극하고 동정이나 바라지. 결국엔 다 돈이랑 연결되고. 고상한 척 떠들어대지만 예술도 열의 아홉은 돌팔이야."

그가 화장실에 간 사이 조용히 그곳을 빠져 나왔다. 성급히 신고 나오느라 구두 뒷목이 보기 싫게 꺾여버렸다. 나는 신발을 고쳐 신고 천천히 걸었다. 간판 불빛들이 눈앞에서 출렁거렸다. 침몰하는 배처럼 중심 잡기가 어려워 급기야 골목 어귀에서 넘어지고 말았다. 가방 안에서 지갑과 책 한 권이 비어져 나왔다. 그에게 주려고 가져 온 아버지의 삶이 담긴 책이었다.

"서점을 운영하시며 직접 글을 쓰고 계신데, 시각장애인으로서는 어쩌면 가장 힘든 직업을 선택한 게 아닌가 싶어요."

"대부분 자신의 장애가 큰 부담이 되지 않는 쪽으로 직업을 찾기 마련이죠. 그렇지만 그것조차 이겨낼 수 있는 게 인간입니다. 맘껏 책을 읽을 수 있는 일이 뭘까, 그 고민에서부터 시작한 일이에요. 처음엔 자본이 적게 드는 헌책방을 했었어요."

녹음실 분위기는 더욱 진지해지고 아버지의 표정은 어느새 편안해 보인다.

서점일을 하기 전에 우리 가족은 식당일을 했었다. 그러나 아버지가 할 수 있는 일은 별로 없었다. 음식을 나르기에도 불편했고 카운터에서 빠르고 정확하게 돈을 셀 수도 없었다. 아버지는 하루 종일 햇볕이 들지 않는 부엌 한 쪽에 쭈그리고 앉아 설거지를 했다.

공장지대에 자리한 식당은 점심때가 되면 기름때 묻힌 공장 사내들로 붐볐다.

억척스럽고 수완이 좋은 엄마는 반주 한 잔씩을 공짜로 따라주며 단골을 만들었다. 이렇게 감질 맛나게 할 게 아니라 저녁엔 아예 대폿집 간판을 달지 그러슈? 퇴근길엔 술이 땡기는 법이거든! 엄마는 밤이 늦어도 식당 문을 닫지 않았다. 아버지는 설거지를 했고 어린 나는 음식을 날랐다. 아주머니, 이리 와서 한 잔 받읍쇼. 우리가 들락거리면서 얼굴 익힌 게 얼만데 합석 한번 못 해줘요? 얼큰히 취한 사내들이 엄마에게 술잔을 건넸다. 내 다리도 어지간히 고생이요. 좋소, 좋아. 술 한 잔 주소. 한 잔 두 잔 받아 마신 술기운으로 엄마는 젓가락까지 두들기며 흥얼거렸다. 주방에선 아버지가 연신 고개를 내밀었고 점점 취기 오르는 엄마와 사내들을 나는 불안하게 바라보았다. 아주머니, 답답해서 어떻게 사시요? 진즉 연예계로 빠져부렀어야 혔구만! 그때, 상이 뒤집혔다. 참다못한 아버지가 탁자를 뒤집었다. 그릇이 나뒹굴고 술잔 깨지는 소리가 요란했다.

그렇게 상을 뒤집고 나면 아버지는 한동안 새소리가 녹음되어 있는 테잎을 들었다. 바람이라도 세게 불면 폭삭 주저앉을 듯한 낡은 슬레이트 지붕 아래 끊임없이 새들이 울고 있었다.

"유치원 그만뒀어요."

모처럼 식구들이 모여 앉은 아침, 나는 찬물 끼얹는 소리를 했다. 엄마는 집게손가락으로 입안에 막 넣으려던 시퍼런 열무 줄기를 물 말은 밥그릇에 팽개치듯 놓았다.

"멀다더니 잘했구나. 근처로 구해 보렴."

아버지는 오이소박이를 상위에 떨어뜨리고 제대로 집지 못해 빈 젓가락질만 하고 있었다. 나는 소박이 한 조각을 아버지 숟가락 위에 얹어 놓고 상위에 떨어진 부추를 집어 입안에 넣었다.

"파리 날리는 서점 때려치우고 다시 식당일 알아볼까 봐요."

엄마의 물 말은 밥그릇에 붉게 김치물이 번졌다. 눈치를 살피던 삼수생 귀재가 먹다만 밥그릇을 들고 부엌으로 나갔다.

"직장 없으면 요샌 시집도 못 간다."

엄마는 쏟아낼 말들을 참으며 부운 얼굴로 나를 쏘아봤다. 그리고는 먹다 만 반찬 찌꺼기를 찌그러진 냄비 속에 그러모았다. 숟가락 부딪히는 소리가 귀에 거슬렸다.

"이 눔의 개새끼가 또 갈겼네! 이 눔의 똥개 새끼! 너란 놈까지도 내 속을 썩이냐! 개 팔자가 상팔자라더니, 그래 많이 처묵고 똥이나 갈기며 태평하게 살어라! 이 빌어 묵을 눔아!"

마당으로 나간 엄마가 슬리퍼로 누렁이 등짝을 때렸다. 음식 찌꺼기에 정신이 팔린 늙은 개는 매질에도 둔해졌다. 진저리 한 번 칠뿐 헛바닥을 내밀고 늘어진 거죽을 출렁이며 엄마의 손끝으로 반갑게 뛰어 올랐다.

"지금의 사모님은 어떻게 만나셨어요? 실례가 안 된다면 연애 이야기 좀 듣고 싶은데요. 오랜만에 옛 추억 떠올리시라고 먼저 노래 한 곡 띄워드립니다."

감미로운 음악이 흐른다. 작가가 PD와 여담을 나누며 휠체어 바퀴를 밀고 녹음실로 들어간다. 아버지에게 대본의 남은 과정을 간단히 설명한 작가가 만족스럽게 웃는다. 음악을 들으며 음료를 마시는 아버지의 얼굴에 붉은 기운이 퍼진다.

아버지는 너그럽고 마음 약한 사람이었지만 엄마의 외출에는 집요한 관심을 보였다.

"저녁에 가스배달부가 뜬금없이 가스통을 매고 왔드만. 어디다 한 눈 팔고 인제 들어 와?"

빈 소주병들이 방안에 굴러다녔다. 엄마는 수건으로 바지를 털며 모른 척 지나쳤다.

"무슨 지랄을 하고 다니는 거여! 서 통장 그놈이랑 붙어먹고 댕기는 거여?"

소주잔이 벽에 부딪쳐 산산조각 났다. 엄마는 파르르 몸을 떨며 안방으로 들어가 버렸다. 현관문 옆에는 인형들이 수북하게 담긴 포대자루가 있었다. 나는 한 올 한 올 머리가 심어져 탐스럽고 수북해질 귀신 같은 알몸 인형 하나를 꺼내들었다. 눈을 감고 있는 인형을 바로 세우자 숱 많은 속눈썹이 예쁘게 올라갔다. 나는 초점 없이 반짝거리는 인형의 눈동자를 보면서 문간 누렁이 앞으로 가 쭈그려 앉았다.

"유 선생과 현장답사 떠나긴 이번이 처음이구만."

유치원에 사표를 내기 전 원장과 함께 떠난 답사 길이 떠올랐다.

"퇴근길이라 차가 꽉 막혔군. 캠핑이다 현장학습이다 여간 귀찮은 게 아니지만 자연학습만큼 좋은 프로그램이 없어. 유 선생, 유아반 맡아 하느라 힘들지?"

부득이 떠날 수밖에 없었던 원장과의 동행은 처음부터 예감이 좋지 않았다. 경기도에 위치한 캠핑 장소는 이미 불 꺼져 답사조차 할 수 없었다. 저녁을 먹고 다시 승용차에 올라탔다. 원장은 피곤한 듯 연신 콧대를 주물렀다. 반대차선에서 트럭 한대가 사납게 라이트를 쏘며 지나갔다. 위태롭게 졸음운전을 하던 원장이 갓길에 차를 세웠다. 원장이 잠든 사이 차량은 줄어 국도변 찻길은 더욱 어두웠다. 자정이 넘어 초조해진 나는 잠든 원장을 흔들어 깨웠다. 꿈쩍도 안하던 원장이 갑자기 몸을 일으키더니 나를 짓눌렀다. 만삭의 임산부 같은 배가 하체를 억누르자 꿈쩍할 수 없었다. 그가 늘어진 턱을 얼굴에 비비며 블라우스 앞섶을 들쑤셨다.

"가족들에게 느끼는 감정이 아무래도 남다를 거예요. 어떠신지요."

MC의 질문을 받은 아버지가 지그시 눈을 감는다.

"아버지, 뭐 하세요? 지금 무슨 짓을 하는 거예요?"

팬티 바람인 아버지는 망치를 들고 안방 문을 부수고 있었다. 간밤의 숙취가 그로 남아 있었다. 대체 왜 이러세요? 엄마가 뭘 어쨌다고 이러느냐 말예요! 나는 거칠게 숨을 들이쉬며 문짝을 뜯어내는 아버지를 말리다가 뒤에서 끌어안았다. 내 품에조차 헐렁하게 안기는 아버지의 여윈 등이 모래성처럼 허물어져 내렸다. 아무래도 니 어미가 죽은 모양이야. 귀재 방에서 자고 일어나 보니까 머리맡에 미음 한 그릇이 있더라. 웬 편지 한 장이 있는데……, 아무리 불러도 대답은 없고, 생전 안 잠그던 안방이 저렇게 잠겨 있는 걸 보니……. 이 일을 어쩌냐, 니 어미가 참말로 나를 버리고 간 모양이다…….

털퍼덕 주저앉아 그렁그렁 눈물을 쏟는 아버지는 날개죽지가 부러진 어린 새 같았다. 미처 날지 못하고 빗속에 떨고 있는 비둘기처럼 애처로워 보였다. 무슨 청승이요? 휘둥그레진 눈을 하고 엄마가 나타났다. 엄마는 머리 위에 커다란 인형 보따리를 두 개나 이고 서서 나와 아버지를 쏘아봤다. 또 술 받아 줬냐? 밤새 뜬눈으로 인형 머리 심어놨더니,

또 내다 버리려고 문짝 뜯고 있소! 푼돈이라도 모으려고 몸
부림치면서 사는 여편네 본 좀 보구려! 엄마는 마룻바닥에
머리 없는 알몸 인형들을 와르르 쏟아냈다.

　"식구들한텐 늘 미안하지요. 가끔이지만 외출할 때면 언
제나 식구들이 따라 나와 차를 태워줍니다. 딸아인 걸음마
배우면서부터 그림자처럼 날 따라다녔어요. 지금껏 내 눈
이 되어주었지요. 파란 불이에요, 버스가 와요, 계단이 많
아요, 웅덩이가 있어요. 저기 복덕방 할아버지 오시네요,
하고 나한테 속삭여 줘요. 잘 모르는 이웃들은 먼저 인사를
해도 내가 그냥 지나쳐 버린다고 시건방지다는 말들을 하
기도 하는데요, 나는 눈이 잘 안 보입니다, 일일이 말하고
다니기도 그렇고. 후후……."

　음량을 서서히 높이고 중간 음악을 삽입시킨 PD가 슬쩍
나를 돌아본다. 나는 테이블 위에 있는 CD 한 장을 들고 보
는 척을 한다. 음반 재킷 위로 흐릿하게나마 얼굴이 비친다.

　"머릴 좀 짧게 쳐봐. 단정하면서도 세련되게 말이야. 입
술도 좀 진한 색으로 바르고. 다 죽어 가는 양새끼처럼 맥
아리가 없어 보여."

　정면을 덮친 담배 연기 때문에 그의 표정을 볼 수 없었
다. 그의 마지막 말을 듣고 난 후 머리 모양을 바꾸었다. 긴

생머리는 노랗게 탈색되고 용수철 모양으로 웨이브져서 현란하게 어깨 위에서 출렁거렸다. 큼직한 장신구로 치장도 하고 농염해 보이기까지 하는 붉은 립스틱도 발랐다. 비웃든 화를 내든 당황해하는 그의 표정을 보고 싶었다. 그러나 그에게서는 연락이 오지 않았다.

하루 종일 쏘다니다 대문을 열고 집에 들어서는데 뭔가 휑한 느낌이 들었다. 대문간 개집에는 끊어진 개줄만 덩그마니 남아 있었다.

"일부러 도망친 건 아닐 거여. 사나흘 후면 간당간당 목줄이 끊어질게다 싶었지. 차라리 잘 됐지 뭐. 허구헌날 쌈질에 구박에……. 떠난 거면 훨훨 돌아 댕기그라. 그동안 못 만났던 수캐도 실컷 만나고, 만난 것도 많이 먹고, 좋은 데도 많이많이 구경하고……."

엄마가 인형 머리에 금발 머리카락을 심으면서 말했다.

"능력 있어 뵈면 얼른 가랑이 붙잡아 시집 가."

마루를 지나던 나는 덜컥 발목이라도 잡힌 것 같아 몸이 굳어졌다.

"니 아부지가 더듬더듬 깨알 같은 글씨 나부랭이 쓸 적마다 속이 터지긴 해도 나, 단 한 번도 니 아부지 부끄러워 한 적 없다. 내가 소학교만 제대로 다녔어도 애통터지게 서점

일하는 니 아부지, 이렇게 모른 척 하지는 않았을 거여."

인형 하나가 탐스러운 금발 머리를 휘날리며 박스 속에 담겨졌다. 나는 대답 없이 방으로 들어와 거울 앞에 앉았다. 우연히 만나 뜻밖의 술친구가 된 한 남자가 떠올랐다. 무테안경을 쓴 깔끔한 인상의 남자는 흐트러짐이 없어 보였고 내게 자상했다.

"아내와 아이들이 없을 땐 불안한 마음이 먼저 앞서요. 여기저기 부딪히고 넘어져서 상처가 가실 날이 없었어요. 중학교에 입학한 막내 아들놈이 생일 선물로 번쩍번쩍 윤이 나는 지팡이를 사왔더군요. 습관이 안 돼 창고에 던져넣고 여태 꺼낸 적이 없어요. 먼 거리는 불가능하지만, 빛과 감각으로 근거리의 사물을 식별하는 데는 큰 어려움이 없거든요. 안경도 될 수 있으면 갈색 빛을 넣어서 사람들은 내 결점을 쉽게 알지 못했어요. 들키고 싶지 않았어요. 서른 배, 백 배 노력해서라도 장애인으로서가 아니라 정상인들처럼 살고 싶었는지 몰라요."

아버지의 눈빛이 잠시 흔들린다. 깍지 낀 손마디 마디엔 미끈하게 땀이 고여 있을 것이다. 나는 녹음실 건너편에 앉아서 힘겹게 속마음을 털어놓는 아버지를 본다. 내 손바닥

안에도 땀이 고인다.

벌써 찬바람이 부는군요. 이젠 겨울이고 크리스마스도 오겠군요. 날 만나기 전에 당신은 무슨 일을 했었나요? 무테안경의 남자가 자상하게 물었지만 잘 생각나지 않았다. 그래, 식당에서 엄마를 도와 된장찌개, 순두부찌개를 날랐었지. 커다란 쟁반을 머리에 이고 복덕방, 미용실, 공장 수위실로 배달을 갔었다. 작은 서점을 연 후로는, 아버지와 새벽까지 서점에 남아 새 책들을 분류하고 기록했다. 아버지를 위해 큼직하게 쓴 이름표를 만들어 책꽂이마다 붙였다. 아버지의 장부엔 굵은 매직으로 쓴 책이름과 출판사, 책값이 빼곡히 적혀 있다. 가을이 되면 책을 읽지 않는 사람들도 한두 권씩 책을 찾지만 우리의 '작은 서점'을 찾지는 않았다. 없는 책이 많았고, 있어도 쉽게 찾아주지 못했다.

정들었던 늙은 개는 집을 나갔고 발길질도 못하는 엄마는 한숨만 지으며 음식 찌꺼기를 내다버렸다. 이번 겨울엔 당신과 함께 스키를 탈 생각이야. 산장을 빌려 크리스마스 파티를 열 생각인데, 어때요? 네, 그래요, 생각났어요!

초등학교에 다닐 땐 우리 집에서도 파티가 열렸었다. 평상시 군침 나게 먹고 싶었던 과자들이 신문지 위에 산더미처럼 쌓이는 날. 양손으로 땅을 파듯 한 움큼씩 집어삼키던 과자가 어찌나 맛있던지 그때는 목마른 것도 몰랐다. 엄마는 손바닥만한 작은 천 조각을 이어 만든 꽃밭 같은 이불을 깔고 무대를 만들어 주었다. 나와 수재와 귀재는 차례로 나와 이불 위에서 노래를 불렀다. 모자를 삐뚤게 쓴 귀재가 우스꽝스럽게 코미디언 흉내를 내면 식구들은 배꼽을 잡았다. 딩동댕! 만년필로 놋쇠 재떨이를 두드리는 아버지는 경연대회의 심사 위원이었다. 내 얘기, 듣고 있어요? 파티엔 친하게 어울리는 친구들이 많이 모일 거예요. 쓸 만한 코트 하나쯤은 갖고 있죠? 물끄러미 남자의 얼굴을 올려다보았다. 없다면 한 벌 선물할게요. 나는 침대에서 조용히 일어나 욕실로 걸어갔다. 탐스런 금발이 되기를 기다리는 대머리 인형처럼 알몸뚱이의 내가 초점 없는 눈동자로 거울 속에 서 있었다.

"얼마 전에야 정식으로 장애인협회에 등록이 되었잖습니까? 일찍 신청하셨으면 혜택도 받고 조금이나마 불편을 덜 수 있었을 텐데, 이렇게 느지막이 진단을 받으신 특별한 이유라도 있었나요?"

"장애인라는 단어만으로도 사람들은 거부감이 생기죠. 내 장애로 인해 아이들 마음에도 장애가 생길까봐서……. 우스운 얘기지만, 이런 저런 이유로 많이 망설였습니다."

아버지는 말을 잇지 못 한다. 넌 불구자가 아니다, 남들보다 조금 불편할 뿐이야. 머리 나쁜 사람들이 밤새워 공부하듯이 남보다 애를 쓰면 못 할 것 하나 없다……. 할머니는 귀에 못이 박히도록 아버지를 일깨웠다. 마음이 병든 사람들이야말로 진짜 장애인이다. 동정 없이도 여태 빌어먹고 살지 않았어……. 아버지 또한 자신을 불구자로 여기지 않았다. 무슨 일이든 쉽게 포기하지도 않았다. 하지만 한 명뿐인 형의 결혼식이 서울에서 있던 날, 아버지는 고향집에 남아 텅 빈 마을을 지켜야만 했다.

돈 때문만은 아니었을 것이다. 보란 듯이 버티어보려는 오기였을까. 아니면 채워지지 않는 가슴 빈곳에 담을 무언가를 찾아낸 것일까. 이승에서 저승으로 가는 것처럼 다리가 떨어지지 않는다고, 어둡고 갑갑한 무덤 속에서 새 마을로 이사를 가는 것처럼 설레기도 한다던 아버지의 말이 생각났다.

어설픈 동정 따위는 죽기보다 싫다면서도 아버지는 장애인 프로그램을 관심 있게 봤다. 때론 가슴 저리고 때론 안도하면서 아버지는 그렇게 내색하지 않으며 가정을 이루었다. 눈에 보이는 거짓말을 하고 있는지도 몰랐다. 정상인들 틈에 이방인처럼 끼어 살면서도 아버지는 늘 자문하고 있었다. 가면일까, 위선은 아닐까.

자정에 어울리는 선율 좋은 곡이 스튜디오 안을 휘감는다. 땀이 흐르는 아버지의 얼굴을 보자 가슴이 저린다. 음악이 흐르는 동안 MC는 손수건을 꺼내어 아버지 손에 쥐어주었다. 아버지의 입술이 조금씩 떨린다. 아버지는 먼 산을 바라보는 얼굴을 하고서 애잔한 음악 속에 귀를 묻고 있다. 아버지의 볼에 미처 닦지 못한 눈물 한 줄기가 흘러내린다.

"진정한 내가 되고 싶었어요. 지금껏 서른 배, 백 배의 노력을 도대체 하기나 한 건지……. 현실의 나를 먼저 인정했어야 했는데 말예요. 이제는 있는 그대로의 나를 받아들이고 다시 새롭게 시작하고 싶어요. 누구보다 내가 먼저 기피했던 장애인들, 그들은 날 어떻게 생각할까요? 어쩌면……, 나 자신만큼은 그들과 다르다고 믿고 싶었어요. 그들과 만나도 우린 정말 하나도 이상하지 않을까요? 비겁하게 돌아온 패배자로 여기진 않을까요? 함부로 지껄인다고 생각했는데 늙은 아내의 말이 맞더군요. 같은 처지의 사람들이 모여 사는 마을, 동료들과 먼저 어깨를 나란히 하는 법부터 배워야 했어요. 그러면 정말, 내 인생을, 글로 옮길 수 있을 것 같아요……."

건물 밖에는 성큼 겨울이 와 있을 테고 엄마는 마루에 쌓인 알몸의 인형들에게 풍성한 머리를 심어주고 있을 것이다. 녹화가 끝나면 아버지는 곧장 '작은 서점'으로 돌아가 몇 주 전에 들여온 책들의 제목을 외고 꽂힌 자리를 확인해보겠지. 사람들은 책 한 권씩을 가슴에 품고 추운 겨울을 나겠지만, 작은 서점은 팔리지 않는 책들로 더욱더 작아질 것이다. 군대 간 동생이 돌아오고 막내가 대학에 가면 엄마는 서점에 들르는 일이 더 줄어들 테지. 한동안 아버지의 방에서는 새 울음소리가 들릴 테고 가스 배달부나 통장 아저씨, 인형공장 주임을 의심하며 아버지는 밥상을 뒤엎기도 할 것이다. 나는 돌아가 하루빨리 새 일자리를 구해서 엄마 말처럼 돈 잘 버는 남자도 만나야겠지만 올 크리스마스엔 잊지 않고 파티를 열어야겠다. 헤지고 작아진 꽃 이불 위에서 어릴 때처럼 노래도 불러야지. 알몸뚱이 인형에게 머리를 심어주듯이 내 안에도 결 좋은 머리칼이 풍성하게 자랄 수 있도록 기도하면서 노래를 불러야지. 늦은 밤이 되면, 작은 서점안에 따뜻한 난로를 피우고 아버지와 엄마, 수재, 귀재를 둘러앉히고 아버지를 조를 거다. 언제나 모자란 과자 대신 서로의 체온을 한 움큼씩 받을 즈음 아버지의 옛 이야기는 처음부터 다시 시작될 것이다. 추운 밤거리엔 사람도 없고 좁은 골목까지 화려한 불빛이 들지 않지만 훈

훈한 기운으로 꽉 찬 서점에는 밤새도록 불빛이 새나갈 것이다.

"늦은 밤, 11시에 만난 사람이었습니다. 청취자 여러분, 행복한 밤 되세요."

시그널 음악을 끝으로 라디오 녹음을 마친다. MC의 부축을 받으며 아버지가 녹음실 밖으로 나온다. 힘들게 외출을 결심한 아버지는 한결 편안해 보인다. 그리고 더욱 결연한 표정으로 내 손을 붙잡는다. 오전에 마친 녹음은 돌아오는 목요일 밤 11시에 방송될 것이다. 피곤에 지쳐서 졸음이 더 쏟아질 테지만 기다렸다던 한 사람을 비로소 만나게 된 것이다.

"계단이에요, 네 개……. 좀 걸을까요?"

나는 빌딩을 나서며 아버지의 팔에 팔짱을 끼며 묻는다. 반짝이는 햇살이 아스팔트 위에 따사롭게 퍼진다. 물길처럼 빠르게 지나쳐 가는 사람들 속에서, 아버지와 나는 좀 더 여유로운 걸음으로 겨울 문을 두드린다. 🦢

부재, 균열, 혹은 상처를 견디는 방식

- 이은하의 『만약에 퀘스천』에 대한 단상 -

한원균(문학평론가/충주대학교 문예창작학과 교수)

1

   소설가는 소설을 쓰는 사람이라는 너무나 당연한 말을 앞에 두고 고민에 빠져야하는 시대가 바로 요즘이다. 이념적인 폭풍이 사라지고 난 뒤의 적막감을 채워줄 글쓰기에 대한 기대 혹은 절망의 원인 진단이 여러 가지 방향에서 제기된 것도 사실이다. 세상을 바라보는 데 있어서 비판의 척도가 될 수 있는 경험세계가 상실됨으로써 작가의 문학적 상상력은 극도로 위축되고 남은 것은 문화라는 이름으로 행해지는 일탈과 방황, 정보매체의 발달에 의한 문학의 입지 축소이다. 과연 이런 시대에도 문학, 소설이 담당할 영역은 존재하는가라는 비관적 질문이 횡행하고 있는 것도 사실이다. 소설도 물론 유통되고, 읽혀야 하는 상품임에는 틀림없지만 그것은 디자인과 기능이 향상되어야 잘 팔리는 세탁기와 다른 구조를 지닌다. 다시 말해, 일반 소비재 상품은 이 소비사회에 스스로 친숙해지려는 욕망을 타고난다. 빨리 소비되고 잊혀져야 하는 것, 그리고 다시 새로운 디자인으로 환생하는 것, 열망에 가까운 소비욕에 시달리기를 바라면서. 하지만 소설은 이 소비사회로부터 자신이 낯선 존재이기를 바란다. 자본주의의 양수 속에서 잉태되고 자랐지만 자신을 영원한 타인으로 생각해 주길 원하는 욕망. 그래서 문학은 소비사회로부터 원심적인 욕망구조를 갖는다. 자본의 무한한 소용돌이, 모든 것이 한 번 빨려 들어가면 산산조각으로 부서져 곧 기억에서 사라지는 무섭고 거대한 흡입구를 피하려는 처절한 몸부림, 그것이 문학이고 소설이 되어야 하지 않을까. 이 '낯설게 하기'의 욕망이 여전히 글을 쓰고 읽게 하는 동력이 되어야 한다는 말이다.

따라서 소설은, 욕망하는 주체로서의 주인공을 전면에 내세워 인물이 욕망하는 방식을 지속적으로 탐구하는 방향으로 전개되어야 한다. 욕망하는 주체의 길가기, 끝날 줄 모르는 여행의 기록을 보여줘야 한다는 것이다. 그것이 '이야기'가 사라진 지점에서 다시 이야기를 만들어야 하는 작가의 운명이라고 할 수 있다.

2

이은하의 소설집 『만약에 퀘스천』은 조금 특이하고 색다른 화법으로 욕망하는 주인공의 좌절과 상처를 보여주고 있다. 작품집에 등장하는 주인공들은 모두 타인으로부터 '타자화' 된 인물이다. 타자화란, 주체가 자기주도적으로 자신의 삶을 이끌어가기보다는 타자들에 의해 자신의 삶이 구성되거나 인식되는 상황을 가리킨다. 주인공은 자신의 주변을 살펴보지만, 그곳엔 언제나 상처와 함몰만이 놓여있다. 대개의 경우 아버지와 오빠, 사랑의 대상 등으로 명명될 수 있는 남성, 혹은 남성성의 부재가 두드러지지만, 엄밀하게 말하면 그것은 자신의 내면으로부터 이루어지는 내파內破와 균열이다. 이 어긋남은 자신을 둘러싼 정황을 눈여겨보는 것, 그 풍경 속에서 자신은 왜 타인이 아니라 자신을 바라보아야 하는지를 생각해보는 것과 같은 말이다. 그 타자들이 종종 동물의 모티브로 등장하는 것은 어떤 이유일까.

롤랑 바르트는 자기자신을 바라보는 일은 역사적으로 최근에 와서 생긴 현상이라고 하면서, 그 '시선의 역사'는 '자기동일성에 관한 의식의 교활한 분열'과 관련이 있다고 설명한다. 물론 근대성은 분열된 자아로부터 규정되는 기제, 혹은 가치일 것이다. 1930년대 이상李箱의 시가 그랬고, 조야했지만 1950년대 모더니즘을 표방했던 일군의 시인들이 그랬다. 최근엔 자신의 다른 얼굴을 바라보는 일이 진부한 이야기cliche가 되어버린 듯 하지만, 벗어나기도 어려운 일종의 통과제의로 인식되기도 한다. 김윤식은 〈로댕은 아름다운 조각을 만들지 않았다. 다만 한 가지 사물을 만들었을 뿐〉이라고 말한 적이 있다 (「어떤 두더지의 옅은 고백」, 문학사상, 2002.1). 이 말을 조금 돌려서 생각해보면, 이은하는 쓰지 않을 수 없었고, 그것은 '작품'에 대한 자의식에서라기보다 좀 더 본질적인 의미에서 자신의 실존에 대한 일종의 '증거 남기기'로서의 글쓰기를 시도한 것으로 볼 수 있다. 다른 말로 하면 쓰면서 존재할 수밖에 없었던 삶의 거울, 타자를 만들어 놓는 것. 그 타자 속에서 자신은 하나의 인간이며, 정확히는 많은 타자들과의 관계 속에서 속수무책으로 규정된 자연인이라는 것, 진정한 사물성은 이제 실존적 자아의 울타리를 벗어나서 존재한다는 것을 그녀는 말하고 싶었던 것이다. 〈육체에서 분리된 세계〉를 바라보는 것, 그것이 자신의 맨 얼굴이라고 인식하는 것, 바로 그것이다. 소설에 등장하는 많은 동물들의 이름을 두고 우리는 이렇게 규정할 수 있지 않을까.

어머니의 죽음과 함께 나타난 아버지의 여자와 배다른 아들들로 인해 철저하게 타자가 되어가는 과정을 그린 「나의 그라스스네이크」는 이은하 소설의 중핵에 위치한다. 아버지마저 병상에 눕게 되고 친오빠는 집을 나가 독립을 하면서 집을 지키는 사람은 오직 그녀 자신 뿐, 하지만 자신의 얼굴을 비추어주는 대상은 그녀가 키우는 뱀들이다. 엄마의 죽음은 갑작스럽게 새로운 가족관계를 만들어 놓는다. 그것은 그녀에게는 매우 낯선 현상인 것. 뱀의 비늘만큼이나 차갑고 이물감이 느껴지는 관계들이다.

여자가 자주 집에 드나들기 시작했다. 엄마가 아끼던 자기 그릇을 꺼내어 나물을 무치고 찌개를 끓이고 퇴근하는 아들들을 불러 저녁 식탁에도 둘러 앉혔다. 나는 어떤 말로도 저항하지 않으며 그녀와 아버지와 그의 아들들이 하는 행동을 하나하나 지켜보았다.(……) 나는 새끼손톱만한 구더기가 된 것 같았다. 흉물스럽

게 나를 힐끔거리다가 언제고 커다란 구둣발로 내 몸
을 짓이겨 놓을 것만 같았다. (p.21)

　그녀는 속수무책으로 던져진다. 이 새로운 가족관계야말
로 그녀에게는 스스로 이 세상 안에 버려진 타자임을 절실
하게 깨닫게 한다. 이런 그녀가 할 수 있는 일은 뱀들을 풀
어놓는 것. 하지만 그것은 내면의 상처와 상실감에 대한 자
기 위로의 차원인 것. 아버지의 죽음과 산에 풀어놓았지만
누군가에게 죽임을 당한 그라스스네이크를 자신이 밟아 버
리는 설정의 섬뜩함은 이은하 소설의 가장 저점에 놓이는
충격이다. 그것은 두 가지 표정으로 설명이 가능한데, 하나
는 애완동물 키우기에서 비롯된 순수한 애정과 사랑이고
다른 하나는 우울과 불안함에 대한 자기응시이다. 이 두 가
지 표정은 자주 중첩되거나 교차되면서 이은하 소설의 핵
심적 코드를 직조한다. 이는 자기동일성에 대한 분열양상
이라고 부를 수 있으며 이은하 소설의 새로움은 여기에 놓
인다.

3

이은하에게 삶은 불행한 가족사를 견디는 일과 무관하지 않다. 아버지는 무능하거나 부재하고 아버지를 대신하는 역할(오빠) 또한 병약하거나 미미하다. 따라서 집을 지켜내는 일은 오로지 여성화자로 등장하는 주인공들 뿐이다. 또한 그녀들은 언제나 철저하게 홀로 남겨진다. 여성에게 홀로 남겨진다는 일은 불안과 우울, 공포를 수반하기도 한다. 이러한 내면적 정황을 그녀는 자주 동물들을 통해 드러내고자 한다. 가족에게 버림받고, 사랑 또한 떠난 상황에서 버린 고양이(「나는 지금 버스를 기다린다」), 자유로운 성향의 남자에 대한 애증과 정신병원에 입원한 오빠와 환영처럼 나타난 나비(「나비에게 전화를 걸다」), 무기징역수를 기다리는 여자와 지난 사랑을 잊지 못하는 여자의 이야기에 등장하는 산악염소(「황사바람」), 유년기의 상처를 갖고 있는 여자의 내면을 투영하고 있는 달팽이(「달팽이의 노래」), 다이어트 클리닉에서 일하는 여자에게 자주 떠오르는 코끼리의 환영(「클리닉」), 늙거나 죽은 모습, 혹은 기이한 모습으로 나타나는 개(「사진」, 「네버랜드를 찾아서」, 「만약에 퀘스천」, 「11시에 만난 사람」) 등, 이은하의 소설에 나타나는 동물들은 주인공의 억압된 내면을 보상하는 자기 지칭적 self-referential 상관물이라고 말할 수 있다. 이것은 작품 속에서 주인공의 행위와 내면적 정황 등을 암시하는 역할을 하면서 동시에 작품의 분위기를 이끌어가는데 기여한다. 때로는 작품이 진행하는 과정의 동기를 부여하거나 인물간의 대화에 자주 등장하는 중요한 소재로 작용하기도 한다.

표제작 「만약에 퀘스천」은 천진난만함 속에 가려진 우울한 진실을 담고 있다. 이는 다른 작품에 비해 상당히 이질적인 모습처럼 보이지만, 사실상 이은하 작품세계를 집약적으로 보여주고 있다. 동성애를 흉내내고 있는 소녀와 소녀의 친구(공주), 아버지로부터 성폭행을 당하는 공주, 공주의 죽음, 여장남자를 남몰래 즐기는 소녀의 아버지, 간질발작을 일으키는 과외선생, 그리고 홀로 남겨진 소녀 등, 등장하는 인물들은 모두 어두운 그림자를 갖고 있다. 하지만 무엇보다 중요한 것은, 이 작품의 핵심은 자살한 친구의 죽음이 그녀의 아버지로부터의 성폭행에 기인했다는 사실이다.

아빠가 날 때리기만 하는 줄 아니? 아빠가 날 건드

릴땐 정말 최악이야……. 공주가 소녀에게 마지막
으로 털어놓은 비밀은 무서웠다. 할 수만 있다면 들
은 이야기들을 지워버리고 싶었다. 그렇게 죽어버
릴 거면서 왜 말을 한 거냐고 멱살이라도 잡고 싶었
다. 음반 한 장이 다 돌아갈 때까지 소녀가 운다. 눌
러 담았던 감정들이 걷잡을 수 없이 흘러 넘친다.
문 밖에는 거대하고 기괴한 소리 앞에서 고개를 떨
어뜨린 소녀의 아버지가 꼼짝하지 못하고 서 있다.
폭력적인 음악 소리에 집안이 무너져 내릴 듯하다.
(p.91)

문제는 이같은 폭력적 상황 앞에서 죽은 친구가 동성애
연습을 통해 그 상처를 견디고자 했다는 점에 있다. 남성성
에 대한 거부감은 죽은 친구의 유품함에서 장식물을 훔쳐
가는 소녀 아버지의 기괴한 취미나, 카페 '공간'에서 여장남
자(cross dressed) 놀이를 즐기는 남성들의 변형적 욕망도
포함된다. 소녀들의 동성애 놀이가 누구나 겪을 가능성이
있는 순진한 성장통의 하나라고 여기는 통념은 남성의 왜
곡된 욕망으로 인해 무너지고, 남성들 또한 변형된 욕망을
통해 자신을 다스릴 수밖에 없는 비틀린 주체라는 점을 이

작품은 보여주고 있다. 아버지의 부재 이후 다시 남겨질 존재는 여성 주인공 자신밖에 없다는 확인 역시 아우라의 형성에 기여하고 있다. '만약에'라는 가정이 현실이 되고 마는 그로테스크한 설정을 통해 한 인간의 우울한 내면을 조망한 이 작품의 아름다움은 여기 있다.

4

남성과 남성성이 부재한 자리에서 여성화자의 등장은 박완서, 오정희 등에서 매우 두드러졌던 현상이었으며, 산업화시대를 거치면서 한국소설이 주시했던 중요한 문제 가운데 하나였다. 특히 1990년대 중반 이후 한국소설은 여성적 관점에 의한 세계이해에 많은 부분을 할애했다. 21세기에 접어들면서 한국소설은 다양한 형태의 이야기를 만들어 왔다. 여기서 다양성이란, 살아가는 방식의 개별성과 함께 인물들의 다층성과 중층성을 내포하지만, 무엇보다도 탈이념의 시대적인 거울을 어떻게 내면화하느냐 하는 문제의식을 담고 있는 말이다.

다시 말해 이는, 현실주의적이면서 역사성을 담아야 한

다는 정치적 의식이 지나간 자리에 새로운 문학적 헤게모니로 등장한 여성주의의 이데올로기, 혹은 생태주의 등을 간과할 수 없었다는 의미이면서 동시에 이와같은 문학적 영향력으로부터 일정한 거리와 객관성을 유지해야 한다는 과제 앞에 작가들의 고민이 매우 깊어졌다는 뜻이다. 무엇을 쓸 것인가의 문제는 소재 선택의 문제가 아니라, 변화된 환경을 어떻게 수용하고 해석하며 언표화 할 것인가라는 본질적인 물음이기 때문이다. 역사와 현실의 내면화라는 공공의 가치에 대한 관심이 희석화된 지점에서 소설은 이제 무엇을 쓸 것인가 라는 가장 근본적인 질문 앞에 우리시대의 작가를 마주서게 했다.

이제 우리는 이은하가 직조하는 새로운 이야기의 세계 앞에 섰다. 아버지 혹은 남성성의 부재가 곧 불안과 공포의 원인이 된다면 그것은 프로이트가 만들어 놓은 거대한 가설의 오류를 인정하는 형국이 될 것이다. 문제는 이은하의 주인공들 속에 자리잡고 있는 그 우울한 내면성이 어떻게 현실감각을 유지해 갈 수 있는가 하는 점이다. 즉, 동물 모티브로 변형된 억압된 욕망이 현실적인 맥락으로 재탄생되는 것, 우화적 상징에서 리얼리즘의 세계로, 문자 그대로 우화(羽化)하는 과정을 기대하고 싶은 것이다. 수많은 동화를 출간했던 이은하의 소설쓰기가 이같은 문제의식으로부터 출발하고 있다면, 소설가로 다시 출발하는 그녀의 미래는 정말 황홀할 것으로 믿는다. 🎐

〈작가의 말〉

별 좋은 오후, 어머니가 앨범을 펼치신다. 브뤼셀 어느 골목 끝 와플 가게, 비 내리는 암스테르담 중앙역, 산타루치아로 가는 야간 쿠셋열차 안……

지난여름, 모녀의 여정은 낭만적이었으나 고달팠다.

때때로 혹은 종종, 우리는 달콤한 캔디 한 알 마른입에 넣고 우리에게서 빠져나가는 시간들을 느꼈다.

『만약에 퀘스천』은 달콤 쌉쌀했던 20대의 초상이다.

거룩하고 활기차게 하루하루를 보냈지만 내면의 시계추는 멈춘 듯 했던 그때. 마루에 걸린 괘종시계가 뎅뎅 울릴 때마다 비둘기 인형은 새장 속에서 '구구'앓는 소리를 냈다.

앓듯이 쓴 소설들이라 더욱 부끄럽다. 감칠맛 나는, 조금은 짭조름한 소설을 이제는 쓸 수 있을까.

20대에 쓴 소설들을 추리면서 나를 닦고, 조이고, 가르친다. 비둘기시계의 태엽을 감는다.

2012년 2월

이은하